응답하라 필승

응답하라
필승

김애옥 소설집

도서출판 월인

차례

애젊은이 필승

*

'애젊은이'라는 말은 왜 없는 거지?

인간은 환경의 동물이라는데, '애늙은이'라는 소리를 듣는 것 보면 내가 살아온 삶이 만만치 않은 모양이다. 일반적이지 않은 성장과정에서 '영혼의 나이테'가 또래에 비해 일찍 굵어져버린 셈이다. 늙은이라는 뜻은 '늘 그런 이'라 하고, 젊은이라는 뜻은 '저를 아는 이'라 하던데 그렇다면 나는 어느 정도 주제를 아는 사람이니 젊은이가 맞다. '젊은 어린이'가 나다. 혹은 '어린 젊은이'일지도.

아무튼, 내 7년의 삶이 저물어가는 12월, 인생에 큰 변화가 생길 모양이다. 이런 것을 '인생의 터닝포인트'라고 하는 것 같다.

도리 없다. 태어남을 내가 선택할 수 없고, 죽음 또한 선택할 수 없는데 일어난 상황을 그냥 상대해주는 수밖에. '되는대로 살자'가 인생의 지표가 된 지 꽤 오래되었다.

다정이 이모가 아침부터 부산하다. 어제는 난생 처음으로 백화점이라는 곳에 데려가 메이커 옷을 사주었다. 번듯한 매장 안의 옷은 아니고 행사장 진열대의 누워 있는 옷이었다. 그래도 백화점 물건이라 그런지 평소 내가 입은 옷들과는 차원이 다르게 뭔가 있어 보였다. 후드모자에 털이 부착된 파카 스타일인데 광택도 있고 만지면 플라스틱 미끄럼틀에서 미끄러지듯 부드러운 감촉이 좋아 밤새 껴안고 잤다.

그러나 어젯밤이 마냥 좋은 것만은 아니었다. 이모와 헤어져야 하는 시간이 다가온다는 사실을 알고 있었기 때문이다. 만남이 있으면 헤어짐도 있다고 하지만 이모와 나는 혈연관계, '피는 물보다 진하다'를 징글징글하게 체험하며 애증의 세월을 보내고 있지 않은가. 우리 엄마, 박인정 씨가 하늘나라로 가기 전에는 애물단지라고 다정이 이모에게 구박깨나 당하였다. 엄마가 죽고 난 후에는 가엾은 애가 되어 그나마 보호 받고 사랑 받으며 살아왔다. 그 점을 이용하여 막무가내로 떼를 써도 이모는 웬만하면 다 들어주었다. 풀죽은 모습은 이모가 더 속상할 것 같아서 일부러 악동처럼 군 내 속내를 이모는 알 리가 없다. 철이 다 들었는데 철들지 않은 척 하는 것도 쉽지 않다. 나만의 매뉴얼들이 있지만 비밀이다. 쉿!

이름만 오피스텔인, 좁은 골목 안에 위치한 원룸에서 이모와 난 2년을 같이 살았다. 2년이란 시간은 객관적으로도 긴 시간이지만, 객식구로 지내게 된 나와 이모가 미운 정 고운 정 다 들어버린 세월이기도 하다. 시간을 보내는 일처럼 정직한 작업은 없을 것이다. 특히 관계형성에 있어서 말이다. 함께 쌓은 시간이 세월이 되고 인연이 깊어지는 일이다.

다른 건 몰라도 이모의 젖가슴은 확실히 안다. 그 형태며 촉감은 오래도록 내 가슴에 남아 있을 것이다. 어린 나이에 엄마를 잃고 뭔가 모르게 가슴이 뻥 뚫린 것 같았고 허전해져서는 어느 날 밤, 잠자고 있는 이모 젖가슴에 가만히 손을 대었다. 이모는 가만히 있었다. 내 한 손안에 다 안 들어오는 풍만함이 벅찼다. 그 물컹하면서도 탄력이 느껴지는 젖가슴을 만지는데 유두가 좀 딱딱해지는 것을 느꼈다. 다정이 이모는 돌아눕지 않았다.

내가 만지는 것을 알아차렸는지 아닌지를 그녀에게 한 번도 묻지 않았다. 거절하지 않은 이모의 배려 덕분에 밤이면 이모 젖을 마음껏 주무르다 곯아떨어질 수 있었다. 이모의 젖에 입술을 대지는 않았다. 엄마젖도 빨지 않았다. 나는 아직도 우유를 젖병에 담아서 먹고 있다. 우유는 팩에서 젖병으로 옮겨 부어 흡인력 있게 빨아먹는 맛이 제일이다. 나의 유일한 기호식품을 다정이 이모가 한동안 결사항전으로 말려보았지만 이내 포기하고 말았다. 그러면서 엄마 정을 다 못받아 먹어서 그런가하고 불쌍하게 여겼다. 적어도 다정이 이모와 별거하기 전까지는 기호식품에 대한 자유를 마음껏 누렸다.

'세 살 버릇 여든까지 간다'는데 젖병이라는 소품만 있으면 우유를 젖병으로 먹는 버릇은 계속 가지고 갈 수 있겠지만, 이모와 헤어지면 젖가슴을 만지며 잠드는 버릇은 이제 멈추어야 된다. 다른 여자의 젖가슴을 만질 수는 없지 않은가. 내 주변에 여자는 아직까지 다정이 이모뿐이다.

*

다정이 이모가 택시를 타고 나를 데려간 곳은 〈유성기획사〉라는 간판이 있는 사무실이었다. 기획사라고 하면 연예인이 생각나고 엔터테인먼트 뭐 그런 단어가 떠오르지만 이 사무실은 심부름센터 정도의 규모에 퀴퀴한 사내냄새만 진동하는 곳이었다.

직감하였다. 내 아빠, 나를 있게 한 사람이 있는 곳이구나. 내가 어떻게 태어났는지 궁금하였지만 엄마에게 한 번도 묻지 못하였던……. 애젊은이, 저를 아는 이가 되고 싶었지만.

엄마는 아빠가 미국에 공부하러 갔다고 그럴듯하게 거짓말을 하였다. 태어나서 한 번도 본 적이 없는 아빠라는 사람, 무슨 공부를 그렇게 오랫동안 가족도 안보고 하느냐고 따져 묻고 싶었지만 쥐를 몰아도 구멍을 남겨놓고 몰아야지 엄마를 곤란하게 하고 싶지는 않았다. 엄마는 아빠 이야기를 할 때 과장법과 점층법으로 오버할 때가 많았다. 마치 내가 엄마 앞에서 거짓말을 하려고 하면 말이 많아지는 때와 비슷한 행동을 보였다.

"음 필승아, 니 이름은 영어로 빅토리, 언제든지 꼭 승리하라고 아빠가 특별히 지어준 이름이야. 아빠는 캘리포니아에 있는데, 박사 딸 때까지 한국 들어오지 말라고 했어. 왔다갔다 비행기표 값이 너무 비싸고 또 우릴 보면 마음이 약해져서 공부 안하고 돈 벌겠다고 할까봐서야. 잘했지 필승아, 빅토리!"

그런 엄마에게 속 깊은 나는 마음속으로만 질문을 했다.

'그런데 엄마, 왜 내 이름이 박필승이야. 엄마 성을 따서 박씨인 게 이상하잖아. 아빠랑 동성동본이어서 헤어진 것은 아니지? 참, 요즘 동성동본 결혼금지 규정이 폐지된 것으로 알고 있는데?'

미국에서 공부하고 있다던 아빠를 어떻게 수소문했는지 능력 좋은 이모는 다짜고짜 나를 끌고 〈유성기획사〉 사무실로 데려갔다. 노크를 하자마자 문을 벌컥 열고는

"강대봉, 아니 강두봉 씨 만나러 왔는데요?"

'내가 강필승이구나. 원래는 강씨 성으로 태어났었구나.'

그 순간 어디선가 들었던 말이 생각났다. '어머니 자궁에서 낳은 내가 내가 아니고, 내가 낳은 내가 나이다'. 너무 심오해서 무슨 뜻인지 잘 모르겠지만 아무튼 출생의 비밀 이전에 우주의 비밀이 작동한다.

아무런 예고 없이 갑자기 찾아온 여성손님과 꼬마손님으로 기획사 안은 잠시 짧은 정적이 흘렀다.

검은 양복에 흰 와이셔츠를 입거나, 흰 터틀넥을 받쳐 입은 사내들이 흥미롭게 본다. 나는 꿈벅거리는 눈으로만 그들과 맞장떴다. 그러다 슬그머니 눈길을 돌렸다. 서양란 화분이 몇 개 보인다. 노란 호접란은 노란 나비들이 모여

있는 것처럼 귀엽기까지 하다. 별실이 하나 있고 양쪽으로 책상이 몇 개 놓여 있다. 결코 세련된 사무실 분위기는 아니다.

책상 위에는 컴퓨터 모니터만 보일 뿐, 책이나 잡지 같은 것들은 보이지 않는다. 지적인 분위기와는 거리가 먼 사무실이다. 잘생긴 청년이 보스처럼 생긴 사람의 눈치를 보더니 한 마디 한다.

"지금 안 계시는데요. 어디서 오셨다고 전할까요?"

"기다릴게요. 만나보면 알 겁니다."

다정이 이모는 겁먹은 것 같으면서도 부러 당당하게 의자에 앉고는 나를 자신의 무릎 위에 앉힌다. 내 머리가 이모의 두 가슴 사이에 박힌다. 밤에 만지는 젖가슴처럼 물컹하지도 푹신하지도 않다. 와이어가 든 브래지어를 한 게 틀림없다.

"그러시든가~"

이번에는 보스처럼 보이는 남자가 말하였다.

그리고 우리를 전혀 의식하지 않고 사내들에게 일장 연설을 계속하고 있다.

"경영마인드가 필요해 경영마인드가. 그래야 깡패 양아치새끼들이라는 말 안 듣지. 망치형님한테 입장 곤란하게 되어불고 강두봉이 때문에 말이야. 덩치값도 못해요. 강두봉 이자식…….”

남자는 슬쩍 우리를 치켜보더니 이내 개의치 않는다.

“촌놈같이 의리만 찾고 힘자랑만 하고 아무데서나 주먹 휘두르는 단순무식 구시대적인 조직원은 과감히 구조 조정해야 하는데 조직을 재정비하는 시민정신, 아니 조직원의 정신이 부족혀! 홈페이지도 비즈니스적으로다가 팍팍 세련되게 업그레이드하고 그래야 하는데, 시시한 심부름센터 해결사 노릇 말고 진정한 이권개입에 21세기가 간절히 원하는 비즈니스를 하자 이거야. 조직의 이미지를 쇄신해야 차원 높은 비즈니스를 할 수 있다 이거여~”

“예 형님!”

“예 형님!”

“예 형님? 죽을래?”

“이사님!”

“그래야 이 불경기에 대외적으로다가 정신무장을 하고 비즈니스에 임해야 할 거 아니여~”

내가 보기엔 구멍가게 수준의 해결사 노릇하는 조직 같은데 분위기는 중견기업이다.

나는 장형유형의 인간인가 보다. 못마땅한 꼴을 보면 배가 아프다. 화장실에 가고 싶은데 참기로 한다. 이 낯설고 저급한 분위기가 싫어 나가버리고 싶은 타이밍에 문제의 강두봉 씨가 나타났다. 벌컥 문을 열고 들어오는 건장한 두봉 씨를 보더니, 한 남자가 턱으로 우리를 가리킨다.

"강 부장, 손님 왔네?"

그는 이모와 나를 본다.

순간, 나는 오른쪽 귀를 뒤에서 앞으로 털었다. 긴장하거나 쑥스러울 때 습관적으로 하는 행동이다. 그 순간 강두봉 씨와 나, 박필승의 눈이 마주쳤다. 짧은 찰나의 눈맞춤이다. 물론 둘은 아무 말도 하지 않았다.

"어? 두봉이 형님하고 똑같애 똑같애. 제 귀 터는 것 봐 그러고 보니 얼굴도?"

"시끄러! 무슨 일이시지요?"

"저 박인정 씨 동생이에요."

얼음땡!인 강두봉 씨를 보았다. 순간 그도 오른손으로 오른쪽 귀를 턴다. 내 아버지가 틀림없다. DNA는 거짓말을 하지 않는다. 형질은 부모에게서 물려받은 유전자에 의해 결정되는데, 유전자는 바로 세포핵 속에 있는 염색체의 구성 성분인 DNA라는 것이다. '물도 정들면 피보다 낫다'는 말도 있지만 물은 DNA를 결정할 수 없다. 오직 피만이 결정할 수 있는 것이 유전자다. 그래서 '피는 물보다 진하다'는 말은 진실을 넘어 진정이다.

근처 커피숍으로 자리를 옮겼다. 나는 여전히 다정이 이모 옆에 앉았다. 아빠가 확실하다고 해서 그의 곁으로 갈 수는 없다.

내가 원래 좋아하는 건 엄마가 내려주는 핸드드립 커피를 다방커피처럼 만들어 먹는 것이다.

예가체프에 엄마가 우유와 연유를 넣어주면 독특한 맛의 커피가 된다. 경험세계는 쉬운데 그 맛을 설명하기는 어렵다. 엄마만큼 그리운 엄마표 커피를 생각하니 순간 울컥 슬픔이 밀려온다. 지금의 나를 키운 건 바람도, 하늘도, 햇살도 아니고 엄마표 커피다. 그런데 지금 분위기에서 커피를 주문하면 안될 것 같아서 그냥 다정이 이모가 권하는 대로 토마토주스를 주문하였다. 야채를 잘 먹지 않는 내게 이모는 이틈에라도 야채를 먹이려는 전략이 틀림없다. 이별하는 마당에 조카의 건강을 생각하는 이모의 마음보다도 이 시간의 평화를 위해서, 그리고 처음으로 아버지라는 사람에게 나의 존재를 알리는 자리에서 되바라지는 아들의 모습을 보이고 싶지 않아 아무소리 하지 않았다. 어린 아이에게 오렌지주스라면 몰라도 토마토주스는 좀 아닌 것 같다.

서빙을 하는 사람은 유리컵에 빨대를 꽂아 내왔다. 한 모금 빨아보니 생과일주스가 아니었다. 깡통에 든 텁텁한

토마토주스에 얼음만 넣어 대충 가져온 주스였다. 이모와 강두봉 씨는 아메리카노를 마셨다. 이모는 블랙으로 마시는데 아버지 두봉은 종이포장지에 싸인 설탕을 찢어서 넣고 저어서 후루룩 마셨다. 촌스럽기는.

엄마는 다른 사치는 하지 않았는데, 커피만큼은 유별난 편이었다. 제대로 로스팅하는 곳이 있다고 하면 여행 삼아 그곳에 다녀와서는 다정이 이모와 품평회를 하고는 했다. 신맛이 강하다느니, 쓴맛의 여운이 별로라는 둥, 나름 미식가의 예민함을 드러냈다.

때로는 커피콩을 생으로 구해 와서 프라이팬에 볶아 식힌 후 맷돌 갈듯이 핸드밀로 천천히 갈아서 필터지에 내려 먹는 일을 즐기기도 하였다. 그런 날이면 온 집안에 커피콩 껍질이 나부끼고 커피향이 밴다. 프라이팬에 생두를 볶으면서 동시에 부채로 부쳐대는 일은 여간한 일이 아닌데 엄마는 그 일을 수련하는 일처럼 집중했다.

그렇다고 커피를 자주 마시는 것은 아니었다. 주로 아침에 진하게 한 잔을 드립해 마셨다. 그리고 오후에는 연하게 두 잔 정도 마셨다. 에스프레소 머신을 사거나 하는 일은 하지 않았다. 철저히 수제 방식으로 해서 커피를 추출하는 일은 엄마의 유일한 취미이자 특기였다. 제대로 된

로스팅 팩토리를 발견하였다며 대구에서까지 커피콩을 조달해 마셨다.

일주일에 100그램 포장 두 봉지를 주문해 마셨다. 200그램씩 진공포장된 커피콩을 두 봉지 주문하면 택배비가 무료인데도, 택배비를 부담하면서 소량으로만 주문하여 먹었다. 엄마의 일주일 일용할 양식인 셈이었다. 인간 영혼의 무게가 21그램이라지만 엄마 영혼의 무게는 200그램이었던 모양이다.

엄마는 최고의 맛을 내기 위해서는 신선하고 좋은 품질의 커피콩을 잘 다루어주어야 한다고 강조하였다. 한 번씩 그린빈을 주문해서 엄마가 부채질을 해가며 프라이팬에 볶을 때는 잔칫집 분위기다. 나는 커피맛보다 커피향이 좋다. 기운 없을 때 커피향만 맡아도 힘이 났다. 커피에는 무려 1,200가지 이상의 화학분자가 있다고 하니 오묘한 식품이다. 우리 엄마, 인정 씨가 내려준 커피가 몹시 그립다. '추억은 지나기 전에는 돌덩어리, 지나고 나면 금덩어리'라고 하였다.

엄마의 커피 내리는 방법을 다시 떠올려본다. 커피콩을 칼리타 앤틱 핸드밀 기계를 사용하여 천천히 설탕가루 굵기로 간다. 필터지에 붓고 뜨거운 물로 적셔 30초가량 뜸을 들인 후 짧게 내려서 마신다. 엄마가 그랬다. 시간을 오래 내린 커피를 마시면 찌꺼기를 먹는 것과 같다고. 엄마는 커피를 내릴 때면 타이머를 옆에 놓고 뜸들이기 30초와 내리기 1분 30초 해서 2분을 넘기지 않으려고 관심과 초점을 오직 타이머와 주전자 앞에 모았다. 주둥이가 긴 주전자 물로 커피를 적셔갈 때 부풀어 오르는 거품—엄마는 그것을 빵이라고 불렀다—을 보는 순간은 엄마와 나, 둘 다 행복했다. 커피를 다 내리면 엄마는 '헬로우 키티'라 쓰인 내 전용잔에 먼저 따라 주었다. 그리고 물을 많이 타서 희석해주었다. 커피를 마시지 말라고 하지 않은 것만도 다행이니 전혀 불평은 없었다. 엄마는 커피를 첫 모금 할 때면 눈을 지그시 감았다. 세상을 다 얻은 표정이었다. 커피 사치하였던 사람 맞다.

"언니는 미혼모로 열심히 살다 갔어요…… 처녀가 임신했다고 직장에서 쫓겨나 아르바이트를 전전하면서도 사람들이 권했는데 아이를 시설에 보내지 않았어요. 대봉 씨랑 헤어지고 나서 임신 사실을 알았는데 그것을 무기로 대봉 씨를 잡고 싶지 않다고 하더라구요. 그런 자존심은 어디서 났는지 쓸데없이."

대봉 씨인지 두봉 씨인지 하는 내 아빠는 은근히 자신

을 원망하는 투로 말하는 다정이 이모의 말에 한참을 빈 커피잔을 만지작거리다 겨우 입을 떼었다.

"난…… 인정 씨가 내가 변변찮아 싫은 줄 알고 나서지도 않고 또 회사를 옮기고 그렇게 돼서 그 저축은행 지점에 갈 일도 없었고…… 한 번은 은행으로 찾아 갔었어요. 그런데 그만 두었다 하고 핸드폰 번호도 바꾸어버리고……."

휴, 다행이다. 이 아이가 내 아이인줄 어떻게 아느냐? 귀찮게 유전자 검사 어쩌구저쩌구 신파 같은 상황이 벌어지면 골치 아픈데, 순순히 인정하는 거 보니 우리 엄마를 좋아하긴 좋아했나보다. 속으로는 어쩌다가 불청객이 생긴 불행한 사건으로 여길지 모르겠지만 말이다. 내 입장에서는 사랑의 증표로 생각해주면 고맙겠다. 운명적인 첫 부자 상봉이었지만 극적인 장면연출은 없었고 그냥 둘 다 밋밋한 표정이었다. 우리는 사내 아닌가.

엄마 인정은 배가 아파 병원에 갔고 맹장수술을 받았다는데 다시 집에 오지 못했다.

다정이 이모가 그러는데 엄마는 이동침대 위에 누워 수술실로 들어가기 전에 웃으며 필승의 V자까지 그렸다니, 인간사 정말 모를 일이다. 엄마는 목소리도 크고 억척스러워서 그렇게 명이 짧을 줄 몰랐다. 초등학교도 들어가기 전에 조실부모, 아니 조실모를 하다니 내 운명도 기구한 편이다. 물론 태어나자마자 고아가 된 아이들도 있다고 들었다. 부모가 버려서 시설로 들어가는 것에 비하면 나는 운이 좋은 편이다. 의료사고 합의금을 유산으로 받아 자라고 있는 것도 운이 좋은 편에 속할까?

"이름을 바꾸셨더라구요. 두봉 씨 아니 형부 소식을 전해준 사람이 그러더라구요 이름 바꾸었다고."

'형.부'라 하였다. 내 아빠가 될 사람에게 다정이 이모는 형부라는 호칭을 처음 썼다. 언니가 없는데 처음으로 불러보는 호칭, 형부.

"세상에서 큰 봉우리가 되라고 할아버지가 지어주신 이름인데, 예전에 어떤 조직에 있었을 때 두목의 영원한 봉이 되겠다고 두봉으로 개명했었어. 창피한 일이지만…… 근데 형부라는 말 듣기 좋네. 내가 아버지로 산다는 생각은 꿈에도 해본 적이 없었지만."

이건 무슨 코믹 시추에이션인가. 내 아버지라는 사람이 두목의 영원한 봉이 되겠다고 개명까지 했던 사람이라니 나도 모르게 '풋'하고 웃어버리고 말았다. 강두봉 씨는 금붕어처럼 눈을 껌벅거리며 잠시 나를 노려보았다.

"박필승이에요. 언니 성을 따서 박. 필 승. 근데 내년 3월에 초등학교 입학해야 해요. 이제 형부가 맡아주세요. 언니 뜻이 아니어도 할 수 없어요. 미혼모가 아닌데 미혼모로 살 수는 없잖아요."

*

두 남자의 동거가 시작되었다. 이제 다정이 이모 젖가슴을 다시는 만지지 못한다. 여자 없는 첫날밤은 힘들어 잠을 설쳤다. 아니 사흘 정도를 뒤척이며 잤던 것 같다. 한 공간에서 남자 둘이 나란히 자는 일은 고역이다. 반듯이 누워있다가 몸을 젖혀 모로 눕다 보면 건장한 남자가 바로 옆에 떡하니 누워있으니 소스라치게 놀라기도 했다. 그때 처음 알았다. 남자의 숙면에 방해를 주는 사람은 남자다. 낮에는 그런대로 새로 생긴 인연에 감사하게 되는데, 밤에는 그런 마음이 올라오지 않는다.

이모의 초라한 오피스텔이나 변두리 골목 안 빌라라고 이름 붙여진 곳이나 별반 달라진 것은 없다. 아니 크게 달라진 환경이다. 낯선 동네의 낯선 집, 낯선 남자 강두봉 씨를 아빠라고 부르는 새로운 삶이 시작되었으니 말이다. 혈육만의 공감은 곤란할 때나 스트레스를 받을 때 둘 다 귀를 앞으로 터는 일 외에는 별로 없다. 사내끼리는 태생적으로 많은 말을 필요로 하지 않는다. 불편해도 그럭저럭 지낼만 하다.

방 두 칸인 집이지만 내 방은 따로 없다. 방 한 칸은 드레스룸이다. 이름은 두봉인데 옷방 스타일은 마이클이다. 블랙과 감청색, 회색톤의 칼라로만 된 남자옷들이 잘 정돈되어 있는 방이다. 아메리카노에 설탕을 타서 후루룩 마시던 때와는 완전 다른 면모다.

이모가 〈유성기획사〉라는 곳에 데려 오기 직전에 '니 아빠 스타일은 죽인댄다' 했던 말을 이제야 실감한다. 일단 정갈한 상하의가 세탁소용 철제 옷걸이가 아니고 나무소재 옷걸이에 걸려 있다. 소품들도 제법 많다. 모자며 선글라스며 허리벨트, 넥타이들이 집과는 전혀 어울리지 않게 고급스럽다. 자세히 보면 비싼 명품 브랜드는 아니고 남녀노소 빈부격차가 별로 느껴지지 않는 유니클로 스타일이다. 최근에 한국에 들어온 COS라는 중가 브랜드도 보이는 것으로 보아서 내 아빠 두봉 씨의 패션 감각은 엄지 척, 인정해줄 만하다. 그런데 아무리 중저가 브랜드를 이용하는 편이라 해도 온통 수입 브랜드다. 이 남자 국산 좀 애용하시지. 요즘 국산옷도 좋기만 하드만.

"엄마 이야기 좀 해봐."

"그냥 보통 여자죠 뭐. 커피 좋아하고 꽃 좋아하고……."

그냥 보통 여자 아니다. 내게는 단 한 명의 엄마이고, 커피를 품격 있게 만들어 먹고 서양란을 좋아하는 학 같은 엄마였다. 진지하게 말하는 것보다 건성으로 말하는 편이 덜 슬퍼서 나는 그렇게 대답했다. 아빠 두봉 씨는 내 머리를 한 번 쓰다듬고는 짧게 한숨을 쉬었다.

나는 그때 아기천사의 날개를 단 엄마가 두봉 씨의 가슴에서 빠져나오는 순간을 보았다. 그 아기천사는 엄마가 커피 첫 모금을 들이키며 눈을 지그시 감을 때처럼 행복하고 슬픈 표정이었다. 아기천사의 눈초리가 가볍게 떨렸다.

"아빠, 미국 가본 적 있어요?"

"아니 아직. 왜?"

'그러면 그렇지. 짐작대로 엄마는 아빠를 소설 속에 가두어 놓은 거야. 자유로운 영혼을 미국이라는 곳에 가두고 거짓말을 한 거야. 하얀 거짓말이라는 자기 합리화로 말이야. 하얀 거짓말도 명백한 거짓말인데…… 하기야 어린 아이에게 넌 미혼모의 자식이고 더군다나 니 아빠라는 사람은 자기가 아빠라는 사실도 모르고 있다고 진실을 말해주기엔 무리가 따르지.'

12월 초인데 거리는 벌써 성탄 분위기다. 사람들은 예전처럼 크리스마스 기분이 나지 않는다고 하지만, 빨간 옷을 입은 여자들이 예뻐 보이고 불빛들이 따스하게 느껴지는 12월이 좋다. 아기예수님은 높고 화려한 궁정이 아닌 낮고 초라한 마구간에서 태어났다고 하지 않는가. 그러니까 요란하지 않아도 크리스마스 기분을 낼 수 있다. 새 아빠, 아니 진짜 내 아빠는 기획사라는 곳으로 출근하지 않고 새 아들과 아니 진짜 아들과 이틀을 같이 보냈다. 나를 버리지는 않을 모양이다. 핸드폰을 사주었다. 그러고 보니 집전화기가 없다. 부자지간의 소통 수단으로 핸드폰이 필요한 것은 당연하다.

이불도 한 채 새로 샀고, 잠옷도 사주었다. 자신의 옷은 무채색으로 세련된 것을 사면서 알록달록한 무늬의 이불을 사주는 이유를 모르겠다. 어린아이라고 해서 무조건 원색옷이나 유치한 무늬가 있는 이불을 골라주는 것은 터무니없고 어리석은 생각이다. 어두운 색보다 화려하고 다양한 색들이 어린이 교육상 좋을 수는 있겠지만, 나 같은 애젊은이는 원색을 별로 좋아하지 않는다. 어른들이 배운 주입식교육의 폐해다.

"내일부터 아빠 일해야 하는데 혼자 있을 수 있겠어?"

"걱정마세요. 워낙 뭐 혼자 있어 버릇해서 잘 있어요. 아빤 돈 벌어야죠!"

“엄마가 맨날 너 혼자 두었단 말야? 다정이 이모도 그랬고?”

화가 난 듯한 두봉 씨의 표정이 싫지 않다. 부성애가 느껴졌다고나 할까. 적잖이 안심이 되었다. 뭔가 끈끈한 줄이 두봉 씨와 나 사이에 단단히 묶여 있는 느낌이 들었다. 물론 하늘나라에 먼저 간 우리 엄마 박인정 씨의 역할이 컸지만 말이다. 누가 내게 지금 가장 화나는 일이 무엇이냐고 묻는다면, 나 박필승 혹은 강필승이 틀림없이 훌륭하게 잘 자랄 텐데 그 모습을 엄마에게 못 보여 주는 것이 화가 날 일이라고 말할 것이다.

*

아빠 두봉 씨는 다행히 일찍 출근해야 하는 직장인은 아닌가보다. 내가 먼저 아침에 깨서 아빠 얼굴을 한참 본 후에야 두봉 씨는 일어났다. 아직 깊이 알지 못하는 내 아빠지만 왠지 잠자는 모습이 측은해 보였다. 이 험한 세상을 앞으로 아들과 살아갈 남자의 어깨가 무거운 것 같아서 안아주고 싶었다. 참았다. 다정이 이모처럼 풍만한 가슴이 있다면 가만히 손이라도 대볼 것인데 두봉 씨의 가슴은 밋밋했다. 헬스장을 다니지 않는가 보다. 잠에서 깬 아빠는 나와 눈이 마주쳤지만 말없이 욕실로 들어갔다. 오줌 싸는 소리가 요란하다. 내가 오줌 싸는 소리의 열 배는 되는 것 같다.

식탁 위에 빵들이 놓여 있다. 엄마 인정 씨는 몸에 좋은 통밀빵, 호밀빵 이런 것들을 좋아해서 난 별로였는데 어제 산 빵들은 치즈와 생크림이 들어 있는 것들이다. 나름 두봉 씨가 어린 아들에 대한 배려를 해서 고른 것이다. 그런데 내가 제일 좋아하는 빵은 베이글이다. 커피에 따듯한 베이글 하나면 아침식사로 최고였다.

아빠는 우유 한 잔만 마시고 10시가 다 되어 나가기 전 다시 한 번 혼자 있어도 되겠냐고 물었다. 물론이라고 걱정 말라고 안심시켰다.

아빠를 출근시키고 다시 이불 속으로 들어가 빈둥거리는 아침시간이 좋다. 이모하고 살 때도 이모를 출근시키고 혼자 이불 속으로 들어가 고추도 만지고, 창밖의 아침햇살을 보는 일이 하루를 살아갈 에너지를 받는 시간이었다. 그리고 엄마가 내려주는 모닝커피가 생각나는 아침이다. 아빠 집에 세련된 옷장은 보여도 커피메이커는 보이지 않는다. 커피가 고프다. 참는 수밖에. 그렇다고 들쩍지근한 믹스커피로 그동안 업그레이드 시켜놓은 커피 입맛을 단번에 낮추고 싶지는 않다.

'하우스와이프'라는 말은 있어도 아직 '하우스차일드'라는 말은 없지 싶다. 아무튼 난 어린주부가 되었다. 아무것도 안하고 아빠를 기다릴 수 있지만, 뭔가 해야 할 것만 같다. 그래야 시간도 잘 가고 아빠가 나를 맡기를 잘했다고 생각할 테니까. 냉장고를 먼저 뒤졌다. 두봉 씨의 의생활은 훌륭한데 정말이지 식생활은 엉망진창이다. 전자레인지에 데워 먹는 간편식 음식들이 보인다. 날계란과 비닐에 싸인 햄이 있다. 어린아이가 장보러 가기도 민망하다. 슈퍼에서 사람들이 동정어린 눈으로 바라볼 것이 뻔하다. 그보다 두봉 씨는 장볼 돈을 주고 가지 않았다. 도대체 요리를 하려고 해도 재료가 없다. 햇반이 몇 개 있다. 라면은 봉지라면이 아니고 물만 부어 먹으면 되는 컵라면들이다. 싱크대 선반에 가득하다. 곰탕사리면, 새우탕면, 육개장 사발면, 오징어 짬뽕, 스낵면, 너구리 사발면 등등……. 이 아빠 특이하게 한 종류가 아니라 가지각색의 사발면을 총집합해놓았다. 다양하게 섭취하려는 의욕이 엿보이는 컬렉션이다. 라면은 완전식품이라고 하니 넘어가자.

엄마가 급할 때 해준 음식이 생각났다. 계란을 풀어 우유를 좀 섞고 양파, 파, 당근, 햄 같은 것을 넣고 프라이팬에 부어 젓가락으로 휘저어 익혀먹는 오믈렛 비슷한 것이다(결코 완전한 오믈렛은 아닌). 주재료는 다행히 세 가지 있다. 계란과 햄, 그리고 우유로 요리를 하면 된다.

아빠는 생각보다 일찍 집에 왔다. 혼자 있는 어린 아들이 걱정되었나보다. 내가 막 햄만 넣고 오믈렛 비슷한 것을 만들려고 준비하던 차였다. 식탁 위의 빵은 3개 먹어치웠다. 배고프면 다 먹게 되어 있다. 아빠는 떡볶이와 순대를 사왔다. 아들 음식 취향을 모르니 하는 수 없지만 그래도 뭘 좋아하는지 물어는 보아야지 섭섭했다. 아빠가 귀가할 때까지 핸드폰을 만지작거렸지만 전화 한 통 없었다. 그 흔한 보이스피싱도 내가 돈이 없는 줄 알고 건너뛰었는지 전화벨은 울리지 않았다. 그리고 난 순대를 먹지 않는다. 엄마가 순대를 안 먹기 때문에 자연스럽게 나도 안먹게 되었다.

"아빠, 회사에서 짤렸어!"

'아뿔싸, 이제 부양가족까지 있는 처지에 실직이라니. 나는 내년 3월에 학교도 가야 하고 학원도 다녀야 할 텐데. 학원 안 다니면 아이들과도 못 논다고 하던데.'

"새 직장 알아볼 동안 낮에만 다른 곳에 좀 있어야겠다. 아빠가 저녁에 데리러 갈게."

요즘 병든 노인들을 '데이케어센타'라는 곳에 맡기고 저녁에 집에 오게 한다는데 나를 그런 노인들 있는 곳에 맡기려는 계획인가. 노인이 되면 어린아이처럼 된다지만 어린

아이가 되면 노인처럼 된다는 말은 없다. 갑자기 폭탄선언하는 아빠 강두봉의 얼굴에 결연한 표정이 깃들어 아무 질문도 하지 않았다. 때로는 침묵이 가장 편한 대화법임을 나는 알고 있다.

*

김 형사 아저씨 집은 우리 집에서 버스로 두 정거장 거리에 있는 단독주택이었다. 멀지 않은 것만 보아도 고만고만한 동네인 것을 알 수 있다. 그곳에도 엄마는 없었다. 나중에 선아 누나에게 들어서 알게 되었지만 이혼하고 나가서 전혀 소식을 모른다고 하였다. 엄마를 잃는 방법은 여러 가지다. 병으로 죽어 잃을 수도 있고, 결혼해서 살다가 이혼이라는 제도로 아이가 엄마를 잃을 수도 있고, 그냥 어느 날 연기처럼 사라져서 잃을 수도 있다. 어린 아이에게 갑자기 엄마를 잃는다는 일은 모두 연기처럼 사라져 버리는 일이다.

선아 누나와 내 처지가 비슷하다. 선아 누나의 아빠인 김 형사 아저씨도 내가 가면 없다. 아저씨 집에 간 첫 날, 머리가 벗겨지고 깡마른 체구의 아저씨를 보고는 그 후로 한참동안 못 보았다. 아저씬 별 말 없이 머리를 한 번 쓰다

늠어 주었다. 손이 무척 큰 사람이었다.

선아 누나는 올해 열여섯 살이다. 중학교를 자퇴하고 대안학교를 다니다가 그도 시시해져서 그만두고 중학교 졸업학력 검정고시를 합격해 놓은 상태다. 지금은 고등학교 졸업학력 검정고시를 준비 중이라 했다. 학원은 다닐 필요가 없어서 혼자 공부한다고 하는데 수학문제를 풀거나 영어단어를 외우는 것은 보지 못했다. 맨날 소설책이나 어려운 제목의 책들만 보고 있다. 나는 선아 누나를 천재라고 생각한다. 질문하면 무엇이든 망설임 없이 대답해준다. 한 번은 내가 왜 어른들은 결혼했다가 헤어지는 것이냐고 물으니까 서로 소유의 개념으로 보아서 그렇다고 하였다. 누구의 누구가 아니라 자유로운 영혼으로 마주하지 않고 관계 속에 묶어두고, 스스로 그 안에서 조금씩 자신의 영혼을 갉아먹어가서 결국에는 사랑해줄 힘이 없어지게 된다는 알듯 모를 듯한 말을 해주었다. 또 한 번은 텔레비전을 같이 보다가 나오는 노래 '어둠은 빛을 이길 수 없다'는 말이 무슨 뜻이냐고 물으니 어둠은 본래 열등감에서 나오는 것이라고 했다. 남을 지배하고 판단하면서 자신의 열등감을 포장하려 하지만 두려움이 파도처럼 밀려오기 때문에 일관되지 못한 파장으로 결국은 파괴되는 것이 어둠이라고 하였다. 빛은 절대적이고 늘 존재하는 진리 같은 것이라고도 하였다. 빛은 사랑에서 출발하기 때문에 힘의 중심이 잘 조율되어 아무리 억압해도 해방되는 구원의 열쇠라고 진지하게 말하는 선아 누나를 보며 같은 하늘 밑에 살아도 나와는 차원이 다른 사람, 천재라고 규정해버리는 편이 낫겠다 싶었다. 제도권의 중학교도, 대안학교도 시시하게 느껴졌다는 선아 누나의 머릿속은 질량이 매우 큰 별의 진화 마지막 단계에서 만들어진다는 블랙홀 같다. 이해할 수 없지만 선아 누나의 말을 듣고 있자면 우주를 여행하는 기분이다. 우주멀미가 난다.

김 형사 아저씨 집이 좋은 점은 선아 누나같이 유식한 사람과 강아지 '코스모스'가 있다는 사실이다. 가을에 피는 꽃 코스모스가 아니다. 우주를 지칭하는 의미의 코스모스가 강아지 이름이다. 사람이 살면서 우주를 알아야 할 필요가 있을까? 대우주를 알 필요는 없으나 선아누나가 좋아하는 강아지 코스모스는 알아야 한다. 카발리어 킹 찰스 스패니얼종이다. 찰스 국왕에게 사랑받았다는 사냥개이다. 귀와 다리의 매끄럽고 긴 털이 멋지다. 활발하고 애교가 많다. 선아 누나가 코스모스와 놀 때를 보면 그녀의 우주 맞다.

내게도 잠시 강아지가 우주인 적이 있었다. 지금은 아픈 추억이 되었지만 말이다. 혼자 자라는 조카가 가엾다고 엄마 돌아가신 후, 다정이 이모가 나의 환경변화와 정서함양을 위하여 큰마음 먹고 강아지를 사왔다. 원래 엄마와 이모는 개를 키우는 스타일이 아닌데, 인터넷으로 살펴보더니 수원까지 가서 사왔다. 강아지를 분양하는 사이트를 본 것 같다. 그런데 문제는 코카스페니얼종이었다. 개에 대한 지식이 별로 없는 이모는 무조건 귀엽고 예뻐 보인다고 데려와서는 나더러 강아지 이름을 생각해보라고 하였다. 갑자기 생각나는 단어가 있었다. '두부'라는 이름을 지어주었다. 하얀 털의 작은 몸집이 두부를 연상시켰다. 그런 두부하고 함께 한 시간은 고작 일주일이었다. 잠시도 가만히 있지 않은 탓에 이모는 정신을 차릴 수가 없다고 하였다. 침대 이불을 다 뜯어먹고 종일 문을 긁았다. 앉아 있는 법이 없이 빙글빙글 돌아서 다정이 이모는 간질에 걸린 것이 아닌가하고 동물병원에 데려가기도 하였다. 알고 보니 뇌 자체가 근육으로 되어 있어 판단보다 몸이 먼저 움직인다는 견종이었던 것이다. 나 역시도 사생활이 없어졌다. 저녁이면 기다려지는 의식, 다정이 이모의 젖가슴을 만지지도 못하였다. 두부가 짖어대고 긁어대니 정서적으로 안정이 되지 않아서다. 이모가 극도로 예민해 있을 때 공연히 이모 심경을 건드려 빰이라도 맞으면 큰일이니 유비무환 정신으로 꾹 참았다. 다행히 단기간의 금욕생활이었다. 결국 이모는 두부를 다른 곳으로 보냈다. 무료입양 조건을 인터넷에 올렸다. 건장한 청년이 와서 재빨리 데려갔다. 이모는 일주일 동안 이미 지쳐버려서 파양의 괴로움도 없는 듯했다.

애젊은이인 나는 두부와 지낸 일주일 동안 미운 정 고운 정 들어 두부가 떠나는 날 울고 말았다. 사내의 뜨거운 눈물을 엄마 잃은 후 다시 흘렸다. 그런데 두부가 떠난 날 다시 다정이 이모의 젖가슴을 만지고 나서는 이별의 슬픔을 극복할 수 있었다. 이렇게 감정이라는 것은 변할 수 있고 배반할 수 있는 것이다. 짧았던 우주, 두부는 카오스적인 혼란만 남기고 우리의 기억에서 사라져 갔다. 코스모스를 보니 잠시 두부가 떠올려졌을 뿐이다.

선아 누나는 안타깝게도 커피를 마시지 않는다. 대신 부엌에 몰래 숨겨두고 소주를 한 모금씩 한다. 김 형사 아저씨와 아빠 두봉 씨에게는 비밀로 해달라 하면서 누나가 소주를 한 모금씩 들이킬 때의 표정은 우리 엄마 인정 씨가 커피를 내려 첫 모금을 마실 때의 표정과 비슷하다. 엄마와 선아 누나가 마시는 기호식품에는 햇빛과 바람과 물과 하늘이 다 들어 있나 보다.

소주를 마시고 나면 누나는 기분이 좋아져서 내가 알아듣기 어려운 말들을 더 많이 쏟아낸다.

"필승아, 넌 어디서 왔다고 생각하니? 네가 지금 어디에 있는지 알아? 넌 본디부터 있었어. 이 우주에 원래부터 있던 존재야…… 그러니 엄마가 없다고 슬퍼할 일도, 분노할 일도 없어. 그냥 내 안의 나, 그리고 또 다른 내 안의 나로 살면 되는 거야. 다 이루는 것은 신의 영역이야. 우리는 그냥 나로 완전에 가깝게 살다가 다시 우주로 돌아가면 되는 거야!"

살다살다 이렇게 지적인 술주정은 처음 들어본다. 선아 누나의 정신연령은 700살이다.

그러나 김 형사 아저씨나 우리 아빠 두봉 씨 앞에서 선아 누나는 평범한 소녀로 변신한다. '오늘 점심은 돈가스 먹었어요, 필승이에게 한글을 가르쳐 주었어요.' 이런 식으로 말하는 그녀를 보면 선아 누나가 두 사람인 것으로 착각할 정도다. 처음에는 당황되는 순간도 있었지만, 이제 적응이 되어 두 사람을 상대하는 것처럼 아무렇지 않다. 하루하루가 스펙터클하다고나 할까. 단순한 사람은 지루할 것이 뻔하다. 나는 선아 누나처럼 입체적인 사람이 좋다. 그런 누나의 아빠, 김 형사 아저씨는 맨날 밤늦게 집에 온다고 한다. 대한민국 경찰 아저씨이기 때문이란다.

아빠 두봉 씨는 어두워지기 전에 나를 데리러 온다. 어둠이 빛을 가리기 전에 탈출시키려는 사람처럼 해가 짧은 겨울, 6시 전에 초인종을 울린다. 선아 누나와 있는 낮 시간보다 아빠와 있는 저녁시간이 지루하게 느껴짐은 어쩔 수 없다. 좁은 공간에 두 남자, 그렇게 행복한 일은 아닌 것이다. 불행하다는 것이 아니라 결코 행복지수가 높은 상황은 아니라는 뜻이다.

게다가 새로운 일자리를 찾는 일이 쉽지 않은지 아빠는 새 직장에 대하여 며칠째 말이 없다.

어른이 말하지 않는 것은 질문하지 않음이 내 신조가 되어 버린 지 좀 되었다. 엄마가 아빠라는 존재에 대하여 먼저 말하기 전에는 묻지 않았다. 선아 누나가 김 형사 아저씨와 아빠와의 관계를 말해주기 전에는 물어보지 않았다. 아저씨가 아빠를 피의자로 감시하다가 의리를 지키느라 교도소에 갈 뻔한 것을 알고 아빠에게 기회를 주었단다. 그래서 둘이 친하게 되었다니 사람의 인연은 신비 그 자체다. 아주 가깝게 지내다가 으르렁거리는 관계가 되기도 하고, 전혀 친할 것 같지 않은 사람들이 사이가 좋기도 하다.

선아 누나와 함께 먹는 점심이 좋아서 아빠와 먹는 저녁은 불평하지 않기로 했지만 절대 괜찮은 음식은 아니다. 오늘 저녁메뉴는 치킨이다. 그것도 퍽퍽한 순살치킨이다. '닭고기든 쇠고기든 돼지고기든 남의 살에는 기름기가 좀 있어야 맛나다'고 엄마 살아 있을 때 가끔 들르던 외할머니가 하던 말이다. 점심으로 닭도리탕에 당면 넣어서 맛있게 먹었는데 배달치킨을 또 먹자니 내 목에서 '꼬끼오~!'하는 소리가 나는 것만 같다. 그나저나 아빠가 취직을 못하면 이런 치킨도 못 먹게 되는 거 아닌가 모르겠다. 내가 입학하기 전까지는 어떻게 되겠지. 걱정을 한다고 걱정이 사라진다면 걱정해야겠지만 세상 일이 마음대로 되지 않는 법. 걱정하지 않기로 결정해버렸다.

*

아빠가 새 직장에 다닌 지 일주일이 되어 간다. 그런데 많이 힘든 일인가보다. 밤이면 끙끙 앓고 몸 여기저기 멍자국이 보인다. 약을 바르고 진통제를 먹는 아빠가 어떤 일을 하는지 궁금하지만 묻지 않았다. 어른들은 주로 좋지 않은 것들을 비밀로 하니까 좋은 일자리가 아닌가보다 하고 짐작할 뿐이다.

아빠가 그리 오랜 시간 일하고 오는 것은 아니다. 여전히 오전 10시경에 나를 선아 누나 집에 데려다놓고, 오후 6시 전에 데리러 온다. 버스정류장에서 누나 집이 가깝기 때문에 요즘에는 나 혼자 내려 누나 집으로 바로 가고, 아빠는 그 버스를 계속 타고 직장에 간다. 아빠는 선아 누나 집에 잘 들어갔는지 꼭 확인 전화를 한다. 핸드폰 없을 때는 어떻게 아이들을 돌보았는지 핸드폰이 또 다른 보호자다.

선아 누나와 재미있게 지내다가도 점점 일그러지는 아빠의 모습이 떠오른다. 궁금하고 걱정된다. 그래도 못 물어보았다. 무슨 직장인데 퇴근해서 돌아올 때마다 얼굴에 상처가 더해지는지를. 어떤 일을 하고 있기에 밤에 진통제와 수면제 없이는 잠을 못 이루는지를.

그러다가 아빠의 일에 대하여 알게 된 것은 노력이나 결심 이전에 본능적으로 몸이 움직여 필연적인 결과가 되었다. 그 날도 아빠는 버스정류장에 나를 먼저 내리게 하였다. 보통은 정류장에 내려서 버스 차창을 바라보면 아빠가 손을 들어 보이는데 그 날은 아빠가 눈을 감고 있는 것이 보였다. 얼른 다시 버스에 올라탔다. 맨 뒤 좌석으로 가서 아빠를 살폈다. '대학로입구'라는 안내음이 나오자 화들짝 놀란 아빠는 "기사님!"하며 하차벨을 누른다. 정신없이 내리는 아빠를 따라 내렸다. 뒤도 돌아보지 않고 아빠는 주머니에서 전화기부터 꺼낸다. 나는 얼른 아빠와 거리를 두고 떨어졌다. 그리고 전화기를 보았다. 아빠다.

"선아 누나 집이지?"

"당근!"

"누나는 뭐해?"

"화장실."

아빠는 터벅터벅 걷더니 길가 만두가게 안으로 들어간다. 요즘 들어 아빠는 선아 누나에게도 만두를, 내게도 만두를 자주 사온다. 잠시 후 아빠가 커다란 스포츠가방을 메고 나온다.

그리고 길을 건너 대학로 예술극장 대극장 쪽으로 간다. 대극장건물과 나란히 붙은 소극장건물 사이에 자리한 공간에 선다. 가방에서 권투글러브와 헤드기어를 꺼낸다. 팻말을 꺼내어 놓는다. '스트레스를 푸십시오. 3분에 단돈 1만원!'

내 아빠 강두봉 씨가 헤드기어를 쓴다. 경기를 시작하려는 사람처럼 포즈를 취하는가 싶더니 부동자세로 서있다. 아빠에게 다가가지 않고 몸을 숨겼다. 왠지 그래야만 할 것 같다. 아빠가 놀라서 새로 얻은 일자리를 망치면 안 될 것이니까.

점심시간을 맞은 대학로는 나목들 사이로 알싸한 겨울 햇빛이 빛나고 있고, 사람들의 걸음걸이는 한가롭게 보인다. 가슴이 뛰었다. 아빠가 예전에 권투선수였다는 말을 들은 기억이 났다. 내 앞에서 훅훅 잽을 날리는 시늉을 해 보이며 자랑스럽게 말했었다. 아빠가 멋진 권투경기를 펼칠 모양이다. 예술의 거리, 대학로는 공연하는 곳이 아닌가. 아빠의 새 직장은 권투하는 배우역할인가보다.

잠시 후 젊은 남녀 커플이 아빠 앞에 섰다. 남자는 팔을 잡아당기며 말리는 여자친구를 옆으로 비켜서게 한다. 그리고 지갑을 꺼내더니 팻말 옆 작은 바구니에 초록색 지폐를 놓는다. 아빠가 권하는 권투글러브를 낀다. 아빠 얼굴을 두 번 때리더니 다시 복부를 세게 한 번 때리고는 글러브를 벗고 간다. 아빠는 젊은 남자의 공격에 배를 한 번 움켜쥐더니 이내 허리를 펴고 다시 선다. 저 남자, 너무 실감나게 연기해서 아빠를 아프게 하는 나쁜 남자다.

점점 아빠 주위로 사람들이 모여든다. 나는 이리저리 몸을 움직여 아빠가 잘 보이는 쪽으로 옮겨 선다.

"스트레스를 푸십시오! 스트레스 팍팍 3분에 단 돈 만원입니다!"

몸집이 좋은 남자가 아빠 앞에 선다. 바구니에 5만 원권 누런 색깔의 지폐를 놓는다.

글러브를 끼자마자 아빠에게 대든다.

"야 오부장 이 자식아, 뭐 무능한 인간이라고? 알아서 명퇴신청하라고? 치매 걸린 노인네에 자식 셋, 관절염으로 절뚝거리며 남의 집 일 다니는 마누라 있어봐라. 드럽다고 사표 내지나. 찔러도 피 한 방울 안 나오는 쓰발놈아 너나

꺼져라 너나 뒈져라!"

정말로 때린다. 연기도 좋지만. 아니 이건 연기가 아니다. 실전이다. 더 이상 망설일 수가 없다. 자식으로서 맞고만 있는 아빠 역할을 보고만 있을 수 없는 노릇이다.

"아빠 아빠~"

전력을 다해 뛰었다. 아빠 앞을 가로막았다.

"그만해요 그만!"

몸집 좋은 남자가 멈칫 서있다.

"우리 아빠 죽어요, 그만해요!"

남자는 잠시 씩씩거리고 서 있다가 사라졌다. 구경꾼들도 하나둘씩 가던 길을 간다.

아빠는 고꾸라진 채로 있다가 겨우 나를 쳐다본다.

"어떻게 온 거야? 여길 어떻게 안 거야 응?"

"지금 그런 게 뭐가 중요해. 아빠 이러다 죽어. 왜 이런 일 하는데?"

"왜냐면 말이야……."

아빠는 무슨 말인가 하려다가 말고 털썩 주저앉았다. 한참을 그렇게 있었다. 나도 아무 말 하지 않고 아빠 옆에 나란히 앉았다. 침묵이 흘렀다. 겨울햇살과 함께 다가오는 바람이 맵고 시원하다. 아빠 두봉 씨는 가만히 짐을 쌌다.

만두가게에 짐을 다시 맡기지 않고 아빠와 나는 곧장 집으로 왔다. 아빠는 다음 날까지 꼼짝하지 않고 누워만 있었다. 나는 아빠 곁에서 연고를 발라주고, 엄마 박인정 씨에게 배운 오믈렛 비슷한 것을 해서 같이 먹었다. 물론 선아누나네 집에 가지 않았다. 다정이 이모처럼 풍만한 가슴은 없어도 아빠 옆에 누웠다. 자다보니 아빠 품안에 안겨 있다. 내 양손은 얌전하게 아래를 향해 있다. 따스한 품이다.

삼일을 누워 있던 아빠가 벌떡 일어나 등산을 가자고 한다. 무조건 따라갔다. 아이가 집에 혼자 있는 것보다 더 싫은 일은 없다.

겨울 산의 옷 벗은 나뭇가지들이 춥게 서 있다. 아빠는 집에서보다 산에서 많은 말을 하였다. 사내자식은 어떠한 경우에도 살아남아야 한다고 했다. 아빠도 언젠가는 죽고 혼자 살아내야 하는 세상이라며 산에서 길을 잃었을 때 대처방법 등을 이야기하는데 난 잔뜩 쌓여 있는 마른 나뭇잎들을 밟는 소리와 느낌이 좋아서 아빠 말을 열심히 듣지 않았다. 아빠가 맨주먹으로 소나무 등을 친다. 권투선수하면서 주먹연습을 그렇게 하였다고 한다. 그리고 처음으로 아빠가 내게 물었다.

"강필승, 니 꿈이 뭐야?"

"요리사요. 요리하면 엄마가 옆에 있는 것 같아요."

"요리사 멋지구나. 꿈을 배반하지 마. 꿈을 배반하고 권투선수가 한동안 조직이라는 곳에서 헛된 주먹만 썼어. 아들을 만나고 깨달았지. 처음 만난 곳도 떳떳한 일터가 아니었지. 뭐라도 하고 싶었어. 꼭 너를 위해서만은 아니야. 맞기만 하는 권투선수, 꿈을 배반한 스스로에게 준 벌이야."

"벌 받지 마요 아빠."

아빠와 나는 걷고 걸었다. 순례의 길을 떠나는 순례자처럼. 사박사박 눈 밟히는 소리가 난다.

필승과 커피공주

*

도시는 밤이 화려하고, 도심은 더욱 그러하다. 도심의 밤은 내면보다 외면으로 흐르는 현란한 불빛들로 늘 축제 분위기다. 어디선가 삼바를 출 것 같고, 또 어디선가 훌라 댄스를 추고 있을 것만 같은 곳이 서울이라는 대도시의 밤 풍경이다. 브라질의 목화경작을 위해 아프리카로부터 수입된 노예였던 아프리카인들이 노동의 고통을 잊기 위해 아프리카 고유의 리듬과 가락에 맞추어 부르고 추었다는 삼바가 서울에서 출렁이고 있다. 본능적인 욕구의 표현이었을 하와이 원주민들의 훌라댄스 이미지가 네온사인으로 번지고 있다.

그런가하면 정중동의 깊은 수피댄스가 도시의 한구석에서 행해지고 있을지 모르겠다. 반짝이며 돌고 출렁거린다.

종로통에 즐비한 호프집의 밤은 수산시장의 아침풍경처럼 왁자지껄하다. 절여진 고등어 같다가 활어로 변하는 신비를 체험하는 공간이다. 우드 스타일로 인테리어 했지만 조악한 티가 역력한 호프집 한가운데, 필승은 생맥주잔 피처를 든 친구들에 둘러싸여 있다.

"열나 꿀꿀해 있는 강필승의 삼자루 입대를 위하여!"

"삼자루 입대를 위하여!"

동현이 건배사랍시고 내뱉은 말이 저주에 가깝다. 그 흔한 '울트라 나이스 짱, 필승!'이라고도 안하나. 군대 보내는 친구의 환송회는 흔히 파티 분위기처럼 위장되곤 한다. 동현은 고무신 거꾸로 신을 여자 하나 없는 친구의 처지가 불쌍하고 안되었다며 한 술 더 뜬다. 필승은 속으로 '대학도 못간 놈이 무슨 여자가 붙겠냐'며 냉소를 흘린다. 그런 생각이 들자 아버지 현식의 얼굴이 떠오른다. 사관학교만 고집하는 아버지를 둔 스트레스가 얼마나 심한지 친구 녀석들은 그 고충을 알 턱이 없다. 필승이 가끔 친구들에게 하소연하면 몇몇은 이해한다고 한다. 그러나 반복되는 폭언과 자식의 능력이나 소질 이전에 자신의 신념과 체면에 맞추기를 강권적으로 압박해오는 악부(惡父)가 엄연히 존재한다는 사실을 그들은 짐작하기 어려울 것이다. 생맥주를 벌컥벌컥 마셔댄다. 필승은 소주보다 맥주를 선호한다. 소주는 외국에서 알아주는 한국산 위스키라지만 그에게 소주는 어머니가 고기 잴 때 붓는, 그리고 남은 소주를 걸레에 묻혀서 가구 때를 닦는 용도 그 이상 그 이하도 아니다. 좀 더 솔직하게는 아버지 현식이 술은 소주가 제일이라고 하는 소리부터 싫어서 소주를 마시지 않는다. 곡주라는 막걸리를 가까이 하려 했지만 마실 때는 좋은데 마시고 나면 그 다음날 머리가 너무 아파 며칠 고생하게 되어 포기하고 말았다. 앓고 앓고 앓다보면 아름다워진다지만 막걸리를 먹고 앓고 난 후는 전혀 아름다워지지 않는다.

필승은 맥주 중에서도 병맥주보다 생맥주가 맥주의 참맛이라고 주장한다. 그리고 SNS에서 본 맥주가 건강에 좋은 구체적인 이유들에 대해 일장 설파한다. 평소 말이 많지 않은 그이지만 맥주 이야기가 나오면 열정적으로 소주애호가들의 주장을 깨뜨려버린다. 예를 들면 맥주의 규소 성분이 근육과 뼈 조직의 연결을 돕고 골밀도를 높이는 역할을 한다고 말한다. 또한 엿기름에 홉을 넣어 효모균으로 발효시켜 만들기 때문에 홉에 함유된 성분이 테스토스테론 호르몬의 흡수를 예방하여 잠재적 항암 효과가 있다고 제법 전문가적인 용어를 써가며 맥주 예찬을 늘어놓는다. 이론적 배경이 약하고 무조건 소주를 마시기만 하는 친구들은 슬그머니 꼬리를 내린다. 어떤 친구는 소주만 마시다가 갑자기 맥주를 시켜서 소맥을 만들어 마시기도 한다. 그러는 날이면 서서히 테이블 위는 소주병보다 맥주잔 피처들이 빼곡히 자리를 잡기 시작한다.

꽁꽁 얼린 피처에서 올라오는 거품이 주는 희열은 생각을 정지시키는 힘이 있다. 사람들은 어쩌면 생각 세계에 속기 때문에 두려움에 갇히는 것일 것이다. 맥주의 거품이 때로는 그 두려움을 걷어내 주기도 한다. 이런 경우 맥주가 수단인지 목적인지 혹은 방법인지는 중요하지 않게 된다. 그래서 술이 술을 먹는다고 하는 걸까.

입대를 앞둔 환송회, 오늘의 주인공답게 필승은 권하는 대로 연거푸 1000CC 피처 세 개를 해치운다. 같은 하늘 아래, 그것도 좁은 나라에서 순간이동을 하면 전혀 다른 세계가 펼쳐지겠지. BC와 AD가 있듯이 대한민국 남자는 입대 이전과 입대 이후로 구별된다고들 한다. 그런데 필승에게는 그렇게 대단한 변화가 있을 것 같지 않다. 금수저를 물고 태어난 것도 아니니 군대 간다고 해서 환경의 변화가 별반 다르지 않을 것이다.

상황에 따라 술맛이 다르지만 보통 입대 직전의 환송회를 빗댄 술은 달고 쓰고를 떠나 질보다 양으로 승부하게 된다. 필승은 꽤 마신다는 생각만으로 마셨다. 피처 5개를 카운트 한 후부터 세지 않았다. 화장실을 몇 번 드나들었다. 집에는 어떻게 왔는지 모르겠다. 귀소본능이 작용했는지, 아니면 어떤 녀석이 데려다주었는지 상관없다. 한껏 어질러진 방안의 담배꽁초 수북한 재떨이, 팬티만 입은 채 엎드려 자고 있는 필승은 요란하게 울리는 벨 소리에도 아랑곳 않고 계속 잠을 청한다. 끊겼다가 또 다시 몇 번을 지겹게 울려대는 것을 보니 전화 건 사람이 누구인지 알 것 같다. 미간을 찌푸린 채 핸드폰을 귀에 갖다 댄다. 귀청이 떨어질 만큼 고함을 지르는 소리부터 들린다.

"여태 퍼자고 있냐? 해가 중천인디 칠 홉 송장, 게을러터진 놈. 빨리 안튕겨 나오면 눈깔에다가 염산 갖다 뿌려불테니까 알아서 해."

필승은 눈을 감은 채 핸드폰을 휙 던져버린다. 속이 쓰리다. 미국인들은 해장으로 햄버거를 먹고, 프랑스인들은 아루아농이라는 양파스프를 먹고, 터키인들은 감을 먹는다고 하지만 해장에는 해장국이 제일이다. 청진옥까지 혼자 가서 먹고 올 생각은 없다. 언젠가 아버지 현식과 청진옥에 같이 갔는데 특해장국을 시켜서는 묘기 부리듯이 수저를 꼽아 보였다. '해장국은 이렇게 수저가 바로 서야 제 맛'이라면서 흐뭇해하는 현식을 보며 의아했었다.

생수병이 보인다. 먹다 남은 페트병의 물은 시간이 지나면 세균덩어리지만 개의치 않고 마셨다. 원효의 해골물은 40세 때 일체의 사상이 오직 마음의 분별에서 생긴 것임을 얻은 깨달음이라는데, 필승은 20대에 깨달았으니 도란 아무 때고 예고 없이 깨달을 준비가 되어 있지 않아도 오는 것인가 보다. 원효대사는 아들 설총에게 '너는 부디 착하게 살지 말라'고 하고, 설총은 '착할 생각을 하지 않는데 언제 악한 생각까지 하겠습니까'라고 대답했다. 현식은 아들에게 착한 강아지를 요구하고 있다. 그러니 필승이 어서 강아지에서 벗어나 현식을 물어버리는 개가 되기로 악한 생각을 하고 있지 않은가.

목을 축이니 정신이 좀 든다. 술꾼으로 살기에는 아직 너무 어리다. 남자의 세계에 대한 환상은 없다. 다만 술을 마실 뿐이고 담배를 필 뿐이다.

현식은 말로만 이제 자신은 '이빨 빠진 호랑이'라고 한다. 전혀 아니다. 영구틀니를 했는지 천년만년 살 기운으로 늘 버럭거린다. 못마땅해도 하는 수 없다. 억지로 눈을 비비고 일어나본다. '스타하우스'를 돕는 일 외에는 무위도식하는 처지니 현식의 닦달하는 호통쯤 알람소리로 여기기로 한다. 그래도 가기 싫은 곳, '스타하우스'다.

*

탑골공원 정문 삼일문 앞에 어슬렁거리는 노인들이 보인다. 조금 있으면 공원 담장 따라 노인들 줄이 길게 늘어설 것이다. 〈원각사 비빔밥 12시〉라는 메모가 벌써 붙어 있다. 우리나라 노인 빈곤율 50퍼센트라는 말이 실감나는 현장이다. 건너편으로 '종로구 재활용 센터' 간판이 보인다. 3.1운동이 일어났던 성지로 알기보다 가난하고 소외된 노인들의 쉼터로 여기는 곳이 탑골공원이다. 유리관에 갇힌 원각사지10층석탑과 부조들이 역사의 근원지임을 꿋꿋하게 알리고 있다. 아직도 파고다공원이라고 부르는 사람들이 있지만 정식명칭은 탑골공원이 맞다. 필승에게 매우 익숙한 곳이고 매번 그냥 지나치는 곳이다. 수레로 된 노점상에는 '신발깔창, 눈깔사탕, 쌍날면도날'이라 쓴 골판지가 보인다.

초점 없는 눈으로 망연한 시선을 보내는 노인들을 만나

는 일은 '스타하우스'로 가는 길의 통과의식이다. 이곳을 지나노라면 필승은 자신이 스물을 갓 넘은 청년이 아니라 젖은 낙엽 같은 노인이 되어 걷는 것만 같다. 노인이란 '늙은이' 혹은 '나이 많은 자'라는 의미를 지니고 있는 용어가 아닌가. 생물학적 요인뿐 아니라 개인적, 심리적 요인 등이 포함된다면 필승이 준노인이라는 생각을 하며 걷는다. 세포나 조직, 기간 등의 유기체 전반에 걸쳐 서서히 일어나는 점진적인 노화 말고 어느 순간 필승은 노화라는 내재성을 갖고 있는 자신을 발견하였다. '노인은 처음 되어봅니다' 그렇게 신소리를 해댈지도 모르겠다.

무엇보다 먼저 그는 노인들 특유의 하위문화를 충분히 이해하고 있다. '스타하우스'를 중심으로 지겹도록 알아가고 있는 중이다. 인생에 대한 허무감, 상실감, 그리고 정서적 외로움 또한 경험하고 있다. 노인들이 많은 종로에서 20여 년을 지내며 체험으로 느끼는 노인문제는 노동과 취업에서 배제됨으로써 파생되는 경우가 많음을 보아왔다. 가끔은 '스타하우스'에서 한 시대를 살면서 얻은 지식과 경험으로 지혜와 성숙이 엿보이는 노인을 발견하기도 한다. 안정된 정서, 타인에 대한 배려, 긍정적인 자존감이 조용하고 깊게 드러난다. 그런 노인을 만나는 날에는 필승도 그렇게 늙어가고 싶은 생각이 든다.

건물이 많이 들어섰을 뿐, 어릴 때나 지금이나 그다지 변한 곳이 없는 종로의 풍경만큼 노인들의 모습도 별반 달라진 점이 없다. 그들에게는 우울한 딱지들이 덕지덕지 붙어 있다. 입술은 꼭 다물어 있고, 표정은 생기 없는 밀랍인형 같다.

고만고만한 상가 밀집 지역에 자리한 건물 2층에 현식이 운영하는 '스타하우스'가 있다. 도로 맞은편으로 삼겹살집 개업을 알리는 아치형 풍선들과 미니스커트를 입은 도우미들의 현란한 춤이 계속되고 있다. 아직 오전이고 행인들도 별로 없는데 썰렁한 공연을 하는 이유를 모르겠다. 호객행위라는 것은 호객이 가능한 시간에 행하는 행위가 아닐까?

군 입대를 며칠 앞둔 아들을 못 부려먹어 안달인 아버지 현식을 떠올리니 은근히 부아가 난다. 그러면서도 발걸음을 재촉하게 된다. 지독한 올무지만 아직은 벗어나지 못하는 현실을 인정하며 필승은 걷고 있다. 부모가 자식에게 감동을 주지 못하면, 자식이 부모에게 감동하지 못하면 자식은 바뀔 수가 없다. 너무도 익숙한 종로통의 분위기가 역겨워지려고 한다. 상념을 떨쳐버리려는 듯 필승이 고개를 저으며 건물 앞에 들어서는데 저만치서 커피공주, 손톱

끝을 물어뜯으며 서 있다. 발로 바닥을 툭툭 치면서 두리번거린다. 아직 모닝커피를 마시기 전인가 보다.

커피공주가 이 동네에 나타난 지 일 년이 채 안되었다. 커피공주라는 낭만적인 별칭과 달리 그녀는 노숙인 차림이다. 긴 생머리를 하였지만 찰랑거리는 대신 부스스하다. 얼굴은 주근깨투성이다. 나름 패션을 생각했는지 어쨌는지 모르겠지만 치마를 여러 겹 겹쳐 입었다. 비쩍 마른 몸을 가리고 싶었는지 상의도 여러 벌을 겹쳐 입었다. 그런 그녀가 필승과 눈이 마주치자 꾸벅 인사를 한다.

"인사하지 말랬잖아. 재수 없어! 한 번만 더 나한테 인사하면 죽는다."

"내가 누난데 꼬옥 반말하네."

"으이구 내가 이 늚의 동네 구석을 어서 벗어나야 저 꼴을 안보지."

필승은 투덜거리며 계단을 올라간다. 메롱! 하는 혀놀림으로 대응하는 커피공주의 얼굴은 시큼한 사탕을 문 아이 같은 표정이다.

*

'스타하우스'는 갖가지 상장과 상패, 훈장, 신문기사 스크랩으로 둘러쳐진 다방 분위기의 복고풍 커피숍이다. 아직도 커피에 계란 노른자 스페셜이 통하는 곳이다. 철모와 모형 비행기, 모형 배들이 창가에 즐비하게 놓여 있다. 한쪽 벽에는 〈사단법인 한국 군경 연예인 봉사회〉 현판이 걸려 있다. 노신사들이 옹기종기 테이블을 차지하고 앉아 있다. 일반 커피숍과 다른 점이 있다면 여자 손님이 아예 없다. 그리고 금연구역이 아니라는 것이다. '금연'이라는 글씨는 써 붙어 있지만 흡연을 말리는 사람도 없고, 금연을 자처하는 사람도 없어 보인다. 피워대는 담배연기는 뿌연 안개에 젖은 호수를 만들고 있다. 그래도 먹이를 찾아 헤매는 하이에나가 되어 탑골공원을 어슬렁거리는 노인들에 비하면 이곳 '스타하우스'에서 죽치고 앉아 있는 노인들은 덜 칙칙하고, 덜 외로워 보인다. 점퍼차림은 별로 없고 유행이 지난 양복일지라도 대부분 정장 차림이다. 고상한 색깔의 넥타이보다는 큐빅이 잔뜩 박힌 넥타이를 매고 있는 경우가 많다. 우리나라 큐빅 공예는 다른 어떤 나라보다도 정교화 되어 있어 인기를 끌고 있음이 맞다. 커피 한 잔 시켜놓고 정치며 경제를 논하는 척 하지만 자세히 들어보면 자신의 신념이나 철학에서 비롯된 이야기라기보다 뉴스에서 나왔던 소식들을 재탕할 뿐이다. 그러다가 생각의 파편들을 배설하듯 쏟아내며 논쟁을 한다. 서로 다른 견해를 가진 사람들이 다투는 생산적인 논쟁이 아니라 억측과 아집을 드러내며 삿대질을 해대는 싸움판이다. 시끄러운 가운데 성찰은 없고 과거의 영화만 존재하는 곳이다. 이들은 예전에 모두 잘나갔다고 말하고, 지금 이곳에 이렇게 있는 것은 인생이 꼬이고 뒤틀려서 내몰아진 것이라 한다. 그들 틈에 어울려 있는 현식의 입담은 결코 뒤지지 않는다.

"아 제가 방송 출연 한 번 제대로 못해본 무명 연예인이지만 군부대 위문 가믄 아이돌 못지않게 애들 말로 인기 짱, 대박이라는 거 아닙니까? 출연료 절대 사절, 공연단 항시 대기! 우리 군경 연예인 봉사회 모토 아닙니까? 허허."

"요즘 군대 많이 좋아졌지?"

"그러긴 헌데요, 강원도 산골짝 쬐깐한 부대 같은덴 위문공연 같은 거 아직 잘 안 댕겨요. 눈이 오마 무지 와가꼬 차가 풍풍 빠져 불고 타이어가 안돌아불면 심란해분께 누가 그런 오지 갈라고 허간디요. 나나 되니께 우리 팀들 다독거리고 격려시켜감서 돈 써감서 고런데 구석구석 댕기지라우. 글고 떴다 하면 최소한 장병 열 명 휴가 보내주어분께 내 별명이 산타클로스 강 아닙니까?"

"자네 군대쪽으로는 빽이 대단하겠구먼 그래."

"빽은 무슨, 하기사 사단장, 연대장들 나보다 더 많이 아는 사람 없을 겁니다. 장병들 무대에 올려놓고 댄스 대회 같은 개인기 시켜서 휴가 주라고 버팅기면 천하에 장군들도 꼼짝없이 포상휴가 안 때리고 못 배기거든요. 그러니 용만이 선배님도 좋은 일 하신다 생각하고 이참에 우리랑 합류 허시랑께요."

"자네 말이야 고맙고 뜻은 좋은데 명색이 음반도 내고 가수협회 가수가 이 나이에 유랑극단처럼 떠돌아다닌다는 것이 좀 그래."

"아따 선배님, 백의종군이라는 말도 있잖습니까? 마음을 비우고 봉사 허시면 보람도 있고, 더 젊게 사시지라우."

"참고해봄세."

필승은 현식이 손님들과 어울려 있으니 잘되었다싶다. 얼른 주방으로 가서 밀린 오더를 체크하며 서빙을 하고 있다. 이틀째 여종업원이 출근을 하지 않고 있다. 서빙은 필승이 가장 싫어하는 일이다. 노인의 손이 그의 허벅지를 만지며 실하겠다고 한 마디 던진다. 고역이다. 명백한 성추행인데 따질 수도 고발할 수도 없다. 그럴 때면 허벅지에 벌레가 붙어서 스멀거리는 것만 같아 불쾌하다. 때로는 그 벌레가 하루 종일 붙어 있는 것처럼 느껴져 바지를 벗어

던지고 샤워를 하고 싶을 때가 있다.

이 지긋지긋한 곳에서 해방이 되는 방법이 자원입대였다. 여종업원의 갑작스러운 부재는 가끔 있는 일이다.

주방아주머니가 있기는 하다. 일흔이 다된 경상도 아주머니는 홀 쪽으로는 고개도 돌리지 않고 설거지며 궂은일을 한다. 그녀가 아무 말 없이 꿀물을 타서 내민다. 이를 대충 닦고 나왔는데 술 냄새가 났나보다. 지난밤 일을 알고 있다는 눈치다. 하기야 피처 10개 정도를 마신 것 같은데 이 닦는 것만으로 술에 쩐 냄새가 가시지는 않았으리라. 도통 말이 없어도 그녀에게서 외할머니 냄새가 난다. 현식은 전라도 출신이고 필승의 엄마는 경상도 출신이니 주방아주머니에게서 외할머니 냄새가 나는 것이 맞다. 친할머니는 지독한 전라도 사투리를 썼다.

현식은 혼자 중얼거리며 주방으로 들어온다.

"음반 따악 한 번 내고 말아먹은 작자가 깝죽대기는. 커피 한 잔 시켜놓고 리필 쳐먹어가며 하루 죙일 죽치고 있는 팔자에 재긴. 나나 되니께 낑가줄라고 하지 누가 저런 괴팍한 노인네를 언감생심!"

심사가 뒤틀린 현식은 필승을 보자마자 으르렁거릴 준비가 되어 있는 호랑이가 된다.

"입대하기 전에 초상부터 치를래? 레지 기집애 월급 챙겨 튀었다고 일찍 기어 나오라고 했냐 안했냐?"

이럴 때 한 마디라도 대꾸하면 복잡해지니 필승은 입을 꾹 다물어버린다. 현식은 커피공주에게 커피부터 갖다 주라고 한다. 주방아주머니를 시켜도 되는 일을 현식은 꼭 필승에게 시킨다. 고약한 성미다. 친아들에게는 쥐 잡듯이 하면서 커피공주에게 지극정성으로 모닝커피를 배달시키는 현식의 심보는 다분히 악의적이다. 커피공주에게 들어와 마시라고 하거나 다른 사람을 시켜도 되는 일을 꼭 필승에게 시키는 일이 못마땅하다.

이 짓도 며칠이면 졸업이라고 생각하니 불평이 사라진다. 알록달록한 도트무늬가 그려진 머그잔을 들고 건물에서 내려와 보니 커피공주는 건너편으로 가서 미니스커트 도우미들의 현란한 춤을 구경하느라 정신이 없다. 가까운 거리라도 옆에 있는 것과 길을 건너 있는 것은 다르다. 귀찮아서 투덜거려지려는 것을 무단횡단으로 대신한다.

"받아."

"……."

"받으라구."

커피공주는 들었는지 못 들었는지 미니스커트 도우미들의 춤을 어설프게 흉내 내가며 흥얼거리기까지 한다.

"야 커피배달 왔잖아. 안 받아? 부어 버린다?"

그제야 그녀가 머그잔을 받아 입에 갖다 댄다. 커피공주가 커피를 한 모금 하는 모습에서 커피와 그녀와의 교감이 느껴진다. 아주 짧은 찰나의 순간, 그녀는 꿈꾸는 여인이 된다. 이 집시는 도대체 어디서 흘러 와서 갑자기 이 종로통에 나타났을까? 코카서스 집단의 유랑집단에서 맺은 씨앗이 계속 흘러 인도를 떠나 페르시아를 거치고 대륙을 통과해 이곳 낙원동에까지 흘러들어온 것인가. 커피공주가 순수혈통이 아니고 대륙들 간의 교집합일지도 모른다. 그녀와 커피와의 교감은 본향의 음식을 대할 때와 같은 본능적인 합집합이다. 누군가 내뱉은 말이 음악과 함께 흐른다.

"미친년들, 저런 똥고 치말 입고 춤추느니 아예 벗고 스트립쇼를 하지."

필승은 커피공주에게 커피를 가져다주는 일이 꼭 싫고 귀찮은 것만은 아니다. '스타하우스'를 벗어나 담배를 피울 수 있는 기회이다. 버젓이 '금연'이라고 쓰여 있어도 금연구역이 아닌 곳으로 만들어 버리는 '스타하우스'지만 가장 나이가 어린 필승이 자유롭게 흡연할 수 있는 곳도 아니다. 건물 모퉁이를 돌아 담배 한 대를 피워 문다. 요즘 흡연자는 천덕꾸러기가 되어 마음 놓고 담배를 피울 공간이 별로 없다. 공식 흡연구역을 찾는 일이 만만치 않다. 필승에게 담배는 커피공주에게 커피 같은 것이다. 담배를 문 순간은 깊이 호흡하게 되고 그래서인지 모든 것이 명료해진다. 다른 사람이 볼 때는 맹숭맹숭하게 맥 빠진 모습으로 보일지 몰라도 가장 평화로운 시간이다.

밖이 요란하거나 말거나 '스타하우스' 안은 그들만의 천국을 만들고 있다. 이곳에서는 여전히 생산성 없고 무의미하게 반복되는 말들이 부유하고 있다. 현식은 용만과 또 다른 노신사와 합석해서 공허한 말들을 나누고 있다. 진위를 알 수 없는 과거의 무용담들이 서로 오가고 있다. 배열된 시간 크로노스에 각자가 의미를 부여해 편집한 카이로스의 시간이 혼재하는 순간들이다. 그 무용담들 속에서는 화자들이 모두 주인공이다. 주변인생은 없다. 어느 누구나 모두 인생의 주인공으로 주연배우 역할을 한다. 말하는 사람의 삶속의 주체는 진실이나 논리를 떠나 그를 중심으로 재편성되어 엮어지기 때문이다. 현식에게 용만은 계륵이다. 용만의 거만한 태도는 마음에 들지 않지만 그를 가수로 알아보는 다른 노신사들은 연예인과 같은 공간에 있다는 생각이 적잖이 좋은가보다. 이들에게는 무언가 말할 화제성이 최고의 소일거리가 되는 것이다.

"내가 활동할 때 문주란, 김상희 이런 애들은 내 앞에서 고개도 옳게 못 들었제."

"문주란은 이야기할 때도 그렇게 목소리가 두꺼워? 몸매는 가냘프면서 목소리는 엄청 저음이잖여."

"그러엄 말할 때도 저음이지 그 목소리 어디 가겠어. 갸가 나더러 용만 오빠 그러는데 징그러워서. 차라리 형님이라고 부르라 했다니까."

"하 하 하"

용만이 안타를 쳤다. 옆 테이블의 노인들까지 박장대소를 한다. 한바탕 웃고 난 후에 현식에게로 넘어간다. 그들에게 대화의 내용은 처음 듣는 말이 아니어도 처음 대하듯이, 두 번 다시 못들을 그렇게 상대하는 경우가 많다. 그 전에 들었다든가, 했던 말이잖냐는 식의 대응은 없다. 이들의 반복되는 대화법은 숭고할 정도로 매순간 진실이고 매순간 신선하다. 세상은 변한다고 하지만 이들의 세상은 변하지 않는다. 기억하고 싶은 일만 기억하듯이, 추억하고 싶은 일만 추억해낸다 그것도 자주 거듭.

"그나저나 강 사장 자네 대단해. 커피공주 재 위해서 컵까지 마련했다면서? 처음에는 사람들이 커피공주랑 자네 관계를 야릇하게 보기도 했다니까. 무슨 말 못할 사연이 있나 하구 말이야."

"긍께 벌써 한 예닐곱 달 됐건디요. 눈이 많이 온 날 창밖을 내다보고 있는데, 저 아이가 성냥팔이 소녀처럼 덜덜 떨고 서 있잖아요. 그래서 몸이나 녹이라고 커피 한 잔 갖다준 것이 시작이긴 허죠. 멀쩡한 아가씨가 짠허잖아요. 멀쩡하진 않고 모지라지만요."

"모자라도 한참 모자라고 불쌍한 인생이지. 노인들이 쥐어주는 돈 몇 푼 받으려고 그짓까지 하고. 그런 짓이 뭔짓인지도 잘 모르고 그렇게 댕기는 것 같기도 혀."

"그러게 말이에요. 자기 이름도 몰라요. 이름 물어보니께 고개만 저어서 커피공주라고 불러줬죠."

"커피공주, 작명 한번 기가 막히네 그려. 하기야 인물도 그만하면 꾸며놈사 공주제. 공주가 어디 따로 있간디."

커피공주에게는 '스타하우스'에서 내려준 모닝커피가 세상에서 가장 맛있고 따스한 음식이다. 행복한 순간이다. 그녀가 커피를 마시는 모습을 보면 커피 안에 그녀의 친구도 있고, 그녀의 고향도 있는 듯하다. 더욱 맑고 밝은 얼굴이 된다. 조금씩 음미하면서 마시는 커피는 거리의 천사가 되어 떠돌아다니는 커피공주에게 최고의 영양제이다. 전날 얻어먹었던 고기 때문에 더부룩한 속도 풀어주고, 폴폴 올라오는 커피 향은 그녀에게 자양강장제처럼 힘이 나게 한다.

도트무늬가 알록달록하게 그려진 그녀만의 전용컵은 바

로 돌려주지 않아도 되어 더 좋다. 아무 때나 '스타하우스' 문손잡이에 걸어놓으면 된다. 그 컵은 독특하게 손잡이 구멍이 크다. 비율로 보면 균형미는 흐트러졌지만 문손잡이에 충분히 걸린다. 그 컵의 주인공을 아는 사람들이 많아져 누구든 그 컵을 보면 안으로 가지고 들어와 주방입구에 놓아준다. 커피를 다 마신 커피공주는 가벼운 발걸음으로 계단을 올라와서 전용컵을 걸어놓고 내려가면 그녀만의 일상이 시작된다. 그녀에게 두려움은 없다. 오늘 하루만 사는 사람처럼 그녀는 오늘을 맞는다. '오'하고 '늘' 사는 일이 오늘을 사는 일이라고 하였다. 그녀에게 오늘은 내일을 위한 담보가 아니라 현존하는 그냥 오늘일 뿐이다. 어느 누구도 그녀의 머릿속 생각을 알 수 없다. 어쩌면 그녀 자신도 자신의 생각을 알 수 없는지 모른다. 더 느끼고 싶은 감정이 있는지, 피하고 싶은 감정이 있는지 구별하지 않고 그녀는 그냥 지금 여기를 상대해주는 사람으로 보인다. 그녀에게 희로애락은 다 괜찮은 일들일지 모른다. 오늘을 상대해주는 일일 뿐인 것으로.

*

저만치 용만이 다가오고 있다. 커피공주는 그와 눈이 마주치자 어린아이가 걷는 깡충 걸음으로 앞장서 걷는다. 주변을 살피며 뒤따르는 용만은 그녀와 적당히 간격을 둔다.

'꿈의 궁전', '파라다이스', '채플린' 등 모텔과 여관 간판이 즐비한 낙원동 여관골목으로 들어선다. 커피공주는 수줍게 웃으며 나풀거리는 긴 생머리를 귀 뒤로 넘기는 등 매무새를 고친다. 소풍 길을 가는 소녀처럼 해맑기만 하다. 그녀가 골목 끄트머리 가장 허름해 보이는 〈대우여관〉 문을 주저 없이 열고 먼저 들어간다. 용만이 뒤따른다. 문을 열자마자 바로 보이는 카운터에서 여관주인은 말 대신 검지 손가락을 들어 빈 방을 가리킨다. 커피공주는 여관주인에게 꾸벅 인사를 하고 먼저 방문을 열고 들어간다. 용만이 어느새 여관주인과 흥정중이다.

"단골인데 좀 디스카운트도 해주고 그래야지 금방 나오는데 7000원만 받아."

"이 동네 다 2만 원씩인데 우리집이 제일 싸잖아요. 만원 받으면 우리 월세도 못내요."

"허 참 거 사람이 좀 유도리가 있어야지 빳빳하기는……."

용만이 마지못해 만 원권 지폐 한 장을 내니 여관주인 또한 마지못한 표정으로 2000원을 내어 준다. 돈을 받아서 호주머니에 넣고는 용만이 돌아서려다가 여관주인에게 다시 말을 건다.

“근데 깜박 콘돔을 안 가져왔는데 하나 줄 수 있수?”

“안에 비치되어 있잖아요 항상.”

“그랬든가?”

용만이 방에 들어가자마자 여관주인은 혀를 끌끌 차며 고개를 젓는다. 올 때마다 대실비를 깎으려는 것도 못마땅하고, 사정을 제대로 하지도 못하면서 콘돔 타령을 하는 허세도 우습다. 쾌락만 있고 기쁨은 없는 행위를 짐작하고도 남음이 있다.

방에 들어가자마자 옷부터 벗는 커피공주에게 용만은 자신의 가슴을 입으로 애무해달라고 한다. 그는 어릴 때 엄마젖을 안 먹고 자라서인지 여자의 젖가슴보다 자신의 젖가슴이 애무를 받을 때 쾌감을 느낀다. 용만이 상의를 벗는다. 커피공주는 고개를 끄덕이며 망설임 없이 용만의 가슴에 입술을 갖다 댄다. 용만은 눈을 감는다. 커피공주는 상대가 멈추라고 할 때까지 지치지 않고 열심히 요구를 들어준다. 용만이 탄성에 가까운 신음을 한다. 자신만의 방법으로 절정을 느끼고 배설을 한다. 부르르 떠는 용만을 보고 비로소 커피공주는 그의 몸에서 떨어져 나란히 눕는다.

커피숍들이 보통 점심식사 이후나 늦은 오후에 붐비는 것에 반하여 '스타하우스'는 오픈하는 아침 10시부터 저녁 식사 시간대인 6시 이전까지 붐빈다. 그 이유는 아침식사를 마치고 집식구들 눈치가 보이니 커피 값만 들고 나와서는 저녁식사 시간 이전까지 차 한 잔 시켜놓고 세상 돌아가는 이야기와 시시콜콜한 와이담 등을 나누다 가는 손님들이 많기 때문이다. '스타하우스' 한 쪽 구석에 별실을 만들어 놓았다. 현식의 개인사무실이다.

현식이 명숙의 전화를 받는다. 카운터의 전화를 사무실과 연결해 쓰고 있다. 일 년에 한두 번 하던 전화를 최근 들어 서너 차례 연거푸 하는 명숙이다. 그녀에게 '스타하우스' 가게 전화번호는 필승의 안부를 물을 수 있는 유일한 핫라인인 셈이다. 한 번쯤은 필승이 받을 수 있겠다 싶어서 인고의 세월을 보내고 심호흡하듯 한 번씩 번호를 눌러보지만 그 때마다 현식이 받을 뿐이다. 그나마 20년이 넘은 전화번호가 그대로여서 다행으로 여긴다. '스타하우스' 위치 또한 그대로지만 어느 날 갑자기 필승 앞에 나타나서 '엄마다'라고 나설 용기가 없다. 자식 버리고 야반도주한 주홍글씨를 달고 있는 원죄의식이다.

현식이 필승의 휴대폰번호를 가르쳐주지 않는다. 이제 겨우 마음잡고 공부하는 애 헷갈리게 하지 말라는 것이 그

이유이다. 수소문하면 전화번호를 알 수도 있겠지만 어미로서 견뎌야 하는 부분으로 결심하고 또 참기를 몇 년, 그렇게 시간이 흘러가버렸다.

"전화질 말랬잖여? 자식 버리고 간 에미가 무슨 염치로 전화여 전화질이? 필승이 군대 가고 읎어. 거짓말 아니여. 핸드폰 같은 거 없어 군대 가는데 뭔 핸드폰이야. 말이 되는 소리를 해. 바빠 끊어!"

수화기를 거칠게 놓으며 끊어버리는데 필승이 사무실에 들어와 이미 듣고 있었다. 현식은 부러 무심한 척 해버린다. 필승도 묻지 않는다. 내 어머니가 지금 어디에 있냐고 물어도 현식이 제대로 말해주지 않을 것이 뻔하다. 따지고 울부짖는 대신에 침묵을 택해버린다. 필승이 현식과 관계하는 법이다. 통하지 않을 때는 침묵해버리는 습관을 생존법처럼 터득해버렸다. 아버지 현식에게 보내는 냉소이며 그가 조금이라도 고통을 받기 위한 방법인데 정작 현식은 무시해버리고 본인이 하고 싶은 일과 말만 한다. 필승의 말은 듣지 않는다. 물론 필승의 말투가 공손하거나 따듯한 적도 없다. 둘은 서로 악순환의 고리를 계속 이어가고 있다.

작고 볼품없는 사무실이지만 책상 위 명패에 〈한국 군경 연예인 봉사회 단장〉이라 박혀 있고, 장성급으로 보이는 군관계자와 악수하고 있는 사진들이 몇 개 걸려 있다. 현식은 앞에 서있는 필승에게 무슨 일이냐고 물어보지 않고 핸드폰을 들어 통화를 한다.

"이 사장, 수도방위사령관 상패가 낫겠는가, 사단장 상패가 낫겠는가? 그런 상패 하나 있으믄 사업하는 데 여러모로 도움이 된다니께. 나 아무한테나 이런 호의 베푸는 거 아닌 거 알지? 20만 내. 비까번쩍한 걸루다가 잘 만들어노께."

"아까 그 전화 엄마한테 온 거 맞죠?"

현식은 느닷없는 필승의 말에 놀라지도 않고, 잠깐 기다리라는 신호로 손들어 보인다.

"그래 생각 잘했어. 이 사장, 나한테 고마워할 날 올 거야. 그럼그럼!"

통화를 마친 현식은 책상 위에 놓여 있는 면봉을 집어들어 귀를 후빈다.

"너한테 엄마가 어딨어? 나 혼자 12년이나 키웠어. 엄마 같은 거 없어."

"왜 여태 아버지랑 사는 줄 알아요?"

"뭔 소리여, 아들이 아버지랑 사는 것이 당연허지 너 시방 무슨 유세 떨고 자빠졌냐?"

"집 나가면 아버지가 다시 엄마 찾아내서 또 때리고 죽게 만들까봐서. 아세요?"

"뭐야 이 싸가지 없는 자식, 여태 멕여주고 학교 보냈드니 뭐? 누구 덕에 고등학교까지 나왔는데 배은망덕한 눔의 새끼!"

필승은 더 이상 현식과 마주하고 싶지 않고, 지금 부딪치면 심하게 부딪칠 것 같은 예감이 들어 사무실을 나와 버린다. 복종과 강요로 살 수 없어 자유를 갈망하지만 지금은 현식과 언쟁하는 일을 피하는 것이 상책이다. 아직 손님들이 몇 테이블을 차지하고 있지만 상관없다. 저들은 어차피 리필 외에는 추가로 주문하지 않을 것이다.

낙원동 골목길을 휘적휘적 걷는 필승은 악기상점들을 지날 때면 어릴 적 기억이 아련해져온다. 엄마 명숙은 필승을 등에 둘러업고 노래를 흥얼거렸다. 명숙의 등에서 들은 멜로디가 떠오르지 않아도 귓가의 속삭임처럼 속살거리는 것 같고, 금방이라도 명징한 소리가 들리는 것만 같을 때가 있다. 기억은 진실이 아니라 재편성되는 때가 종종 있지 않은가. 재편되어 각인된 기억은 사실과 진실로 믿어지기도 한다. 이때의 참과 거짓은 중요하지 않다. 기억한다는 그 사실만이 남을 뿐이다. 악기상가를 지나면 돼지머리 삶는 집, 싸구려 국밥집 등이 즐비하다.

필승이 계속 걷는다. 그의 머릿속은 플래시백 중이다. '생각할 시간을 갖는 것은 영혼의 우물에 물을 대는 것과 같다'고 했다. 그가 생각하는 것은 결코 고통이 은총이 될 수 없는 것들이다. 고통은 고통 그 자체일 뿐이다. 고통에 가미된 수식은 거부한다. 젊은 날의 고통은 나중에 보면 별거 아니라고 하겠지만, 그가 겪은 일 중에서 가장 고통스럽고 상처가 되는 일은 명숙과 관련된 일이다. 필승은 걸으며 악몽 같았던 순간을 떠올린다. 떨쳐버리려 할수록 사로잡힌 영혼처럼 선명한 기억이다. 현식이 허리띠를 채찍처럼 휘둘렀다. 어린 필승이 구석에서 공포에 질려 울고 있다. 명숙, 옷이 찢겨지고 얼굴은 상처투성이다. 쓰러져 실성한 사람처럼 헛소리를 해댄다.

'엄마, 죽지 마 엄마!'

이번에는 현식이 필승을 야구방망이로 두들겨 패고 있다. 그의 발길질에도 불구하고 필사적으로 말리는 명숙. 기억의 분노는 들불이 되어 산야를 태운다.

*

필승이 도착한 곳은 전화국 건물 앞이다. 결연하다. 뭔가를 해야 한다. 해야만 한다. 가만히 있는 것보다는 하는 편이 낫다. 연인이 있는 곳이다. 이제 옛 애인이다. 헤어지자는 말이 없었으면서도 그냥 이별하게 된 경우이다. 확인하지 않아도 흐지부지 되어버린 연유는 없다. 감정에 이유가 없는 것처럼 말이다. 필승은 사랑이 식어서 우정이라는 감정으로 치환되고 있는 중으로 애써 정리해왔다. 열렬함이 사라져서 식은 사랑은 꽃잎이 지는 일처럼 자연스럽게 받아들여졌다. 왜냐고 묻지 않았고, 서로 아직도 사랑하고 있냐고 확인하지 않았다. 가끔씩 연락은 했었다. 요즘은 그마저도 끊겼지만.

전화국 문을 열면 안내도우미의 상냥한 환대가 있다. 그리고 창구에 혜란이 앉아 있다. 환한 미소를 지으며 고객을 응대하고 있는 그녀가 별처럼 빛나 보인 적이 있었다. 그러다 그 별이 구름에 숨어버렸다. 충분히 이해된다. 필승은 그녀에게 아무것도 내세울 것이 없다. 그래서 구름에 가리워진 별을 찾아낼 생각을 접은 것이다.

가슴에서 바람소리가 들려도 애써 외면해왔다. 그런데 다시 그 별 앞에 서야 한다. 서기로 하였다. 그녀를 위해서

가 아니라 그를 위해서다. 지나온 시간들이 덧없고 앞날이 막막해도 지금 그는 그녀 앞으로 다가가기로 한다.

번호표를 뽑았다. 혜란의 다음 응대 고객으로 필승의 순서가 되었다. 실랑이를 벌여야 한다. 그런데 필승이 이길 자신이 있다. 버티는 데 선수다. 아버지 현식이 아무리 때려도 울지 않았고, 잘못했다고 용서를 빌지 않았다. 그래서 더 맞았고 더 구박 받았다. 필승의 저항법이다. 그런 저항에는 뭔지 모를 쾌감이 남는다. 슬픔도 분노도 일정 부분 쾌감이라는 감정이 존재한다.

'스타하우스'로 걸려온 명숙의 연락처를 알 방법이 없어 궁여지책으로 혜란을 괴롭히기로 한 것이다. 현식이 전화기에 수신번호가 뜨게 하는 서비스 신청을 해놓지 않았다. 오늘 결행하는 편이 낫겠다. 조금 전 현식이 명숙과 통화한 그 시각의 통화번호를 혜란에게 알아내려고 한다. 헤어진 애인, 혜란은 필승과 마주하자 미소가 사라지고 굳어버린다. 긴장한 빛이 역력하다. 어쩐 일이냐고 묻는 그녀에게 필승은 잘 지냈냐는 등의 의례적인 인사도 하지 않고 다짜고짜 '스타하우스'의 번호와 시간대를 적은 쪽지를 내민다. 꼭 알아야 될 일이니 적힌 시간대의 상대 통화번호를 알려 달라고 한다.

"안 돼. 타인 명의의 통화내역조회는 법원의 허가결정이 있어야 해.”

“되게 해 봐. 통화번호만 줘.”

“강필승!”

“며칠 있으면 입대야. 안 가르쳐주면 군대고 나발이고 없어.”

시간이 흐른다. 서로 침묵하고 있다. 창구 앞에서의 몇 분이 몇 시간만큼 길게 느껴진다. 혜란도 필승과 마찬가지였을 것이다. 버티기에 들어간 필승은 부동자세로 앉아 있는데 주변을 의식하고 있는 혜란은 곤란한 지경이다.

“일단 나가줘. 부탁이야!”

옆 창구의 여직원이 흘금흘금 살피는 것을 의식해 조용한 소리로 혜란은 필승에게 사정한다.

“퇴근시간 전까지 해결해서 연락줘. 아니면 내일 아침 다시 올 거니까 알아서 해.”

필승에게 정식으로 이별을 통보하지 않았어도 그는 그녀에게 당한 기분이었을 것이다. 이 남자, 별 볼일 없는 남자라고 엿 먹였어도 고분고분 포기해주어 고맙기도 하고 섭섭하기도 하였는데 이렇게 겁박을 주는 성격을 지닌 것을 몰랐다. 오히려 더 남자다워 보인다. 상남자 스타일이었단 말인가. 그래서 인간성격은 원구형이라 하였나보다. 아기공룡 둘리 노래 가사처럼 ‘이리보고 저리보고’ 그래야 인간이 이해가 되는가보다. 혜란은 여태 보아온 필승보다 지금의 그가 훨씬 남자답게 느껴진다. 늘 위축되어서 맘대로 하라는 필승의 반응은 정말 싫었다. 결정을 그녀에게 넘기는 행동은 비굴해보이기까지 했다. 포스가 느껴진다. 불법행위를 자기 여자에게 당당하게 시키는 만용은 어디에서 나왔단 말인가. 혜란은 문제의 상대 번호 대상자가 궁금해지기 시작하였다.

혜란이 필승의 요구를 들어줄 것으로 믿는다. 필승은 그녀가 마음의 빚이 있을 것이라고 생각한다. 일단 사랑을 저버리는 그 자체가 마음의 빚일 것이다. 비전 없는 연인을 기다리지 못하고, 그런 상황을 견디지 못하고 떠난 사실은 누구에게 지탄 받을 일이 아니다. 떠난 사람 스스로 합리화 하는 과정에서 괴로울 것이고 상대에게 미안할 것이다. 감정이라는 것이 소용돌이치다가도 잠잠해버리기로 하면 어느 사이 잦아드는 허무한 게임이 아닌가.

변치 않는 사랑으로 평생토록 성실히 사랑한다는 것은 인간의 힘만으로는 거의 불가능한 일일 것이다. 신이 도와주지 않는 한 말이다. 사람 사이의 사랑은 절대로 영원으로 이어지는 정신적인 차원이 아니다. 불타는 사랑이라는 것은 사랑의 시작을 뜻하는 것일 뿐 사랑의 완성을 가리키는 말은 아니라고 하였다. 그렇다고 꺼진 사랑이 사랑의 끝은 아니다. 그 끝자락에서 배려할 수 있고, 도와줄 수 있고, 연민을 느끼며 가느다란 끈을 놓지 않을 수도 있다. 다만 원하든 원하지 않든 사랑은 변화한다. 사랑이라는 추상명사는 벽돌을 한 장 한 장 쌓아올리는 정성으로 성공할 수 있는 성과물이 아니다. 죽음이 개연성 없이 찾아오는 것처럼 사랑의 끝도 개연성 없이 찾아올 수 있다고 필승은 치부해버린다. 사랑의 온도는 스펙트럼이 넓다. 그리고 다양하다.

필승이 전화국을 나와 걷다보니 익숙한 길을 걷고 있는 자신을 발견한다. 내친 김에 탑골공원 안으로 발걸음을 옮긴다. 공원 안은 적요하다. 요즘 젊은이들은 이 공원을 '비둘기공원', '노인공원'이라 부른다. 자신들은 절대로 가지 않는 공원이라는 뜻이다. 지금뿐 아니라 나이 들어서도 전혀 오고 싶지 않은 곳일 것이다 이미. 그러고 보니 필승 또한 공원 근처를 왔다 갔다 하지만 공원 안에 들어가 본 기억이 없다. 한 번쯤 들어와 보긴 했을 터인데 기억을 확인하고 싶지 않다. 도심 속에 이런 공원이 있다는 사실이 신기하다. 요즘은 청계천과 인사동과의 연계 나들이코스로 그나마 관심을 받고 있는 곳이니 이곳도 이제 곧 노인들의 휴식처가 되지 못할 수가 있다. 삼일문을 사이에 두고 바삐 돌아가는 서울의 풍경과 나른하고 한적한 공원의 풍경은 현격한 대비를 이룬다. 버스와 승용차, 택시 등 온갖 교통수단 소음들이 안으로 들어가는 순간 사라져버리는 마법의 문이 삼일문이다. 고즈넉해진다. 느리게 흐르는 시간이 존재하는 곳이다.

노인들이 혼자서, 혹은 옹기종기 모여 있다. 밀랍인형 박물관에 들어온 분위기로 느껴지는 것은 공원 안에 있는 사람들이 정적인 모양새들로 있어서다. 박제된 동물들처럼 정지된 채이다. 각각의 표정은 다른 듯 같다. 영혼이 없는 마른가지들처럼 서거나 앉아서 초점을 어디에 두는지 알 듯 모를 듯 시선은 분명하지 않고 주변을 망연히 바라보고 있다.

그들은 자기가 태어나는 순간을 기억하지 못하는 것처럼 자기가 죽는 순간을 기억이라는 지평에 떠올릴 수 없다. 죽음을 향하여 가고 있는 것만을 온몸으로 체득하고 있을 뿐이다. 필승이 늙고 병들어 가는 피폐를 '스타하우스'에서 오랫동안 보아오다보니 인생이 시시함을 절로 성찰하게 되었다.

독립선언서 기념비와 의암 한용운 시비는 여전히 자신의 자리를 지키고 있다. 이 공원 안에서 늙어 가지 않은 것은 손병희 선생과 한용운 시인뿐이다.

필승이 '스타하우스'에서 익히 보아온 노인들이라 관심 없이 공원 안을 거니는데 자신을 경계의 눈빛으로 보는 시선을 느낀다. 하기야 벌건 대낮에 탑골공원을 거니는 젊은 사내놈이 낯선 풍경으로 다가옴은 당연할 것이다. 원각사지10층석탑과 나란한 팔각정 구석에 앉아본다. 담배를 한 대 피워볼까 하고 꺼냈다가 이내 다시 집어넣는다. 여기에서 담배를 피우는 일은 분명 버르장머리 없는 놈이라는 소리를 듣는 일일 것이고, 그 행동 때문에 노인들의 주목을 받느니 차라리 흡연의 욕망을 거두어들이는 편이 낫겠다. 조금 있으면 또 현식이 전화해서 어디로 튀었냐고 성화일 것이다. 탑골공원도 그에게 쉼터 역할을 하지 못하니 현식의 고함소리를 듣기 전에 '스타하우스'로 돌아가야겠다고 마음먹고 삼일문 입구 쪽으로 방향을 트는데 혜란의 전화는 예상보다 일찍 왔다.

"그 시간대에 스타하우스에 걸려온 전화번호는 하나밖에 없어. 문자로 보낼 테니 그렇게 알아. 이것으로 우리 계산 끝난 거다. 직장으로 찾아오는 건 좀 아니지 않니?"

그렇구나. 역시 예상대로 혜란은 마음의 빚을 청산할 작정으로 직장에서 쫓겨날지도 모르는 불법행위의 위험을 감수했구나. 허접한 사랑을 조용히 접어버린 대가를 스스로 감당하기로 하였구나. 사랑의 빚이 유용하게 쓰였다는 생각에 필승은 씁쓸해진다. 사랑이라는 단어에 빚이라는 단어의 조합이 어울리기는 하는 것일까. 돌아올 것을 생각하지 않고 무조건적으로 감정을 쏟아 붓는 일이 사랑이라면 사랑의 빚은 돌아올 것을 생각하며 무조건적이지 않았다는 이야기가 된다.

사랑이 절대적이라면 신과의 사랑일 뿐일 것이다. 필승은 친구나 부모의 절대적인 사랑을 믿지 않는다. 형제간의 사랑은 외동이로 자란 필승에게 이상일 뿐이다. 이성 간의 사랑은 그 성질과 형질이 일반 사랑과 달라서 노력해서 되는 일이 아닌 것을 진즉에 터득하였다. 텔레비전에서 어느 스타 강사가 자기의 결함을 극복하고 새로운 기회를 만들어낼 수 있는 몰입적 노력형이 세상을 바꿀 수 있다고 주장하는 것을 보고 필승은 고개를 저었다. 가지고 있는 것이 제한적인 사람이 하는 노력과 이미 많이 가지고 있는 사람이 하는 노력이 같을 수 없다. 탁구공처럼 작은 공을 굴려야 하는 선수의 경기와 짐볼처럼 큰 공을 굴리는 선수의 경기가 같지 않다. 세상은 공평하지 않다. 미래기억에 마중물을 넣어서 몰입을 시키면 자신이 원하는 것을 얻을 수 있다는 사탕발림 또한 필승은 믿지 않는다. 언제부터인가

운명론자, 숙명론자가 된 자신을 발견한다.

필승은 꼭 알고 싶었던 명숙의 전화번호를 알아내는 데 성공했지만 그것 때문에 혜란과의 관계가 완전히 정리되었다고 생각하니 하나를 얻고 하나를 잃는 기분이다. 그렇다면 잃는 것이 있으면 얻는 것도 있다고 위로해야 하나. 어찌되었든 혜란이 남긴 문자의 번호를 저장을 하고 메모장에도 옮겨놓았다. 새로운 연락처 저장을 하려니 잠시 망설여졌다. 이름을 '엄마'라고 해야 하나, '신명숙'이라고 해야 하나. 엄마라는 단어를 찍는데 기분이 묘했다. 불러본 지는 너무 오래된 말이고, 적어본 지도 오래된 명사 '엄마'.

필승은 오랫동안 어머니라는 대지가 없이 관엽식물로 살아왔다. 뿌리가 없어 뿌리를 내리지 못하는 관엽식물 말이다. '레옹' 영화에서 킬러 레옹이 관엽식물을 열심히 닦아주며 꼭 가지고 다녔던 장면이 떠올랐다. 필승이 레옹처럼 뿌리 내리지 못하고 사는 관엽식물이다.

그 순간 생각났다. 생각나지 않은 편이 더 나은 기억이 떠올랐다. 탑골공원에 왔었다. 현식에게 맞은 명숙이 어린 필승을 두 팔로 안고 탑골공원 팔각정 기둥에 기대어 앉아 흐트러진 모습인 채로 노래를 불렀었다.

"새야 새야 파랑새야 녹두밭에 앉지 마라. 녹두꽃이 떨어지면 청포장수 울고 간다~ …… 불쌍한 우리 새끼를 우짜꼬, 우리 필승이 짠혀서 우짜꼬. 필승아, 엄마 실컷 원망하래이 실컷 욕해주그래이."

명숙의 경상도 사투리 억양이 기억에 선명하다. 전라도 출신인 현식이 경상도에서 군대생활을 하다가 명숙을 만났다. 그녀는 첫경험으로 임신부터 하게 되었다. 현식이 무조건 자신을 따라오라는 말에 너무도 남자다워 따라나선 서울길이 명숙에게 고행길이 될 줄이야. 가난은 참을 만했다. 원래도 지지리 가난한 집안의 둘째로 태어나 누린 것도 없고, 꿈도 없어서 가난이 주는 불행을 따져본 적이 없다. 그런데 서울로 올라와 동거한 지 사흘 후부터 반복되는 현식의 폭력에는 속수무책이었다. 너무 맞고 고생해서 한 쪽 다리를 질질 끌며 걷게 되었다.

요즘 사회문제가 되고 있는 데이트폭력이라는 것이 이런 것일까 싶다. 아니다. 데이트폭력의 강도가 어느 정도로 끔찍한지 모르겠지만 가해자를 벌 줄 수 있는 방법이 있을 것이다. CCTV로 찍히고, SNS를 통해서 고발되기도 한다. 무엇보다 피해자가 능동적으로 대처할 마음만 있으면 최소한 자신을 보호할 수 있다. 그러나 명숙 때는 달랐다. 특히 '부부싸움은 칼로 물 베기'라는 인식이 팽배한 시절이라 주변 사람들에게나 법적으로 보호받지 못하였다. 뭇매를 맞아도 생면부지의 서울 땅에 하소연할 데가 없었다. 친정어머니가 피눈물 흘릴 것이 빤한데 고향으로 내려갈 수도 없었다. 맞아서 유산되기를 바라기도 하였다. 아이가 없으면 어디든 도망쳐서 입에 풀칠은 하고 살겠다 싶었다. 그러나 끈질긴 생명력은 임신 8개월까지 숱하게 맞았어도 태중에서 무럭무럭 자랐다. 사내였다. 아들을 본 현식이 얼마간 폭력을 멈추었다. 그때가 명숙에게 최고로 행복한 시간이었다. 그러나 필승이 돌이 되기 전에 현식의 무차별한 폭력은 다시 시작되었다. 술도 마시지 않고 때리는 사람이다. 어떤 남편은 취중에 폭력을 행사하고 술이 깨면 손이 발이 되도록 빈다고 하는데 현식은 술 한 방울 마시지 않고 명숙을 짓밟고 머리채를 흔들고 뺨을 때렸다.

'과거는 힘이 세다'는 말을 실감한다. 어린 시절의 트라우마가 사라지지 않는 불꽃으로 필승을 괴롭히고 있다. 자신이나 세상에 대해 부정적이고 비합리적인 잘못된 믿음을 가지게 만드는 모든 경험을 트라우마라 한다는데 필승에게 그 모든 경험은 아버지 현식으로부터 발생한 것이다. 보통 트라우마를 극복하기 위해서는 상처를 주는 사람을 되도록 피하라고 말한다. 그러나 현식을 떠날 수 없다. 현식을 떠나면 명숙을 찾아내 폭력을 행사할 것 같은 두려움이 있다. 그래도 벗어나고 싶었다. 함정에 빠져서 허우적대며 살고 싶지 않았다. 그러나 현식을 떠나지 못하였다. 자신이 경제적으로 완전하게 독립하는 날을 손꼽아 기다리는 중이다. 그러다보면 트라우마라는 고약한 괴물은 약해지거나 사라져줄지도 모른다.

*

필승은 명숙에 대한 기억을 떨쳐버리고 걸음을 재촉한다. '스타하우스'로 가는 길목의 모텔골목을 막 지나는데 한 모텔에서 커피공주가 튀어나오며 쓰러질 듯이 비틀거린다. 손이 넥타이로 묶여 있다. 순간 필승은 현식이 명숙의 손을 묶어놓고 때렸던 기억이 오버랩 된다. 전력을 다해 커피공주에게 달려간다.

"커피공주!"

커피공주는 길바닥에 넘어진다. 뒤뚱거리며 몸을 일으켜 고개를 들어보는데 입술이 찢겨져 피가 난다. 필승이 그녀의 묶인 손부터 풀어준다.

"말해, 왜 그래? 누구야?"

"아저씨가 날 묶어놓구 여보라고 하라면서 벨트 풀어서

막 때렸어. 많이 아파. 아저씨가 쉬아 한 사이에 도망쳤어. 나 잘했지."

"개자식!"

필승은 커피공주가 도망쳐 나온 모텔 안으로 뛰어 들어가다가 헐레벌떡 추스르고 나오는 용만과 마주친다. 놀란 용만은 태연한 척하며 걸음을 옮긴다. 필승이 용만의 멱살을 잡는다.

"당신이지?"

"무슨? 뭔가 오해가……."

비겁하게 나오는 용만의 행태에 필승은 더욱 화가 치민다.

"당신이 인간이야?"

필승이 용만의 목을 더 거칠게 죄니 용만이 발버둥친다.

"이거 못 놔? 어디서 행패야? 이제 보니 애비나 자식이나 다 저 년 하구 붙어먹었나 보구만. 어쩐지."

필승이 용만을 모텔 벽에 밀어붙인다.

"이 짐승만도 못한 인간! 벌레만도 못한 인간!"

용만이 무릎으로 필승의 가운데 급소를 세게 친다. 심벌을 양 손으로 붙잡고 어쩔 줄 몰라 하는 필승을 벗어난다. 그리고는 도망치는데 커피공주가 용만의 다리를 걸어 넘어뜨린다. 용만은 그 자리에 벌러덩 넘어지고 만다. '으으' 하더니 움직임이 없다. 처음에는 재미있어 하던 커피공주가 놀라서 부들부들 떤다. 다가온 필승도 놀라 용만에게 다가가는데 모텔 종업원이 나와서 보고는 119를 부른다.

“119죠, 여기 사람이 죽었어요. 어서요.”

필승이 커피공주의 손을 낚아채고 급히 골목을 빠져나온다. 행인들을 밀치고 달린다. 신호등을 무시하고 도로를 건넌다. 어디선가 구급차 경광음이 울려 퍼진다.

한참을 달리다보니 종로 5가 광장시장 앞이다.

“배고프지? 빈대떡 먹을래?”

필승은 커피공주를 데리고 광장시장 안으로 들어가 ‘순희네 빈대떡’집 테이블에 자리를 잡는다. 기름 냄새가 고소하다. 노란 빈대떡 위로 기름이 지글거린다.

광장시장은 필승에게 명숙을 떠올리게 하는 장소이기도 하다. 명숙이 현식에게 두들겨 맞은 날이면 옷을 주섬주섬 입고 스카프 등으로 멍든 곳을 가리고는 필승을 데리고 광장시장에 왔다. 꽤 먼 거리를 버스를 타지 않고 걸었다. 그런 날 명숙의 발걸음은 빨랐다. 어린 필승은 명숙의 손을 놓지 않으려고 열심히 달렸다. 다리 아프다고 어리광도 부리지 않았다. 팥을 아주 좋아해서 자칭 팥순이라며 명숙은 수수부꾸미를 사먹었다. 때로는 부꾸미를 덮는 찹쌀반죽을 빼고 팥덩어리만 달라고 해서 맛나게 먹어

댔다. 명숙에게 팥고물은 치유의 음식이었다.

필승에게는 마약김밥과 빈대떡을 사주었다. 단무지와 홍당무만 들어 있을 뿐인데 계속 먹게 되는 마약김밥도 좋았지만 필승의 치유음식은 빈대떡이었다. 뜨거운 빈대떡을 후후 불어가며 젓가락으로 찢어먹으면 슬픔이 사라져갔다. 명숙이 필승과 빈대떡을 먹을 때는 소주를 한 잔씩 얻어 마셨다. 빈대떡 장수 아주머니는 명숙이 주문하지 않아도 손님이 남기고 간 것이라며 반쯤 남은 소주병을 내밀었다. 명숙이 소주를 마실 때 찡긋하며 쓴 맛을 즐기는데 그럴 때면 어린 필승은 그녀가 행복해 보이기까지 하였다. 그녀가 행복하면 어린 필승도 행복해졌다. 시장에는 삶이 있다.

"그 아저씨 죽었으면 어떡해? 무서워."

"안 죽었어 바보야. 사람이 그렇게 금방 죽냐?"

"그치 그 아저씨 안 죽고 그냥 아픈 척 하는 거 맞지? 근데 다른 아저씨들은 만 원도 주고 이만 원도 주는데 그 아저씨는 맨날 오천 원만 준다."

"비열한 자식! 커피공주, 그런 거 하지 마! 다른 일해서 돈 벌어."

"모지란다고 일 안 시켜줘."

"아무튼 이제 하지 마. 알아들어?"

"알아들어. 약속해 자!"

새끼손가락을 걸어 약속하려는 커피공주의 손을 필승은 팔꿈치로 치우며 거절한다.

"사는 집은 있을 거 아냐? 가서 꼼짝 말고 숨어 있어. 절대로 낙원동 근처에 얼씬거리지 마. 걸리면 교도소 가 알아?"

"나 집 없는데."

"그럼 뭐 친구집이나 아는 사람한테 가 숨어 있어. 어디든."

"친구 없어 아무도 없어."

"씨발, 너 지금 나한테 엉길려구 하는데 꿈 깨."

커피공주는 빈대떡을 입에 문 채 울기 직전의 표정으로 멀뚱멀뚱 필승을 바라본다.

이내 눈물을 떨어트린다. 눈에서 나는 물이 눈물이라고 한다. 필승은 눈물에 약하다. 눈에서 나오는 맑은 샘. 필승은 눈물의 진실만은 믿고 싶은 것이다. 이제 어쩐다나. 커피공주의 눈물을 보아버렸다. 간절한 눈빛과 함께.

동현이 생각이 났다. 동현이라면 도와줄 수 있는 친구다. 에라 모르겠다. 지금 '스타하우스'에 돌아가면 소식을 들은 현식이 난리를 피울 것이고, 차라리 커피공주와 함께 해버리자. 명숙을 찾아나서는 길에 혼자보다 둘이 낫겠다싶다. 커피공주를 안전하게 보호해줄 수 있는 기회가 생길 수도 있겠다. 명숙을 안전하게 보호하지 못했지만, 커피공주는 이제 자신이 보호해줄 수 있다. 일단 동현에게 전화를 한다. 위기가 친구보다 크지 않다.

서울역은 여전히 붐빈다. 용산역도 있고 수서역도 생겼지만 많은 사람들이 기차를 이용하여 가고 오고 있다. 또 누군가를 떠나보내고 누군가를 맞이하겠지. 역이란 이야기가 생산되는 공장이다.

야구모자를 눌러쓴 필승이 서성이며 동현을 기다린다. 역 안에 페치카 같은 모닥불을 피워놓는 곳이 있으면 좋겠다는 생각을 해본다. 그렇다면 떠나고 돌아오는 사람들이 모두 손을 펴서 타오르는 모닥불 앞에 둘러앉아 이야기꽃을 피울 것이다. 각각의 사연들이 불꽃을 만들 것이다. 그 불꽃들은 슬픈 빛도 피울 것이고 아련한 빛도 피울 것이다. 미래를 향한 전진의 불꽃이 아니어도 그들만의 소유인 불꽃들은 기억의 철창 안에서 추억이 되어 타오를 것이다.

저만치 동현이 헐레벌떡거리며 두리번거리고 있다.

"김동현, 여기야!"

"야 입내 날짜 다 된 놈이 여행은 무슨 여행이야? 누구랑 가는데?"

"그냥, 별 일 아니야."

동현은, 지갑에서 5만 원권 두 장과 만 원권 몇 장을 내민다. 일정한 직업이 없이 아르바이트를 전전하는 그에게는 적지 않은 돈이다. 지금은 편의점에서 일하는지, 당구장에서 아르바이트 중인지 잘 생각이 나지 않는다.

"현금은 지금 이거밖에 없어. 카드도 빌려줘?"

"아냐 됐어. 고마워."

핸드폰이 울린다. 필승은 받고 싶지 않다. 무생물인 핸드폰이지만 때로는 소리만 들어도 불길한 기운이 감지될 때가 있다. 귓가에 불안한 주파수로 다가오는 순간이다.

"니 꺼야 임마, 받아."

동현의 말에 하는 수 없이 핸드폰을 귀에 댄다.

"강필승, 나 종로경찰서 강력계 윤기문 형산데."

필승은 재빨리 통화종료 버튼을 누르고 배터리를 분리시킨다. 이유를 묻지 않고 동현이 필승을 보는데 표정이 굳었다. 사태가 심각한 모양이다. 어쩌다가 이렇게 쫓기는 신세가 되었지? 이틀 전만 해도 술이 떡이 되게 같이 마시고 떠들었던 녀석인데. 분명 동현이 필승의 방안까지 잘 데려다주었고 자는 것을 보고 나왔는데 이틀 사이에 무슨 일이 벌어진 것인가. 하기야 무슨 일이 일어나는 것은 순간인 것이지 야구선수 유희관이 던지는 느린공처럼 일어나지는 않는다. 동현과 필승은 투수로서 치명적인 약점인 빠른 공을 던지지 못하는 유희관의 팬이다. 둘이 의기투합하는 것들 중 하나이다. 제구력과 함께 구속은 느린데 볼끝이 좋다는 모순된 평가를 받는 유희관이 등판하면 필승과 동현은 맥주를 마시며 응원하였다. 모두들 속도를 우선시하는 시대에 뭔가 느림의 미학을 전해주는 유희관이 좋았다. 그의 공은 느린 속도로 보이지만 결코 느리지 않다. 지금 필승의 표정은 애써 느린 공처럼 보이지만 찰나를 통과하는 공처럼 어두운 빛이 스쳐 지나갔다.

"별 일 아니야. 가 봐."

"몸조심해."

동현이 달리 해줄 말이 없다. 몸조심하라는 말밖에는. 적극적으로 속공을 날릴 수가 없다. 느린 공을 깊고 낮게 던지는 외마디, 몸조심하라는 말만이 그가 도망자 신세로 보이는 친구에게 던지는 공의 속도다. 그리고 돌아선다. 그가 돌아서야 필승이 뭔가 행동을 할 것이다. 엄청난 일인지 사소한 일인지 알 수 없으나 필승은 자신이 꽂히면 결행할 녀석이니 동현이 개입해서 일의 방향을 틀 수 없는 것을 안다.

동현을 돌려보내고 필승은 커피공주 있는 곳으로 돌아온다. 그녀 역시 야구모자를 눌러 썼다. 대합실 구석에 앉아서 꾸벅꾸벅 졸고 있다. 그 모습이 천진난만하다. 깨우려고 다가가는데 늙수그레한 남자가 커피공주 옆에 점점 다가앉으며 손으로 그녀의 허벅지를 만진다. 필승은 그 남자를 확 밀치며 커피공주를 깨운다. 후다닥 자리를 뜨는 그 남자를 무시한다. 뒤쫓아 달려가 한 대 패주고 싶지만 더 이상 상대하지 않기로 한다. 커피공주는 눈을 뜨자마자 손가락을 펼쳐 V자를 만들어 흔들어댄다. 필승은 그런 그녀를 보고 한숨을 쉰다. 순전함이나 순진함은 느린 공처럼 때로는 영악한 빠른 공을 넘나든다. 도대체 커피공주의 저런 무방비함은 필승에게 어떤 적의도 갖지 못하게 무너뜨리는 힘이 있다. 밤기차를 타려면 다시 기다려야 한다.

*

부산행 새마을호를 탔다. 예전에는 새마을호가 최고로 좋았지만 KTX에 SRT까지 운행되고 있어 이제 새마을호는 서민들이 타는 교통수단이 되어버렸다. 커피공주는 기차에 오르더니 신이 나는가 보다. 두 발을 교차하며 까닥거린다. 필승이 철없는 그녀를 제지하려다 이내 포기해버린다.

야간열차의 밖은 어둡다. 차창에 시선을 주니 필승 자신의 얼굴이 반사된다. 낯설다. 이렇게 오랜 시간 자신의 얼굴을 들여다본 적이 없다. 스스로에게 연민이 느껴진다. 또래에 비하여 조숙하게 자라왔다. 어릴 때 이미 인생이 녹록하지만은 않음 또한 알아버렸다. 인간이란 밖으로 보이는 것 이상으로 복잡하고 다중구조인 것도 알아버렸다. 인간에게 가장 큰 상처는 거절, 거절감인 것도 체험으로 안다. 거절감의 상처는 본질적인 상처다. 명숙에게 거절당한 아들이라는 생각은 오래된 거절감이다. 혜란에게 거절당한 연인이라는 생각은 예견된 거절감이다. 조숙하게 자란 필승에게 거절에의 기억과 예감은 시지프의 신화에 나오는 크고 무거운 돌처럼 계속 겪어야 하는 운명으로 받아들여졌다. 그는 저항하지 않는 것으로 자신의 운명을 저항하는 편을 택한다. 소리 없는 아우성으로 소리한다. 상처딱지인 밑바닥의 쓰레기더미 같은 마음밭이 들키기 싫어서 세상을 향해, 세상 사람들에게 큰소리로 말하고 중언부언하며 그렇게 헛헛하게 참을 수 없는 존재의 가벼움으로 지낼 때가 있다. 외로우면 아프다. 아프면 외롭다. 생각이 생각을 물고 서러움이 차창의 어두움으로 번져 비늘을 이룬다. '종로경찰서 윤 형사'라는 두려운 말도 반사된 색색 가지 비늘에 묻혀버린다. 그러나 두려움이라는 흔적은 필승의 가슴 한구석에 자리하고 있다. 커피공주와 자신의 현실이 상상 이상으로 심각한 상황에 처했을 수도 있겠다 싶으니 걱정이 되는 것은 어쩔 수 없다. 필승 자신이 해결할 수 있는 일인지 아닌지 판단이 안 서지만 지금 그는 커피공주와 같이 있다. 그저 여행을 가는 길이라고 자기암시를 한다. 그런데 이런 순간에 왜 현식이 또 떠올려지는지 화가 난다. 떨쳐버리고 싶은 사람이고 자신의 삶에 도움이 되지 않는, 현식의 존재는 그에게 시지프의 바윗돌이다.

세상 사람들은 현식이 봉사정신이 투철하고 법 없이도 살 사람이라고 평가한다. 그런데 현식이 집안에 들어오면 명숙을 무차별적으로 때렸다. 그의 영혼이 본래 악마였거나, 신의 장난으로 반인반수인 피조물일 것이다. 아니다. 동물도 무조건적으로 가족을 때리지는 않는다. 동물 자신과 새끼를 보호하는 일, 혹은 먹잇감 앞에서 폭력을 쓰지 현식처럼 새끼 보는 앞에서 어미를 학대하고 폭력을 가하는 일은 동물도 하지 않는다. 그래서 현식은 동물만도 못한 인간이다. 그런 현식을 필승의 의식에서 떨쳐내지 못하는 자신에게 화가 난다. 생각을 떨쳐버리려는 듯 필승은 고개를 흔들어본다. 타인의 접촉이 자신의 어깨에 감지된다. 커피공주가 필승 어깨에 기대어 침까지 흘리며 깊은 잠에 빠져 있다. 밀쳐내려 하다가 멈추었다. 낮에 많이 놀랐을 것이다. 어미새 품에 안겨 있는 아기새 같은 그녀이다.

아까 윤 형사라며 전화를 해온 경찰을 필승도 안다. 현식이 영업하는 구역의 경찰들을 관리하지 않을 리가 없다. '스타하우스'에 찾아오는 윤 형사를 몇 번 본 적이 있다. 윤 형사가 오기 직전이면 현식이 돈봉투를 챙기는 것 같았다. 윤 형사의 마스크가 그렇게 비열해 보이는 인상은 아니었지만, 누구든 현식과 가까운 사람은 싫다. 왜가 없다. 그냥 싫다. 그런 윤 형사가 직접 전화를 해왔다. 그렇다면 현식도 이미 필승에게 일어난 일을 알고 있을 것이다. 이보다 더 나쁜 경우는 없다. 다시 현식과 마주친다면 최악이다. 생각을 끊어야 다음을 도모할 수 있다. 생각을 떠나보내는 방법으로 필승은 잠을 청한다. 모자를 깊이 눌러쓰고 고개를 좌석에 기댄다. 오늘 하루가 참 길다. 그가 감은 눈에 어둠이 주입되고 불안한 평화가 깃든다. 필승은 블랙홀로 빨려 들어간다. 어둠이 찾아와준다. 고요하다. 필승은 잠시 우주여행을 한다. 지구별 바깥으로 유체이탈을 한다. 꿈인 듯 아닌 듯 꿈을 꾼 것 같다. 꿈속의 꿈인지도 모르겠다.

종착역임을 알리는 안내방송을 듣고서야 필승이 눈을

떴다. 서울역을 출발하고 얼마 지나지 않아 곯아떨어진 모양이다. 기차가 멈추지 않고 계속 달리면 좋겠다. 현재 필승과 커피공주에게 달리는 기차 안이 가장 안전한 장소이다. 그러나 이미 기차는 멈추었다. 기차는 시간약속을 지키는 잔인한 문명의 이기다. 사람들이 하나둘씩 빠져나간다.

그때까지도 커피공주는 잠자는 숲속의 공주 그대로였다. 필승은 커피공주의 어깨를 툭툭 치는 것으로 잠을 깨워서 역사를 빠져나왔다. 갑자기 커피공주가 필승의 팔짱을 낀다. 필승이 거칠게 뿌리치고 앞장서서 걸어가 버린다. 역사 앞으로 낯선 도시의 풍경이 펼쳐진다. 여행지의 설렘 같은 건 없다. 낯선 곳에서 낯설지 않은 사람을 찾아나서야 한다.

'엄마 찾아 삼만리'라는 동화가 있다. 필승이 어릴 때 두려움과 외로움을 달래준 수단이 독서였다. 책을 읽을 때만큼은 아버지 현식이 무섭지 않았다. 책을 읽으면 필승이 다른 세상으로 날아가 잠시 머물다 올 수 있었다. '엄마 찾아 삼만리'를 읽으며 필승도 엄마를 찾았고 다른 세계를 여행하다 왔었을 것이다. 필승의 처지와 동일시되지 않을 수 없었던 내용이었다.

이탈리아 제노바에 살고 있는 마르코의 집안은 아버지가 가난한 사람들을 위해 무료 진료소를 운영하고 있어 집안 형편이 어려웠다. 그래서 엄마는 아르헨티나로 가정부 일을 하러 떠나고, 집안의 막내 마르코는 아빠를 돕는 일을 하면서 언젠가는 엄마를 만나 행복하게 살 것이라는 희망을 잃지 않았다. 그러나 엄마로부터 소식이 갑자기 끊기고 식구들은 막내 마르코를 아르헨티나에 보내기로 한다. 마르코는 주위 사람의 도움으로 밀항을 하여 천신만고 끝에 아르헨티나의 부에노스아이레스에 도착하지만 엄마는 이전에 일하던 집에서 이미 떠난 후였다. 아르헨티나 이곳저곳을 고생고생하며 수소문해 다니던 마르코는 드디어 엄마를 만난다. 그런데 엄마는 병에 걸린 상태였다. 일하고 있던 그곳 집주인이 수술을 받으라고 권유했지만 수술 도중 죽을 수도 있다는 의사의 말에 엄마는 마르코를 보기 전까지는 수술을 받을 수 없다며 버티던 중이었다. 그러다 마르코를 본 엄마는 수술을 받기로 결심하였고 건강을 되찾아서 마르코와 함께 가족들이 기다리는 제노바로 돌아온다는 해피엔딩이다.

동화답다. 엄마를 찾아 지구를 세 바퀴 반을 돌았다는 마르코의 믿기지 않은 고군분투기가 지금 필승에게 새삼스럽게 떠올려지는 것은 어머니 명숙을 찾아나서는 본격 시

발점인 낯선 도시에 와있기 때문일 것이다. 그런데 필승은 곧장 명숙을 찾아가지 않는다. 긴장이 된다. 그 긴장을 금방 해결해버리고 싶지가 않다. 커피공주는 필승에게 딱 달라붙어 있다.

*

아침이 밝아오기를 기다리며 부산역 주변에서 우동으로 허기를 채웠다. 해운대역으로 가는 직행버스를 탔다. 지하철을 타면 여행 기분이 안들 것 같아 버스에 올랐다. 해운대 가는 길은 바다를 볼 수 있다는 설렘이 깔려서 좋다. 버스가 해운대해수욕장역에 내려준다. 바다가 보이니 커피공주는 어린애마냥 신이 나서 깡충깡충 뛰면서 백사장을 돌아다닌다. 필승도 오랜만에 바다를 만난다. 바다 앞에 서본다. 향긋한 바다 내음이 좀 전에 타고 온 버스 멀미기를 가시게 한다.

필승은 어릴 때부터 버스 멀미를 했다. 두통을 일으키고 메스꺼움을 안겨주었다. 그래서 버스보다는 지하철을 타고 다녔다. 부산까지 올 때도 기차를 선호하여 서울역으로 먼저 갔던 것이다. 버스 멀미는 필승에게 아킬레스건이다. 버스 안에서는 얌전해진다. 최악의 컨디션이 되기 때문이다. 그래도 기차를 타고 왔는데 바로 또 지하철을 타기 싫어서 버스를 무리해서 탔던 것이다.

요란하지 않은 파도의 물결춤이 필승을 위무한다. 산을 알면 인생을 안다고 하지만, 필승은 산보다는 바다를 좋아한다. 산은 마음만 먹으면 서울 시내에서도 금방 다가갈 수 있는데 바다는 그렇지 않다. 쉽게 다가갈 수 없어서 동경하는 일, 필승은 컴퓨터 앞에서 바다를 낀 배경으로 외관이 예쁜 집들을 여기저기 클릭해보는 취미가 있다. 전원생활의 동경이 밀물처럼 밀려오는 때가 있다. 그럴 때 마다 명숙이 생각났다. 아니 명숙이 생각날 때마다 인터넷 포털 사이트의 예쁜 집에 대한 블로그를 찾았다. 때로는 상상의 나래를 펴고 잠시나마 환상에 젖기도 하였다. 찰싹찰싹 사르르 밀려오는 물결이 조그마한 조약돌을 놀려대며 응석을 부리는 백사장이 펼쳐 있고, 앞마당에는 잔디가 깔려 있고, 앙증맞은 티 테이블과 의자가 놓여 있다. 현관에 이르는 계단 옆으로 꽃다발 같은 풍로초와 애기별꽃 화분이 줄지어 있다. 꽃길을 따라 들어가면 거실이 있다. 소파 대신 군데군데 편안한 라운지체어가 배치되어 있다. 방에는 장식 없이 침대만 있다. 조명들은 부드럽고 은은하다. 다른 방에는 작은 박물관을 만들고 싶다. 갓난아기 때 입었던 배냇저고리, 십자가 한 개, 엄마 명숙과 찍은 사진…….

필승은 이런 상상의 나래를 펴며 컴퓨터 앞에 앉아 있는 착각을 잠시 바닷가 앞에서 해본다. 그리고 이내 현실로 돌아온다. 타임머신은 필승의 가슴에 안착되어 있다.

커피공주는 한가로운 백사장을 한참 뛰어다니더니 추운지 웅크린다. 필승이 다가가 겉옷을 벗어 그녀의 어깨 위에 걸쳐준다. 철지난 바닷가는 한가롭고 맑다. 지난 여름의 화려한 이야기는 밀물과 썰물이 번갈아가며 삼켜버려 썰렁하다. 커피를 파는 아주머니가 왔다 갔다 한다. 커피공주의 시선이 아까부터 그 아주머니의 동선을 따라 움직이고 있다. 그러면서 필승의 눈치를 본다. 커피가 고픈 커피공주다.

"스타하우스 커피 참 맛있는데."

"커피 사줘?"

"응. 아이 좋아라~"

커피공주에게 커피 한 잔을 사주고 필승도 커피를 마셨다. 인적이 드문 바다는 스산하다. 그런 바닷가에서 마시는 커피는 담배보다 맛있다. 그러고 보니 필승은 서울역에서부터 담배를 피우지 않았다. 담배 생각이 나지 않은 것이 신기하다. 그런데 커피는 당긴다. 커피는 향으로 마신다고 했다. 지금 호젓한 백사장에 피어오르는 커피향이 인스턴트 커피의 값싼 향이어도 좋다. 평소에는 믹스커피를 먹지 않았는데 달달함이 원두커피의 개운함과는 다른 위안을 준다. 커피공주는 벌써 마시고 빈 컵을 거꾸로 들어서 마지막 한 방울까지도 다 마실 태세다. 그런 커피공주가 필승은 귀엽다. 사랑스럽다.

"커피공주, 진짜 이름 말해봐."

"커피공주……."

"그건 별칭이라 하는 거고 이름 있을 거 아냐 진짜 이름?"

"선화, 김선화"

"김선화? 칫, 공주는 공주네 선화공주든 커피공주든."

"내가 선화공주야?"

"아 됐어."

커피공주가 처음으로 자신의 이름을 말했다. 그녀가 필승에게 보여주는 신의다. 누구도 커피공주의 본명을 알지 못했다. 선화라는 이름을 듣는데 마음이 짠해져온다. 그녀가 가족처럼 느껴진다. 필승은 커피공주, 아니 선화공주에게 더 묻고 싶지만 그만두었다. 때론 그냥 묻어두어도 괜찮은 일들은 지나치는 것이 복잡한 세상을 단순하게 살아가는 방법이다. 알아도 모르는 척, 모르면 정말 모르는 척.

이번에는 커피공주가 필승에게 질문한다. 필승도 커피공주에게 신의를 보여준다.

"부산에 아는 사람 있어?"

"울 엄마."

"엄마?"

"그래 엄마."

"그럼 빨리 만나야지."

커피공주는 필승의 손을 잡아끌며 백사장을 거슬러 가려 한다. 엄마라는 말에 커피공주는 일체의 다른 질문이 없다. 엄마면 빨리 만나야 한다는 명제만 실천하라고 한다. 엄마라는데 다른 설명이나 질문이 필요 없다. 엄마는 절대적인 단어다.

"천천히 봐도 돼."

"엄만데……."

"울 엄마 안 변하고 그대로일까?"

"바보, 사람은 다 늙으니까 엄마두 늙었지."

"그런 이야기 아니야. 나 대신 매 맞아주고 아버지 버리지 말라던 그 엄마 그대로일까? 여전히 바보 같은 엄마 그대로일까?"

커피공주는 고개를 갸우뚱하며 필승을 올려다본다. 필승은 바다만 바라보며 말한다.

"바다 좀 더 보고 가자."

바다도 필승을 보고 있다. 시간이 흘렀다. 커피공주는 그런 필승을 방해하지 않고, 어디서 얻어왔는지 새우깡을 가지고 갈매기들과 놀고 있다. 간간이 갈매기 울음소리가 들린다. 그녀가 새우깡을 몇 개 뿌려대니 갈매기들이 몰려온다. 커피공주가 달리니 갈매기들이 따라간다. 그녀가 재미있어 하는 모습을 보니 필승도 평안해진다.

이제 다시 현실로 돌아가야 한다. 핸드폰을 꺼낸다. 명숙의 번호를 누르기 전에 인터넷을 열어본다. 바다 앞에서도 인터넷이 잘 터지는 IT공화국이 대한민국 아닌가. 필승의 눈에 들어오는 기사 제목이 있다. '윤락녀 일당 60대 남자 살해 도주', '20대 여자와 남자 수배' 눈앞이 캄캄해진다. 호흡이 거칠어진다. 용만이 죽었다는 말이다. 커피공주는 살인자가 되고, 필승은 공범자 내지는 범인은닉죄를 지게 된다는 말인가. 필승은 상의 안쪽에서 선글라스부터 찾아 끼고 한참 갈매기놀이에 빠져 있는 커피공주를 잡아채어 해운대를 빠져나간다. 그녀는 끌려오면서도 갈매기에서 눈을 떼지 않고 있다. 빌어먹을 갈매기가 지금 대수냐. 멍청한 커피공주.

*

진퇴양난, 설상가상이라는 사자성어는 이럴 때 쓰이는 말일 것이다. '피는 물보다 진하다'는 말을 좋아하지 않는데 이 순간, 현식에게 전화를 해야 도움을 받을 수 있다는 확신이 선다. 해운대역쪽으로 가려다가 근처 편의점 안에 커피공주를 데려다놓고 꼼짝 말고 있으라고 당부하였다. 전화를 하니 현식이 바로 받는다.

"너 지금 어디야? 누구랑 있어? 무조건 내가 데릴러 가마."

현식이 평소와 다르게 낮은 톤으로 침착하면서도 살갑게 전화를 받으니 필승이 오히려 더 걱정이 된다. 문제가 심각하다는 증거다. 평소와 다른 톤의 목소리는 평소와 다른 상황이 되었다는 뜻이다. 대체 어떤 상황이라는 말인가. 사람이 죽었다면 그보다 더 나쁜 상황은 없다.

"그 사람 정말 죽었어요? 우리 안 죽였어요."

"니가 그런 거 아닌 거 알아. 그럼 당당허니 조사를 받아야지 도망치면 안돼 임마. 지금 커피공주하고 같이 있는 거 아니지? 너 혼자 있지?"

현식의 말투가 어째 좀 수상쩍다. 누군가의 눈치를 보면서 하는 말투이다. 조심스럽다. 그러면서 마치 필승에게 커피공주와 같이 있지 않다는 확답을 하라는 주문처럼 들린다.

"커피공주 잘못 없어요. 그 사람이 넘어지면서 쓰러졌어요. 용만 아저씨가 커피공주한테 너무 나쁜 짓 했어요"

"강필승, 니가 한 짓 아닌 거 알아. 조사만 받으면 돼. 제날짜에 입대 안하면 어떻게 되는지 알지? 신세 망치지 말고 빨리 와. 커피공주한테 전해. 자수해야 벌을 덜 받는다고."

현식의 목소리 대신에 윤 형사의 목소리가 흘러나온다. 필승은 얼른 꺼버린다. 다시 배터리를 뺀다. 위치추적을 당할 것이 뻔하다. 영화 '추격자'가 생각난다. 범인을 미리 알려주고 범인을 쫓는데도 필승이 몰입해서 본 한국영화다. 필승과 커피공주는 세상사람들에게 이미 범인으로 지목되었고, 둘은 쫓기는 신세다. 필승은 커피공주에게나 스스로에게 아무것도 해줄 수 없는 무기력감에 위축된 자신을 발견한다. 추격을 당하고 있는 용의자일 뿐이다.

분명히 커피공주가 편의점 안에서 이것저것 구경하고 있는 것을 유리문으로 확인하고 현식에게 전화를 걸었는데 어느 틈에 그녀가 통화내용을 듣고 쪼그리고 앉아 훌쩍이고 있다. 지능지수가 아주 낮지는 않은 것 같다. 눈치도 있고 상황파악도 되는 커피공주다. 필승이 멍청한 커피공주라고 했던 사실을 취소해야겠다.

"일어나, 다른 데로 가야 돼."

"바보라고 버리고 가지 마. 이제 그런 거 안하고 착하게 니가 시킨 대로 할게."

"알았으니 일어나. 아무 일 없어. 아무 일도 안 일어난 거야."

필승은 커피공주를 애인인 양 바짝 껴안고 걷는다. 그녀는 다시 싱글벙글이다. 멍청한 커피공주라고 한 것을 취소할 마음이 사라진다. 여전히 멍청한 커피공주다.

"고개 절대 들지 말고 숙여."

"알았어 모가지 아파도 참을게."

"그래 계속 참아 숙여."

필승, 걷다가 올려다보니 건물들이 솟아 있다. 낯선 도시에 필승과 커피공주가 안전한 곳은 없다. 급한 대로 DVD방을 찾아 들어간다. 필승, 일단 구석의 룸을 정하고 대충 애니메이션 영화 두 편을 빌린다. '하울의 움직이는 성'과 '쿵푸팬더'. DVD방에 애니메이션도 있는 줄 몰랐다. 엉거주춤해 있는 그녀를 밖에서 안 보이는 쪽으로 자리를 잡아 앉힌다.

"영화 보고 있어. 절대로 밖으로 나오지 마. 그럼 경찰이 잡아가."

"화장실도 안돼?"

"안돼."

"……알았어. 무서우니까 빨리 와야 해."

필승이 커피공주가 겁먹고 있는 것을 모르는 척 하며 의자를 편안하게 조절해주고 담요를 덮어준다. 실내등을 끄고 나온다. 이제 지체할 이유가 없다. 명숙을 만나러 가기로 한다. 명숙에게 전화를 건다. 얼마나 하고 싶었던 말인가.

"엄마 나 필승이……."

명숙은 대꾸가 없다. 소리 내지 않고 울고 있을 것이다. 필승은 안다. 명숙은 울 때 소리를 내지 않는다. 명숙의 울음은 그래서 더 안타깝다.

"부산 왔어요. 엄마 있는 곳으로 내가 갈게요."

해운대를 빠져나왔는데 명숙이 있는 곳은 해운대 입구에 있는 음식점이라고 한다. 복어탕 전문집이란다. 다시 해운대쪽으로 발걸음을 옮긴다. 삶은 이렇게 섣불리 예단할 일이 아니고, 예측대로 되지도 않고, 계산대로 되는 것이 아닌가 보다. 누군가는 인생이 앉고 서고 걷고 놀고 하는 것으로 이루어지는 드라마라고 하였다. 그런데 필승에게 지금 삶은 판단하지 않고 그대로 맞아주는 운명이다. 삶은 그냥 삶일 뿐이다. 그래서 '삶은 계란'이라고 아재개 그를 하나보다. 애써 도망쳐 나왔는데 다시 해운대로 향할 수밖에 없다.

식당에 들어서는 순간, 필승은 서빙하고 있는 명숙을 금방 알아보았다. 명숙도 식당 입구 쪽으로 내내 신경을 곤두세우고 있었던 터라 들어서는 필승을 발견하고 다른 사람에게 쟁반을 넘기며 에이프런을 풀었다. 명숙은 말없이 앞장서 식당을 나왔다. 한 쪽 다리를 여전히 질질 끌며 걷는다. 십수 년 만의 모자 상봉인데 명숙은 앞장서 걷기만 한다. 필승도 말 없이 따랐다. 명숙이 안내한 곳은 근처 커피숍이다. 안온해 보이는 동네 커피숍이다. 명숙이 익숙한 곳인가 보다. 들어서는데 주인으로 보이는 남자가 눈인사를 건넨다. 순전히 남자라는 사실 때문에 필승은 그 주인에게 막연한 적대감을 갖는다. 평생 처음 보는 남자에게 적대감이라니. 필승도 남자라는 동물이다. 오이디푸스 콤플렉스의 변형이다.

“너무 커서 몰라보면 어쩌나 했다.”

“엄마가 언젠간 날 데리러 올 줄 알았어.”

“미안하데이. 성치 않은 몸으로 궂은일 하믄서 니 학교 보낼 자신이 없었던기라. 니 아부지도 절대로 니 못준다카고.”

"맨날 불 켜고 잤어. 불 꺼진 방 보고 엄마가 왔다가 그냥 돌아갈까봐서……."

"내가 죄인이다."

"몇 번이고 집 뛰쳐나오고 싶었지만 아버지 버리지 말라는 엄마 부탁, 나 지켰어."

"고맙데이, 애 마이 썼지. 성질이 그래서 그렇지 니 아부지도 불쌍한 인생 아이가? 테레비 한 번 나오는 기 소원이라고 수십 년 동안 그라고 죽을힘을 다해 애써도 안되고."

"엄마는 다 잊었어? 아버지가 엄마랑 나한테 어떻게 했는데. 사람도 아니야."

"필승아."

"봉사한다는 사람이 처자식을 개 패듯 패고 사람들한테 사기 쳐서 상패나 팔아먹고. 엄마 다리 너무 맞아서 너무 고생해서 그렇게 된 거잖아……."

"그래도 니를 있게 해준 사람이다. 니 아버지다. 나한테는 웬수 같은 남편이어도 니한테는 하나밖에 없는 아버지다. 인자 이빨 빠진 호랭이 안되었나? 내일 모레 환갑인데."

"이빨 빠진 호랑이는커녕 갈수록 더 못잡아먹어 난리인데 뭐."

명숙은 우는지 웃는지 모를 표정으로 커피잔을 든다. 이미 다 마신 빈 잔을 연거푸 입에 댔다가 놓는다. 필승이 그렇게 보고싶던 엄마인데 막상 마주하니 억울하고 짜증이 난다. 마치 엊그제까지 같이 살다가 하루이틀 정도 떨어져 있다 다시 만난 사이처럼 애틋함이 없다. 명숙이 어머니 모습보다 현식의 조강지처 모습을 더 보여서 필승은 배신감을 느낀다. 피붙이보다 무촌이라는 남편, 매질하는 남편을 옹호하는 명숙에게 섭섭하다. 그러면서 드는 생각은 '커피공주가 기다리고 있을 텐데'.

현식이 '스타하우스' 구석 테이블에서 동현을 만나고 있다. 필승이가 친구에게 도움을 청할 일이 있다면 동현을 찾았을 것 같은 직감이 들었다.

"여기까지 오라고 해서 미안하구만."

"아닙니다. 아버님이 부르시면 당연히 찾아봬야죠."

"동현이 자네가 우리 필승이허고 제일 친헌 것을 아니께."

"초등학교부터 고등학교까지 쭈욱 같이 다녔으니까요."

"어저께 일 다시 한 번만 말해 주그라."

"전화로 말씀 드린 그대로에요. 서울역에서 돈 빌려준 것밖에는 없습니다. 옆에 정말 아무도 없었어요. 혼자였어요. 여행 간다고만 했지 어디로 간다고는 말 안했어요. 좀 불안해 보이기는 했어요. 핸드폰도 껐다가 필요할 때만 켜는 것 같았어요."

"다른 친구 누구 또 없냐? 갸는 여자친구도 없데?"

"예전에 있었는데 헤어졌나봐요."

현식이 동현을 통해 알아낸 정보는 필승이 서울을 떠나 어딘가로 갔다는 사실이다. 왜 서울을 벗어났을까? 지방이 은닉하기에 더 안전한 곳이라고 생각했을까. 숨어 지내기에는 서울만한 데가 없을 것이다. 익명성을 가지고 살아가기에는 서울이라는 대도시가 훨씬 나을 텐데 필승은 도대체 어디로 갔다는 말인가.

명숙은 필승에게 복어를 먹이고 싶어서 다시 일하는 식당인 복집으로 데리고 갔다. 한사코 사양하는 필승에게 애원하다시피해서 2층, 바다가 보이는 테이블에 앉혔다. 해운대 백사장에서 보는 바다와 음식점 유리창으로 보이는 바다의 느낌은 다르다. 비릿한 바다만의 내음을 유리창이 막고 있다. 식사시간대가 아닌 식당은 한산하다. 명숙은 주방에서 직접 복지리 한 그릇을 가지고 와서 필승 앞에 놓는다.

"주방장이 복어 곤이도 넣어주네. 내 아들이라 했다. 맞제? 내 아들 강필승."

필승은 복지리 탕그릇을 바짝 그 앞으로 미는 명숙에게

먹고 싶지 않다는 말이 나오지 않았다. 마지못해 국물을 한 수저 떠먹었다. 맑은 국이 시원하다.

"복어라카는 것은 손질만 잘하믄 절대로 묵고 탈이 안나는 생선 아이가. 우리 주방장 저짝 호텔에 있다 나와가꼬 솜씨가 최고다. 일본사람 단골도 여러 명 있다. 여가 이래 봬도 해운대에서는 알아주는 복집이다."

"곧 군대 가요. 입대날짜 받았어요."

"벌써? 대학은 우짜고?"

"자원해서 신검 받았어. 나 공부할 타입 아니에요. 아버지가 가라는 사관학교는 정말 가기 싫고."

"그래도 대학을 나와야 대접 받는 세상 아이가."

"그건 군대 갔다 와서 생각할게. 부탁 있어요. 아가씨 한 명 잠시 맡아줘요. 당분간만."

"아가씨? 니가 뭐 책임질 일 한 건가?"

"그런 거 아니야. 나 때문에 위험하게 된 사람이야. 그래서 사람들 눈에 띄면 안돼요. 엄마 사는 집에 당분간 좀 데리고 있어줘요. 갈 데가 없어요. 나 대신이다 생각하고 부탁해요."

"방 한 칸인데 괜찮다고 할지 모르겠다 그 아가씨가."

"사람이 좀 모자라요. 근데 되게 착해요. 집안 일 같은 거 시켜도 좋아요."

"아무튼 좀 먹어라 어여 식기 전에."

필승은 다짐을 받을 요량으로 열심히 복지리와 반찬을 먹어댄다.

*

현식은 걱정이 된다. 만에 하나 입대날짜까지 필승이 나타나지 않으면 큰일이다. 필승을 잘 키우고 싶었다. 엄마 없는 자식이라는 말 듣지 않게 키우려고 엄하게 다루었다. 현식은 강하고 단단하게 교육시키는 일이 남자답게 기르는 일이라 생각했던 것이다. 그런데 이제 대한민국 남자라면 거쳐야 할 통과의식 문제로 필승의 앞날에 먹구름이 낄지도 모른다. 아버지로서 재앙을 막아야 한다. 한동안 모셨던 안 준장을 찾아간다. 별을 단 이후로 소원해졌지만 그래도 이 시점에서 안 준장이 현식의 자식 일을 나 몰라라 하지는 못할 것이다. 결정적인 안 준장의 약점을 현식이 알고 있다. 안 준장이 두 집 살림을 하고 있다. 국방부에서 안다면 당장에 파면당할 것이다. 어쩔 수 없다. 누군가의 약점이 누군가에게는 기회로 작용한다. 현식이 아들 필승의 장래를 망치는 장애물을 거두려고 할 뿐이다. 일류로 키우지 못했지만 최소한의 길은 보장해주어야 한다. 물려줄 것은 권리금 조금 받을 수 있는 '스타하우스'뿐이다. 안 준장에게 은근히 아킬레스건을 건드리며 약속을 잡았다. 약속장소를 정하면 현식이 가겠다고 했는데도 기어이 안 준장은 '스타하우스'로 왔다.

별부터 준다는 군용차도 타지 않고 별도 달지 않고 점퍼 차림으로 나타났다. 현식은 얼른 자신의 사무실로 안내했다. 안 준장의 표정이 밝지 않다. 현식이 안 준장의 혼외자식 이름을 거론하며 '명진이는 잘 크냐'고 전화로 물었던 어제 일이 불쾌하고 불안하다. 자신의 아들 일을 위해서라면 타인의 아들 일은 겁박도 불사르는 것이 부성애의 발로라는 말인가. 약이 올라 있는 안 준장에게 일단 납작 엎드리는 방편이 최선이라는 생각에 현식은 머리를 조아렸다.

"장군님, 여기까지 오시게 해서 증말 죄송헙니다. 하나밖에 없는 자식입니다. 위문공연 중에 아들 낳았다는 소식 듣고 그 자리서 이름도 필승이라고 지어 부렸습니다. 앞날이 창창한 젊은 놈입니다. 부탁 드리겄습니다."

"산타클로스 강, 내 당신이 우리 군인들 사기진작을 위해서 수고하는 건 알겠는데 군대가 무슨 개인회사도 아니고 내 마음대로 하는 거 아니야. 기다려봐. 입대날짜 며칠 남았다며?"

현식은 최악의 상황을 생각해서 안전장치를 해놓고 싶은 것이다. 안 준장은 현식의 부탁이 몹시 못마땅하면서도 걸릴 것이다. 모르는 척 할 수도 무시할 수도 없는 입장이다. 현식이 그 점을 이용할 수밖에 없다. 지푸라기라도 잡고 싶은 심정인데 다행히 별이다. 군대에서 별은 사회에서도 별이다. 돈이 되는 일도 아니었던 위문공연 일을 수십 년 했는데 이 정도의 배려는 받아야 한다. 현식이 직접 커피를 내려 안 준장에게 대접한다. 그리고는 다시 비위를 건드린다. 다분히 전략적이다.

"명진이 일학년 땐가 이학년 땐가 제가 바지 벗기고 쉬야도 시키고 고추도 만져보고 그랬는데 벌써 중학생이라니 한 번 보고자프네요. 작은 사모님은 지금도 골프옷집 하고 기시지요? 제가 연예인들헌테 엄청 소개해서 매상도 좀 올려드리고 그랬었는디요."

필승은 명숙을 만나고 커피공주가 있는 DVD방으로 간다. 그녀에게 절대로 나가지 말라고 한 룸을 열자말자 의자 위에 올라앉아 겁에 질려 있는 커피공주가 눈에 들어온다. 오줌이 바닥까지 흘렀다. 눈에는 금방이라도 진주가 될 것 같은 굵은 눈물방울을 흘리고 있다. 필승은 말 대신 그녀를 안아주었다. 남자는 동물적인 감각이 작동할 때만 여자를 안을 것이라 생각한다면 틀렸다. 지금 필승이 커피공주를 포옹하는 일은 남자대 여자가 아니라 한 인간에 대한 측은지심이다. 그제야 소리 내어 우는 커피공주를 필승은 자신의 가슴팍으로 더욱 강하게 끌어당긴다. 야위었다.

현식이 커피를 마시고 있는 안 준장과 마주앉아 있다가 갑자기 일어서더니 바닥에 무릎을 꿇는다.

"왜이래? 산타클로스 강 어서 일어나."

"장군님, 장군님이 소대장 시절부터 저 장군님 부대 쭈욱 다녔습니다. 아직도 방 두 칸에서 자식놈하고 삽니다. 위문공연 팀 짜서 한 번 나갈 때마다 최소한 일이백 깨집니다. 스타하우스에서 벌어서 다 꼴아박아도 맨날 적잡니다. 제가 왜 스타하우스 문 안 닫는 줄 아십니까? 오갈 데 없는 전우들 옛날이야기라도 허면서 위로하고 힘내서 살자고 겨우겨우 유지하고 있습니다. 사람들이 마누라 도망가고 자식 혼자 키우면서도 군인들만 쫓아 댕기는 미친놈이라고 손가락질 하는 것도 압니다."

"일어나 어서! 내가 산타클로스 강 사생활까지 들을 필요도 없고, 별 달았다고 입대를 마음대로 할 수도 없어."

"장군님, 석류장을 받게 해주신 분도 장군님이십니다. 장군님이 못하시면 아무도 못합니다. 우리 필승이 한 번 살려주시는 셈치고 입대날짜 며칠만 연기해 주십시오. 절대루 사람 죽일 놈 아니니까 조사만 받고 군대 당당허니 가도록 선처해주십시오. 내일모레새 찾아내겄습니다. 이 자석이 공연히 겁먹고 숨은 것뿐입니다. 장군님!"

"허 참 거!"

현식은 무릎 꿇고 고개까지 숙이니 자신도 모르게 눈물에 콧물이 섞여 흐른다. 지나온 시간들이 서럽게 다가온다. 과거에 대한 연민은 그 과거가 어떤 모양으로든 미화되어 각인되는 것인가 보다. 현식은 지금 안 준장 앞에서 무릎을 꿇은 상태로 자신의 가장 빛나는 순간을 발현하고 있다. 비천하고 비굴한 모습인 채로.

필승은 난생 처음 여자 속옷가게에 들어갔다. 필승이 '스타하우스'에서 번 돈 아니고 다음에 사회에 진출해서 첫 월급 받으면 명숙의 속옷을 사주겠다고 생각해왔는데 지금 다른 여자의 속옷을 사게 되었다. 이렇게 계획이나 바람은 개연성 없이 이루어지기도 하고 이루어지지 않기도 한다.

"저기 여자 내복, 브라자 그리고 팬티 하나씩 주세요."

"싸이즈는요?"

"그냥 중간보다 좀 작게 주세요. 이 근처 숙녀복 파는 곳은 어디 있죠?"

커피공주는 DVD방에 여전히 갇혀 있다. 담요를 둘러쓰고 기다리고 있는 모양새가 추위에 떨며 먹이를 물어다주는 어미새를 기다리는 아기새다. 그러고 보니 필승을 기다리는 누군가가 있다는 사실이 새삼스럽다. 지금 커피공주에게 필승은 보호자다. 필승은 어머니의 부재를 메꿀 언젠가를 기다리는 삶이었지, 누군가가 그를 기다린 적은 없다. 현식이 필승을 기다리는 것은 기다리는 일이 아니다. 그것은 의무감의 강요이고 자신의 틀 안에 가두려하는 일일 뿐이었다. 기다리는 일은 저녁노을처럼 따스한 기운이 번져야 한다. 지금 이 좁은 공간에 번지고 있는 기운은 최소한 싸늘하지 않다. 작은 촛불이 사라지지 않고 가냘픈 불꽃을 붙잡고 있는 듯하다. 따스하게 데워지고 있는 초라한 공간이다.

커피공주는 옷을 받아들고 허겁지겁 갈아입는다. 필승은 남자인 그를 그녀가 전혀 의식하지 않은 바람에 당황하여 얼른 문을 닫고 나간다. 저만치 아르바이트생이 안 본척하면서 흘금거리는 시선을 느낀다. 이곳도 더 이상 안전하지 않다. 필승은 서둘러 커피공주를 데리고 나온다. 좌판에서 산 빨간색 스웨터가 그런대로 잘 어울린다. 커피공주의 어둡던 얼굴이 새 옷으로 갈아입혀놓으니 어린아이마냥 다시 해맑아졌다.

"나 이쁘지?"

"이쁘다 치고. 촌닭처럼 굴지 말고 커플처럼 자연스럽게 알았지?"

필승의 말이 떨어지자마자 커피공주는 팔짱을 낀다. 그렇게 팔짱을 끼고 명숙 단칸방 앞까지 갔다. 싱글벙글인 커피공주는 필승의 팔에 매달려가며 혼자서 계속 중얼거린다.

"선화공주는 필승이를 좋아한대요, 선화공주는 필승왕자를 좋아한대요……."

"시끄러 누가 누구를 좋아해. 제발 좋아하지 마. 안 좋아하는 것이 도와주는 것이다. 입 다물어. 안 그러면 놓고 간다."

명숙은 아직 퇴근 전이다. 잠깐 들러 보일러를 틀어놓고 갔다. 필승과 커피공주는 따뜻한 방에서 쉴 수 있다. 좁고 누추하지만 깔끔하게 정돈된 방이다. 어린 필승의 사진이 필승의 눈에 가장 먼저 들어왔다. 필승과 커피공주이자 선화공주는 각자 벽에 기대어 무릎을 구부려 팔을 괴고 나란히 앉아 있다. 그러다 동시에 고개를 돌려 눈이 마주치자 서로 피식 웃음을 터트린다.

"야 커피공주, 너랑 다니다 나까지 바보 됐어 흐흐."

"맞아. 니가 더 모자라는 사람 같아 흐흐."

"이 상황에서도 웃음이 나오니 좋네. 근데 정말 아무도 없어? 낳아준 엄마는 있을 거 아냐."

"엄마 미쳐서 집 나갔어. 아버지는 새엄마하고 집 나가고 할머니랑 살았는데 죽었어."

"알았어. 커피공주, 뭐 갖고 싶은 거 있어?"

"으음…… 꽃. 이따만한 꽃다발 받고 싶어."

커피공주는 양팔을 벌려 한껏 반원을 그린다. 입도 크게 벌린다.

"필승이 너는 뭐 갖고 싶어?"

"그런 거 없어."

"칫, 왜 없어. 빨랑 말해봐."

"스포츠카 몰고 폼 나게 한 번 달려보고 싶어. 서울서 부산까지 쭈욱~ 스포츠카의 황제는 뭐니뭐니해도 포르쉐지. 난 새차보다 빈티지자동차 갖고 싶어. 카레라지티. 10기통 엔진에 6단 기어 파악 넣고 밟으면 330키로는 나갈걸? 폼 나겠지?"

"운전면허증 있어?"

"아니 아직."

"너 정말 바보구나. 면허증 없이 운전하면 경찰서 가는 거야. 무섭고 사람 보는 데서 오줌 싸야 되고 진짜 재수 없어 경찰서."

"우리 김선화 씨는 모르는 게 없어요~ 좋겠다. 경찰서 유치장에서도 자보고."

"아니 안좋아."

현식이 이번에는 윤 형사 앞에 앉았다. 안 준장 앞에서 무릎을 꿇으며 생각했다. 아직 이것으로 끝이 아니다. 할 바가 더 남았다는 사실을 무릎 꿇으며 깨달았다. 호형호제 하던 윤 형사가 있지 않은가. 윤 형사에게 찔러준 돈봉투만 해도 작은 가게 하나 차릴 정도는 될 것이다. 한동안 수금 사원처럼 드나들었던 윤 형사다. 얄미운 윤 형사. 이제 얄밉지 않다.

"종로 바닥에서 현식이 형님 모르는 사람 없고, 또 나라 위해서 공 많이 세우신 거 알지만 딴 건 몰라도 사람이 죽어버렸으니 하루라도 빨리 필승이가 나타나서 혐의를 벗어야 합니다. 다행히 커피공주가 김용만 씨 다리 건 것을 본 목격잘 확보해 놓았지만, 지금 커피공주랑 함께 있으면 복잡해져부러요."

"그니께 윤 형사, 믿어줘. 내 이 눔의 자석을 지구 끝까지라도 쫓아가서 곧장 데꽈불 것인게."

"절대루 커피공주랑 함께 있으면 안돼요. 무슨 뜻인지

아시겠죠?"

"하믄, 절대로 그 기집하고 같이 안 있당께 절대 아녀 지금."

필승이 벽에 기댄 채 잠들었다. 커피공주는 필승의 잠든 모습을 바라본다. 장난기가 발동하여 손가락으로 가만히 필승을 건드려본다. 그대로 방바닥에 기울어져 눕는다. 커피공주는 이불을 끌어다 덮어주며 토닥거린다. 어린아이를 잠재우는 엄마처럼.

지금쯤 필승이 데리고 온다던 아가씨와 둘이 방안에 들어와 있을 것을 생각하니 명숙이 아까부터 마음이 분주한데 하필 예약손님도 많고 붐빈다. 간신히 빠져나왔다. 주방장에게 복튀김을 부탁했다. 서둘러 발걸음을 재촉하는데 현식의 전화를 받는다. 필승과 관련되지 않았으면 전화할 사람이 아니다. 전화를 받자마자 현식은 버럭 소리부터 지른다.

"나여, 무지하게 중요한 일인께 단도직입적으로 말험세. 필승이 지금 어딨어?"

"새끼가 어미한테 찾아온 것도 뭐 죄가? 바빠서 끊십니데이."

"이런 속창아리 없는 사람, 필승이 교도소 가도 좋아? 내 일모레 입댄디 군대는 고사하고 교도소 가게 생겼어. 살인자하고 같이 댕겨서 공범으로 몰리게 생겼다고."

"예? 그게 지금 무슨 말인교?"

"바로 KTX 타고 갈틴께 필승이놈 꽉 붙들어둬. 커피공주 그 가시내도 도망 못가게 해. 나가 지금 형사도 지능적으로다가 따돌리고 가고 있응께. 갸가 튀어 불고 우리 필승이가 엉뚱하게 말해불면 죽도 밥도 아닝께 알았제?"

명숙은 전화기를 든 채 정신없이 달려와 방문부터 벌컥 연다. 필승이 웅크리고 자고 있는 모습이 접혀진 새우등이다. 그 새우등짝을 치면서 명숙은 커피공주인지 설탕공주인지 어디로 갔냐며 잠에 취해 있는 필승을 다그쳐 물었다. 그제야 필승이 정신이 번쩍 든다. 붙잡는 명숙의 집을 튀어나와 골목을 샅샅이 뒤진다. 큰길로 나와서 찾아도 커피공주는 없다. 해운대 백사장으로 달려가 보았다. 어디선가 갈매기떼와 놀고 있을 것만 같은 커피공주는 그곳에도 보이지 않는다. 커피를 파는 아주머니만이 그를 보고 아는 척 한다. 아가씨는 어쩌고 혼자냐고 묻는다. 커피공주는 바다와도 놀지 않고 사라졌다. 어디에도 없다. 깃털처럼 조영히 사라졌다.

바보인 줄 알았더니 튈 줄도 알고 제법이다. 그녀가 정말 바보가 아닐지도 모른다. 미운 오리새끼는 흑조들 가운데 백조였기 때문이라고 하지 않나. '커피공주, 튈려면 아주 멀리 튀어라.'

커피공주가 그에게 해준 말이 생각난다.

'아무리 모자라는 사람이라도 누가 진짜로 대하는지 가짜로 대하는지 내 마음이 다 안다. 필승이 넌, 진짜로 대하는 사람이야.'

진짜로 대하는 사람은 커피공주다. 그를 있는 그대로 보아준 사람이 커피공주이다.

커피공주가 진짜다. 가짜는 커피공주를 바보라고 하는 사람들이다. 커피공주를 제외한 모든 사람들이 가짜다. 필승이 터덜터덜 다시 명숙의 집으로 돌아온다. 그녀를 찾을 수 없다면 명숙에게 인사나 하고 서울로 바로 올라가야 할 것 같다. 경찰서에 가서 직접 벌어진 상황의 진실을 밝혀야 한다. 커피공주가 붙잡혀도 중형은 피하게 해주어야 한다. 방문을 여는데 그 사이 현식이 와있다. 명숙과 마주앉아 있다. 둘이 마주앉아 있는 모습을 얼마 만에 보는가. 지금은 결코 낭만적이지 않은 상황이다. 과거에도 그랬다. 현식과 명숙이 부부답게 다정한 모습으로 보인 기억이 없다. 현식은 항상 성난 호랑이 모습이었고, 명숙은 어린 필승을 꼬옥 껴안고 있는 모습만이 그의 뇌리에 박혔다. 다시 돌아

나오려는데 필승이 순간 어린 필승이가 된다. 지금 피하면 명숙이 현식에게 맞을 것이다. 어린 필승이가 맞아야 명숙이 현식에게 덜 맞는다. 필승이가 현식에게 도망치는 것이 아니라 명숙이 현식에게 도망치게 해야 한다. 필승이 담담하게 현식 앞에 선다. 현식이 필승의 뺨부터 때린다. '그래 이래야지 당신답지. 때리세요. 맞아줄게요. 대신 어머니는 그대로 두세요.' 필승은 기꺼이 맞아주면서 속으로 그렇게 주문하였다. 아니 명령하였다.

"어리석은 자식, 병신 여자땜시 신세를 망치려고 들어? 니가 제정신이야?"

"필승아버지, 다 큰 아를 와 때려요? 말로 해요 말로. 차라리 날 때려요."

어린 필승이가 맞을 때도 명숙은 그랬다. '차라리 날 때려요. 아이는 때리지 마요. 당신 핏줄이잖아요.' 명숙은 그렇게 말하면서 자신의 몸을 현식에게 들이대었다. 현식은 동시에 둘을 때리지는 않았다. 고약하고 고마운 일이었다. 둘 중 한 명이었지 둘을 동시에 때리지는 않음을 필승도 명숙도 알았다. 그래서 이를 악물고 현식의 폭력을 피하지 않았다. 맞서보지도 않았다. 자신이 도망쳐버리면 명숙을 찾아내 폭력을 휘두를 것만 같아서 그 세월을 견뎠다. 어릴 때부터 길들여진 폭력을 받아들이는 방법이고, 폭력을 피하게 하는 방법이었다. 필승이 명숙에게 해줄 수 있는 선물은 그것뿐이었다. 그에게 명숙 외에 또 보호해야 할 사람이 생겼다. 커피공주를 살인자로 만들 수는 없다. 지금 이 노회한 호랑이는 자식을 보호한답시고 자신을 보호할 줄 모르는 커피공주를 범죄인으로 만들려고 한다. 세상에 숨을 곳은 하나도 없다. 내가 내안에 숨을 수밖에 없다. 필승은 현식을 향해 화에너지를 쓰기로 한다. 가슴의 속삭임을 듣는다. 어린 필승이 더 이상 어린 필승이가 아니다. 이제 소리 내어 알린다. 필승은 손을 치켜드는 현식의 팔을 억세게 붙잡아 벽으로 밀어붙인다. 종이인형처럼 힘없이 벽으로 밀리는 현식은 말을 못하고 그런 필승을 노려만 본다. 명숙 역시 어안이 벙벙하다.

"커피공주는 자기가 사람 죽인 것도 몰라요. 나 아니었으면 커피공주가 그 사람 넘어지게도 안했어요. 서울 갈테니 엄마 괴롭히지 말아요."

단호하고 결연한 필승의 말투에 현식은 한 마디도 못한다. 이무기가 용이 되는 것처럼 어린 필승이 갑자기 성인이 되어버렸다. 변화에 대한 두려움으로 숨어버리는 이무기가 아니다. 변화하지 않으려고 발버둥치는 이무기는 더더욱 아니다. 상처받은 내면의 아이는 없다. 분명하게 말하고 행동하는 필승이가 현식 앞에 있다. 현식이 비로소 한숨이 나온다. 이제 자신이 할 바는 다했다는 안도의 한숨이기도 하고, 자신이 정말 종이 호랑이 신세임을 자각하는 한숨이기도 하다. 명숙은 두 남자를 번갈아 바라볼 뿐이다.

*

'스타하우스'의 아침은 아직 한산하다. 현식이 마른 수건으로 상패와 철모 등을 닦는 것으로 하루를 연다. '스타하우스'의 일상이 시작되고 있다. 노신사 한 명이 첫손님으로 문을 열고 들어온다. 낡아 보이는 외투 안에 넥타이를 맨 정장차림, 중절모를 썼다.

"선배님, 어떻게 이렇게 일찍?"

"자네야말로 스타하우스 문을 다시 열어주어 고맙네. 아들내미 아직 조사받고 있다고? 입대 날짜가 내일이라고 들은 것 같은데."

"예 그렇게 되었습니다. 심려 끼쳐 죄송합니다."

노신사는 창가에 자리를 잡고 앉는다.

"다 순리에 맡겨야지 어디 세상 일이 인력으로 되는 일이 얼마나 있던가. 그리고 어떻게 살아야 하는 것도 중요하지만 어떻게 죽는가도 중요한 거 배웠잖는가."

"그러게 말입니다. 진인사 대천명이라고 지가 헐 짓은

다 해부니 차라리 담담허구만요."

창가에 눈 주고 있던 노신사가 갑자기 벌떡 일어나 창밖을 가리킨다.

"강 사장, 저기!"

현식이 다가와 노신사가 가리키는 곳을 내려다보니 커피공주가 '스타하우스'를 올려다보며 서 있다. 현식이 내려가려다 말고 주방으로 들어가 도트무늬 그려진 커피공주의 전용컵에 커피메이커에서 내려놓은 커피를 한 잔 따른다. 그리고 컵을 가지고 나선다.

현식에게서 머그잔을 건네받은 커피공주는 배시시 웃으며 커피를 한 모금 한다. 예의 그 찬란한 빛을 다 받아들이는 표정으로 하늘을 한 번 보더니 현식에게 둘둘만 종이를 건넨다.

"아저씨 저 좀 경찰서에 데려가주세요. 그리고 이거 나중에 필승이한테 주세요 나중에요."

현식은 대답 대신 한쪽 손바닥을 펴서 커피공주 쪽으로 밀어보이며 어서 마시라 한다.

현식이 커피공주와 함께 경찰서에 들어선다. 마침 유치장에서 나와 필승이 조사를 받고 있다. 수갑을 차지 않았다. 현식이 필승을 보더니 커피공주가 건넨 종이두루마리를 가만히 필승의 무릎 위에 놓고 윤 형사 앞으로 커피공주를 데려간다. 필승이 조사받다말고 펼쳐보면 포르쉐 스포츠카 사진 브로마이드다. 필승과 눈이 마주치자 커피공주는 해맑게 웃으며 소리 내지 않고 입모양만 '바. 보.' 한다.

지금 스스로 경찰서를 찾은 그녀의 영혼은 문 닫아 걸지 않았다. 억눌러 있지도 않다. '언제든지 나를 의지해'라고 하는 것만 같다. 그러면서 동시에 자신에게도 말을 하고 있다. '나 커피공주는 나를 잃어버리지 않았어. 실패하지도 않았어.' 커피공주는 실패하지 않은 인생이다. 성공을 추구하며 살지 않았으므로 실패하지 않은 삶이다. 성공할 필요가 없이 사는 사람은 실패 또한 필요하지 않다. 그녀가 필승을 향해 내뱉는 '바.보'는 필승에게 강렬한 에너지를 건넨다. 바보로 살고 싶은 소망을 준다. 하늘의 별을 달아야 바보로 살 수 있을 것이다. 커피공주처럼.

'스타하우스'는 계절이 바뀌어도 여전한 곳이다. 늘 그렇듯이 노년의 공허한 인생들이 삼삼오오 테이블을 차지하고 무용담 중이다. 그들의 인생은 대화 중에 실패한 자가 없고, 그들의 대화는 먼지가 끼지 않는다. 켜켜이 쌓이는 사실과 다른 진실, 비밀과 거짓말들이다. 그런데 그 비밀과 거짓말들이 얼마간 아름답고 해롭지 않다. 먼지처럼 부유할 뿐이다. 현식은 테이블을 돌며 호기 어리게 훈수를 두는 모습이 한결같다. 맞장구를 쳐주기도 하고, 핀잔을 늘어놓기도 하지만 상대들은 유쾌해한다. 저만치 짧은 타이트 스커트에 엉덩이를 실룩거리며 걷는 젊은 레지 아가씨가 서빙중이다.

벨소리가 요란하다. 벨소리와 함께 구치소 접견실 문이 일제히 열리고 닫힌다. 군복 입은 필승은 푸른색 미결수복의 커피공주와 플라스틱 창을 사이에 두고 마주하고 있다. 배시시 웃는 커피공주가 착석하자마자 필승은 경례를 붙인다.

"필승! 일병 강필승, 커피공주 보고 싶어 강원도 화천에서 첫 번째 휴가를 명받아 여기까지 달려왔습니다. 필. 승!!"

커피공주, 같이 경례를 붙인다고 손을 이마에 댄다. 필승이 상의 주머니에서 종이를 꺼내 펼친다. 잡지에서 오린 듯 꽃그림만 모아 붙여 꽃밭을 만들었다. 커피공주는 환하게 웃는다. 그녀의 웃음에 꽃잎이 열리고 꽃다발이 되고 꽃밭이 된다. 필승과 커피공주 사이에 나비가 날아다닌다. 꽃잎들이 흩어져 춤을 춘다.

필승과
안토니오

*

필승은 침대 위에 누운 채 심호흡을 한다. 들숨과 날숨, 자신의 호흡을 알아차려본다. 코로 들이쉬고 코로 내밀어 보는데 자꾸 입으로 숨이 내쉬어진다. 샤워를 마치고 나오는 강애는 향수를 뿌려댄다. 오리엔탈계열의 묵직한 향이다. 정향이 감지된다. 정자향이라고도 불린다. 필승이 카레를 먹지 않는 이유도 정향 때문이다. 그에게 정향은 부담스럽고 역겨운 향이다. 성기능을 높이는 효능이 있다고 어떤 작자가 밝혔는지 토종라일락이라는 정향나무를 세상에서 없애고 싶을 정도다.

필승의 아내 강애는 데이트할 때, 그리고 신혼초까지만 해도 상큼한 비누냄새를 풍겼다. 언젠가부터 향수를 쓰기 시작하였다. 시트러스 계열의 가벼운 향으로 시작하더니 점점 묵직한 우디 계열과 오리엔탈 계열의 향수를 사용하고 있다. 집안 곳곳에는 디퓨저가 놓여 있다. 향수가 싫은 필승의 두통은 만성이 되었다. 필승이 몇 번이나 향수에 대하여 언급하려다가 막상 강애를 보면 말이 나오지 않았다.

아직 물기가 마르지 않은 강애의 머리칼이 필승의 가슴으로 파고 든다. 연애시절, 가로등을 피하여 어두운 골목길에서 그녀와 처음 포옹하던 날, 강애는 필승의 품에 안겨서 '오빠, 제발 키스만은 말아주세요.'하며 병아리처럼 몸을 부르르 떨었다. 그러던 그녀가 농익은 30대 여인이 되어 남편과의 잠자리를 리드하려고 한다. 필승이 남자인 자신이 리드하는 편이 낫겠다 싶어 강애를 한 팔로 끌어당겨 그녀 위에 포개어진다. 만족스러운 미소를 짓는다. 키스를 한다. 강애는 눈을 감는다. 아직 이들 부부의 키스는 서로에게 달달한 설렘이 일게 한다. 그러나 필승이 키스 시간이 길어질수록 불안하다. 인터넷에서 배운 대로 호흡을 참아본다. 강애의 신음소리가 좋다. 그녀의 끊어질 듯 이어지는 신음소리가 필승을 흥분시킨다. 그래서 남자에게 섹스는 '끝나지 않은 향연' 같은 것이라 하였나보다. 그런데 거기까지다. 오늘도 실패다 삽입하자마자 사정을 하고 만다. 흥분해 있는 강애가 알아차리지 못했을 수도 있다. 페니스를 빼지 않고 미약하게나마 피스톤운동을 계속 해본다. 엉덩이에 힘을 준다. 강애의 손이 필승의 등을 다독거리며 그의 힘없는 페니스로부터 이탈한다. 이렇게 금방 알아차려버리다니 경험에 의한 학습의 결과는 무섭다. 필승이 섭섭하다. 예전에는 '클라이맥스 후의 정서적인 정리' 운운하며 질펀한 채로 한참을 포개어져 있다가 내려오게 하더니 이제는 섹스의 시작을 적극적으로 하는 만큼 마무리도 능동적으로 하고 있다.

"뭐 시원한 거 줘요?"

"아니 됐어."

"……여보, 난 괜찮아요."

괜찮다는 강애의 말은 괜찮지 않다는 뜻이다. 잔인하다. 노코멘트 할 수는 없는가. 언젠가부터 부부관계를 할 때마다 조루하는 남편에게 매번 '괜찮다'고 위로해주는 아내가 전혀 고맙지 않다. 남편의 무능함을 거듭 확인시키는 말이다. '괜찮다.'

강애가 티슈를 여러 장 뽑아서 필승의 심볼 위에 대어주고는 욕실로 들어간다. 샤워기를 튼다. 그녀는 중요한 부위부터 씻고 있음이 분명하다. 물줄기가 위에서 떨어지는 소리가 아니다. 그렇게 빨리 남편의 정액을 흘려보내고 싶은가보다. 결혼하고 2년이 되도록 임신이 되지 않자 강애는 불임클리닉에 다녔다. 신비로운 여성의 신체는 매달 자궁에 수정란을 착상시킬 준비를 한다고 하는데 번번이 실패하였다. 병원에서 수정될 확률이 높은 날짜를 정해주면 새벽에 곤하게 자고 있는 필승을 깨워서 '오늘 병원 가는 날이야. 시작해야 돼!' 그러면서 수줍게 부부관계를 요구하고 잠결에 어떻게 해치우고 난 후도 소중한 보물을 흘려보내서는 안 된다며 필승이 출근준비를 해도 꼼짝하지 않고 누운 자세로 몇 시간을 있다가 병원에 가던 그녀였다. 심지어 물구나무서기까지 하던 그녀가 아니었는가.

그런 그녀가 지금 몸에 붙은 거머리라도 떼어낼 듯이 열심히 씻어댄다. 샤워 순서를 기다리는데 섹스 후의 나른함이 밀려와 필승은 눈이 감긴다. 티슈를 올려놓은 채 이불을 덮어버린다. 필승이 금방 코를 곤다. 샤워를 마치고 나온 강애는 그런 그가 미우면서도 가엾다. 사법고시에 거듭 실패했을 때, '오빠가 청소부여도 결혼하겠다'고 말했던 그녀가 지금 바라보는 남자, 필승은 전투에 진 병사의 모습이다. 평안해 보이지 않는 표정이다. 아내를 만족시키지 못한 남자의 고통이 그의 얼굴 면면에 흘러 박혀 있다. 흡사 십자가 고상 같다. 아니다 고통으로 얼룩진 예수의 모습은 결코 일그러지지 않았다. 평화가 없는 숙면의 모습을 필승의 얼굴에서 발견한다.

강애는 다시 필승의 옆에 눕는다. 그의 한 팔을 펴서 팔베개를 만들어본다. 금방 잠이 들것 같지 않다. 다시 필승의 팔을 자신의 몸에서 빼내고 안방 문을 여는데 순간 오싹하다. 돌아가신 시어머니가 서 있었던 기억이 솟는다. 그랬다. 시어머니는 갑갑한데 문을 닫고 지내냐며 필승과 강애가 자는 방문을 열어버리고, 손자 동환이 자는 방문도 열어버렸다. 그 뿐만이 아니다. 한 번은 숨을 죽여 가며 필승과 강애가 섹스를 하고 있는데, 노크도 없이 안방 문을 열고는 '필승아, 속이 답답한데 소화제 어디 있냐?'고 물었다. 약상자는 거실과 부엌 사이의 아일랜드 식탁 한 쪽에 늘 놓아져 있다. 시어머니가 모를 리 없었다. 낮에도 그 상자에서 환약으로 된 한방소화제를 꺼내 먹는 것을 보았다. 필승이 죄인처럼 안절부절 하였다. 그리고 화를 내도 강애가 내야 하는데 시어머니는 둘의 섹스 광경을 본 후로 며칠간 입을 꾹 다물고 아들과 며느리에게는 한 마디도 하지 않았다. 손자 동환이하고만 이야기를 하였다. 천년만년 살면서 강애에게 스트레스를 줄 것 같던 시어머니의 돌연사 후로 필승과 강애는 한참동안 부부관계를 하지 않았다. 그래야만 할 것 같았다. 불문율처럼 그렇게 몇 개월을 지냈다.

생각을 떨쳐 버리려 강애는 와인을 한 잔 한다. 칠레와인을 좋아하지만 지난번 희경이가 놀러왔을 때 먹다 남긴 프랑스산 말벡을 마신다. 바디감이 깊지는 않다. 이런 날 마시기에 좋은 단맛이 녹아 있는 드라이함이 있다. 병에 붙은 제품명을 보니 길다. 리제르바 드 레헤 말벡.

냉장고에서 치즈를 찾아 먹을까 하다가 만다. 치즈를 안주로 하면 한 잔이 아니라 여러 잔을 마시게 될 것 같아서다. 대신 와인을 맥주 마시듯 마셔버린다. 억지로라도 잠을 청해볼 요량으로 다시 안방 문을 연다. 필승이 웅크리고 자고 있다. 당당하지 못한 자세이다. 갑자기 화가 올라오는 강애는 스스로 놀란다. 잠이라도 당당하게 자는 모습을 보여주지 못한 그가 못마땅하게 생각되는 것이 아닌가. 가만히 문을 닫고 서재로 발걸음을 옮긴다. 제법 비싸게 주고 산 안마의자가 있다. 필승이 컴퓨터 앞에 있다가 한 번씩 눕기도 하고, 강애의 어깨통증을 다스리려는 용도로 사놓았다. 안마의자를 눕히고 아직 흥분이 덜 가라앉은 음부에 쿠션을 대본다. 몸을 뒤집어 쿠션에 클리토리스를 자극시킨다. 마찰로 몸이 달아오른다. 강애는 자신의 입을 틀어

막는다. 그녀는 오르가즘의 정체를 모른다. 클라이맥스의 끝을 경험해보지 못하였다. 다만 이런 자극이 필승과의 섹스 후 욕구불만을 어느 정도 해소해주어서 혼자만의 비밀을 만들어왔다. 움직임을 멈추고 의자에 엎드린 채로 한참을 그렇게 그대로 있다. 노곤하다.

*

아침은 온다. 닭의 모가지를 비틀어도 새벽은 오고, 새벽 다음은 아침이다. 강애는 토스트기에서 올라오는 식빵을 꺼내어 꿀을 바른다. 필승은 딸기잼보다 바싹 구운 토스트에 꿀을 발라 먹는 것을 좋아한다. 어릴 때부터 먹던 습관이란다. 식탁에 앉은 필승은 강애가 미리 준비해놓은 시리얼 볼에 우유를 붓는다. 한 가지 시리얼보다 여러 가지를 섞은 후 슬라이스 된 딸기와 바나나를 부어 우유와 함께 먹는 아침식사다. 시어머니가 있을 때는 밥을 차려야 했는데 달라진 아침식사가 간단해서 좋다. 요즘은 집 전화벨이 잘 울리지 않는데, 동환이가 네이티브 스피커와 통화하는 예정 시간에 집 전화벨이 울린다. 아직 어린 동환에게 핸드폰을 사주지 않았다. 교육적으로 그런 편이 낫겠다 싶어서다.

"동환아, 제니 선생님!"

침대에서 내려오지 않고 애견 쫑쫑이를 데리고 놀고 있던 동환이 잠옷 차림으로 나와서 거실 전화를 받는다. 기계적인 행동이다.

"헬로우, 굿모닝 제니!"

강애는 하루에 5분씩 하는 전화 프리토킹이 효과가 있을까 의문이 들기도 하지만 동환에게는 알람시계 역할을 하고, 필승이 권한 일이기도 해서 계속하고 있다. 화상통화보다 얼굴표정을 보지 않고 순전히 목소리로만 대화를 하는 전화영어가 제일이라고 주장한다. 들리면 읽고 말하는 것이 훨씬 쉬워진다는 지론이다. 강애에게도 회화공부를 권하였다. 여자도 자기 일이 있고 바빠야 잡념이 생기지 않는다고 하면서. 여기서 잡념이란 무엇인지 물어보고 싶은 것을 꾹 참았다.

필승은 가정법원판사로 재직하다 로펌으로 옮긴 변호사다. 이혼전담센터 변호사라면서 요즘 변호사들 중 이혼전문 변호사 아닌 사람 별로 없다며 싱거운 농담을 사람들 앞에서 한다. 자기 딴에는 겸손한 표현으로 그러는 것 같은데 유머치고는 썰렁한 유머다. 특별한 변론기일이 아니면 10시까지 출근해서 아침시간대는 여유가 있는 편이다. 엘리베이터를 사이에 두고 두 집이 마주 보고 있는 박스형 아파트에 사는 강애는 출근 전송을 엘리베이터 앞까지 한다. 핸드드립한 커피를 텀블러에 담아 필승에게 건네면 서초동 사무실까지 운전하면서 마신다. 열린 엘리베이터에 오르며 그가 강애를 향해 한마디 한다.

"당신 일부러 나한테 마음 써주고 그러지 마."

그 말이 끝나자마자 엘리베이터 문이 닫혀야 드라마틱한데 문이 닫히지 않아 둘은 마주보고 잠시 어색하게 서 있어야 했다. 지금처럼 서로에게 상처가 되는 경우가 있다. 보이지 않는 혹은 보이는 배려에 감사하면서도 약간 뒤틀린 뉘앙스의 말이다. 대답할 말이 없는 강애는 그냥 바라볼 뿐이다. 엘리베이터 문이 닫히려고 한다. 필승은 한 손을 들어 보인다. 만약 그가 '굿바이!'라 했으면 정말 이별의 한 장면처럼 말이다.

필승이 출근하면 강애는 수영장에 간다. '고우'라는 구령에 맞추어 물살을 가르다보면 그녀의 묵직한 밤을 잊게 해준다. 주변 사람들이 골프를 권하지만 일단 남편 필승도 골프를 하지 않고, 4명이 팀을 짜서 같이 움직여야 하는 운동이라는 점이 내키지 않아 시작을 하지 않고 있다. 혼자 하는 운동이 편하다. 수영은 단체로 하고 있지만 혼자 하는 운동이다. 아침 수업에 빠지는 날이면 가끔 그녀 혼자서 자유 수영을 한다. 몇 년 동안 수영을 해서인지 피부탄력이 떨어진 것을 느끼지만 레인을 오가며 가쁜 숨을 몰아쉬다가 샤워를 할 때의 개운함에 중독이 되어 있다. 그녀에게 수영은 섹스다.

*

개정중인 재판정에서 필승이 변호인석에 앉아 있다. 법대를 졸업하고 은행원으로 일 년을 일했다. 어느 날 은행창구에 놓인 자신의 이름 '박필승'이 박힌 명패를 찬찬히 보다가 갑자기 다시 사법고시를 준비할 결심을 하였다. 은행원 이름으로는 어울리지 않는다는 생각이 들었다. 그렇다고 늦은 나이에 운동선수를 할 수도 없는 노릇이고, 해오던 사법고시 준비를 하는 편이 낫겠다고 결정해버렸다. 다행히 대학 때처럼 2차에서 실패하지 않고 3차 면접시험까지 스트레이트로 합격하여 또래보다 늦지 않은 결과가 되었다. 필승 옆에 앉아 있는 의뢰인 오정훈은 현직 경찰이다. 10년 이상 아내의 폭력과 폭언에 시달려 왔다고 한다. 폭언보다 물리적인 폭력을 더 이상 못 견디겠다며 이혼소송을 냈다. 필승이 변론을 시작한다. 오정훈의 아내는 출석하지 않았다.

"가정이라는 사회 단위는 파괴되어서는 안될 고귀한 사랑의 공동체임이 분명합니다. 그러나 오정훈 씨의 경우처럼 불행히도 이혼이 최선인 경우, 보다 인간답게 살기 위해서 어렵게 결단하는 인간선언입니다. 아내로부터 자주 폭행을 당하고 인격적인 모욕을 당했습니다. 자녀 또한 엄마를 공포의 대상으로 보고 있습니다. 오정훈 씨가 아내를 정신과에 데리고 가서 치료를 받게 한 적도 있다고 합니다. 그러나 개선이 되지 않고 불행의 악순환이 계속되고 있습니다. 성격 파탄자적인 행동을 강제적으로 멈추게 하지 않는 이상 남편 오정훈 씨와 아이들은 더 이상 행복할 수가 없습니다. 혼인의 해소에 관하여 합의가 이루어지지 않아 우리 민법 제840조에 명시한 명백한 이혼사유인 '심히 부당한 대우'에 해당하여 이혼제기 하지 않을 수 없으며 법률혼의 해소를 원합니다. 재판장님의 현명한 판결을 기대합니다."

변론을 하면서도 어젯밤 일이 악몽처럼 스쳐 지나간다. 성적 무능력자인 남편을 상대로 아내인 강애가 이혼소송을 한다면 이혼전문 변호사가 이혼을 당하는 아이러니를 맛볼 것이다. 그녀가 만약 물리적인 폭력을 휘두른다면 기꺼이 맞아 주리라. 차라리 강애가 거칠게 모욕감을 주고 소리치고 싸우면 심리적 부채감이 덜할 것 같다. 그런데 강애는 이해하는 척하며 자신의 욕구불만을 감내하고 있지 않은가. 필승에게는 고문이고 고통이다.

*

샤워장에서 강애의 몸매를 보고 수영장 여자회원이 탐난다는 말을 한다. 비리비리한 말라깽이 몸매보다 강애처럼 살집도 좀 있고 통통하면서 볼륨 있는 몸이 좋다고 한다. 일곱 살 먹은 아들이 있다니 호들갑을 떨며 그녀의 매끄러운 몸매를 부러워한다. 불가사의한 일은 그렇게 열심히 수영을 하는데 수년째 수영장에서 만난 여자들의 몸무게는 거의 변하지 않은 채 그대로라는 사실이다. 강애 자신도 그렇게 나이가 들어 갈까봐 걱정이 될 때가 있다. 살이 많이 찌지 않은 체질인 것 같아 안심이 되기도 하지만 긴장의 끈을 놓지 않겠다는 결심을 매번 수영장 여자들의 뱃살을 보며 굳힌다. 샤워를 하고 캐주얼 차림으로 갈아입으니 기분이 한결 나아졌다. 스포츠가방을 메고 수영장 동기인 경화와 함께 집을 향해 걸어가다 상가 앞에서 멈춘다.

"우리 뭐 좀 먹을래요?"

"어쩌지, 점심 약속 있는데……."

강애는 김밥을 두 줄 사가지고 가서 동환과 간단히 점심을 해결해야겠다고 생각하고 김밥전문점에 들어서는데 누군가의 시선을 의식하게 된다. 서투른 젓가락질을 하며 김밥을 먹고 있는 안토니오가 눈에 들어온다. 완벽한 서양인은 아닌데 유럽인 같기도 하고, 동남아인 같기도 한 얼굴이다. 테이블에 메모지와 펜이 놓여 있다.

"치즈김밥 한 줄, 야채김밥 한 줄 그렇게 주실래요?"

"레이디, 가방이 떨어졌는데요."(영어)

강애에게 들리는 영어가 직감적으로 자신에게 한 말임을 알아차린다. 지갑만 꺼내고 의자 위에 걸쳐놓은 스포츠 가방이 바닥에 떨어져 있다.

"어머, 생큐!"

강애는 가방을 주우며 안토니오에게 말했다. 정말 오랜만에 영어 단어 한마디 해본다. 그녀 스스로 피식 웃음이 나온다.

"영어 할 줄 알아요?"(영어)

"아주 조금요."(영어)

안토니오는 손을 내밀어 자신의 테이블에 앉으라는 제스처를 취했다. 김밥집 주인은 강애를 보며 살갑게 말을 건넨다.

"애기엄마가 영어도 잘하는가봐?"

강애는 엷은 미소로 대답을 대신한다.

안토니오는 계속하여 대화를 잇는다.

"스포츠백, 운동 좋아하세요?"(영어)

어차피 김밥을 싸는 동안 기다려야 하는데 안토니오가 재차 권유해서 강애는 맞은편에 앉았다.

"네, 수영하고 오는 길이에요."(영어)

"나도 수영 좋아해요. 아름다우시군요."(영어)

영어 '뷰티플'이라는 어감이 좋다. '프리티'보다 훨씬 격조 있는 표현이 아닌가.

예를 들면 도널드 트럼프 미국 대통령의 퍼스트레이디 멜라니아가 '프리티'의 이미지라면, 시진핑 중국 국가주석의 영부인 펑리위안은 '뷰티플'의 이미지이다. '뷰티플'이라는 단어에는 품위가 있다. 세련미와는 다른 품격이 느껴지는 단어의 뉘앙스가 좋다. 강애는 수줍어하면서 머릿속으로 한글 문장을 먼저 생각하고 영어로 말한다. 어린 동환은 바로 단어들을 내뱉는데 주입식 교육을 받은 그녀는 한국말로 먼저 말하고자 하는 문장을 머릿속으로 정리한 후 영어로 천천히 치환한다.

"아니에요, 제 남편은 자주 말해요. 유아 팻, 유 니드 다이어트! 라구요."(영어)

"노우, 당신 전혀 뚱뚱하지 않아요. 매우 아름다워요. 당

신 남편 나쁜군요. 저와 결혼해 주시겠어요?"(영어)

강애는 화들짝 놀라서 큰 소리로 "What?"이라는 말이 저절로 나왔다. 갑자기 목소리 톤이 높아진 강애를 보고 김밥집 주인은 심상치 않은 대화를 눈치 채고 방어적인 말투로 끼어든다.

"저 사람이 뭐라 그래요? 아까부터 왜 애기엄마한테 말을 붙이고 그런데요? 한국말 잘해요 저사람. 아까 김밥 소리도 하던데?"

강애는 김밥집 주인에게 설명할 필요는 없다고 생각하면서도 이 상황이 당황된다.

안토니오는 소리 내어 웃으며 농담이었다고 거듭 말하며 사과를 한다. 그러면서 정식으로 자신을 소개한다. 그릭스페니쉬이고 비즈니스맨이란다. 보통의 서양 사람들은 결혼 여부와 나이를 말하지 않는다고 하는데 안토니오는 자청해서 자신이 28살이고 미혼이라는 말까지 하는 친절함을 보인다. 뉴욕 맨해튼에서 지내다 왔다고 한다. 강애는 안토니오가 부담스러워져서 만나서 반가웠다는 의례적인 말을 하고 김밥집을 서둘러 나왔다.

그녀가 경쾌한 걸음걸이로 아파트 진입로를 걷고 있다. 그런대로 원어민과 영어로 대화가 통한 자족감이 올라온다. 어릴 때 선교사동산에 다니며 미국 아이들과 곧잘 놀았던 추억이 떠올랐다. 어디선가 영어가 들린다.

"Hey!"

강애가 소리 나는 쪽으로 돌아보니 안토니오가 다가와서 그녀의 스포츠백을 들어주겠다고 한다. 괜찮다고 말하니 안토니오가 뜬금없이 화장실이 어디 있냐고 묻는다. 강애는 관리사무소 건물에 있는 화장실을 안내하려고 하는데 얼른 영어가 튀어나오지 않아 하는 수 없이 자신이 앞장을 서며 따라오라고 한다. 그녀가 관리사무소 앞에까지 가서 손가락으로 안쪽을 가리킨다. 그리고는 자신의 아파트 동 입구를 향해 걷는다. 경비실 앞 계단을 막 오르려 하는데 어느새 안토니오가 따라와서 지하철역은 어디로 가야 하느냐고 묻는다. 짜증이 올라오는 강애는 무미건조한 어투로 말한다.

"고우 스트레이트 앤드 레프트!"

"오케이, 내가 찾을게요. 당신을 다시 만나고 싶어요. 그냥 이야기해보고 싶어요. 좋은 친구가 될 수 있을 거예요. 한국문화도 배우고 싶어요."(영어)

안토니오는 메모지에 급하게 자신의 핸드폰 번호를 적어 강애에게 준다. 거절하려는 순간, 예의주시하고 있는 경비와 눈이 마주친다. 지금 메모지를 뿌리치고 가려 하다가 다시 건네지고 하다보면 괜한 오해를 살 수도 있겠다 싶어 강애는 서둘러 메모지를 받고 엘리베이터 쪽으로 빠른 걸음을 옮긴다.

"Bye!"

강애는 안토니오의 소리에 반응을 하지 않고 엘리베이터에 올라 서둘러 닫힘 버튼을 눌렀다.

혼자가 되었다. 순식간에 벌어진 일인데 꿈결 같기도 하고, 당연한 일 같기도 하다. 그의 행동이 무례하면서도 나쁜 남자의 매력으로 다가옴이 강애는 혼란스럽다. 우연히 발생된 해프닝일 뿐이라고 자기최면을 건다. 가져온 김밥을 동환과 먹는데 자꾸 몇 분 전의 일이 그녀의 머릿속에서 피드백 된다. 예고 없이 강애의 의식 속에 침입한 남자, 안토니오라는 존재를 잠시 스쳐지나가는 우연으로 여기기로 한다. 아주 잠깐 판타지처럼 외출 나갔던 일상을 다시 불러들인다. 일상은 계속되고, 아무 일도 일어나지 않을 것이다.

*

오후에 희경과 코스트코에 가기로 한 날이다. 이혼하고 싱글맘으로 살고 있는 여고동창인데, 2년 전에 같은 아파트 단지로 이사를 왔다. 그녀가 코스트코 멤버십 카드를 가지고 있어서 종종 같이 간다. 그럴 때마다 회원가입비를 내지 않은 강애는 돈을 버는 느낌으로 즐겁게 장을 보고 온다. 희경의 물건들은 무엇이든 크고 많다. 혼자 사는 아파트가 강애의 아파트보다 넓은 평수이고, 큰 차에 큰 냉장고, 큰 그림들이 가득하다. 마음의 용량도 커서 동창이지만 언니처럼 의지하고 있는 친구다. 전공이 피아노여서 동환의 피아노 레슨도 하고 있다. 가족의 죽음을 많이 겪은 강애에게 희경은 살피고 지지해준다. 희경의 차로 코스트코에 갈 때까지만 해도 안토니오 이야기를 하지 않다가 결국 카트를 밀며 털어놓게 되었다. 안토니오를 설명하며 눈이 깊은 남자라고 하니 희경의 눈이 휘둥그레지면서 멈추었다.

"그릭스페니쉬래. 피부는 약간 까무잡잡하구 왜 그 슬픈 듯 깊은 서양사람 눈 있잖아."

"이강애 아직두 문학소녀구나. 아서라, 눈 믿다가 큰 코 다친 사람 여기 있다."

그랬다. 희경의 전 남편은 눈빛이 영국배우 제레미 아이언스처럼 깊었다. '데미지'라는 영화에서 중후한 마성의 소유자인 제레미 아이언스의 눈빛에 강애는 먹먹해졌었다. 아들의 약혼녀를 사랑하게 된 남자. 맹목적인 욕망에 휩싸여서 금기된 사랑을 하고 그로 인해 화목한 가정, 사회적

명망, 사랑했던 연인까지도 모두 잃어버리고 파멸적인 인생을 맞는 이야기였다. 그녀는 사랑의 운명을 이보다 더 치명적으로 그린 영화를 아직 본 적이 없다.

희경의 전 남편을 보고 제레미 아이언스를 연상시키는 눈빛이어서 놀랐었다. 눈만 보고 있어도 많은 스토리텔링이 생산될 것 같은 눈빛이었다. 그런 찬이 아빠의 눈을 희경의 친구들은 선하게 생겼다고 표현했다. 결과적으로 그 눈빛을 이용해 희경에게 온갖 거짓말을 다하고 배신했다.

"정신 차려 이강애, 이 세상에 선한 사람은 없어. 난 성악설을 믿어. 아니 그렇게 되어 있어. 특히 남자란 동물은……."

"걱정 마. 외국인하고 뭘 어쩌겠니? 뭐랄까 어릴 때 선교사동산에 가서 선교사님들하고 굿뉴스바이블로 성경공부하구 동산에서 게임하고 그런 게 생각나구 영어 쓸 일이 하나두 없어서 다 잊은 줄 알았는데 대화가 통하니까 내심 뿌듯하구 뭐 그런 정도야."

"그럼 다행이구…… 아닌가?"

"근데 그 남자 식사하면서 편지 쓰고 있고, 말하는 거, 옷 입는 거 보니까 무식한 외국인은 아닌 것 같더라. 맨해튼에서 비즈니스 하다 왔다나봐."

"그래 기분 좋아서 지금 이혼녀 염장 지르는 거니?"

"애는 무슨 말을 그렇게 험하게 하니? 그나저나 여기서 묶음으로 사구 그러면 너무 많지 않니? 식구도 없는데."

"많이씩 사면 기분이 초라하지 않아서 좋아. 대충 비누 한 개, 치약 하나 뭐 이런 식 싫어 성격상. 소형가전제품이나 그런 거 싫어하잖아."

강애는 희경을 판단하지 않고 있는 그대로 보아주려고 한다. 남편 없는 여자는 무엇이든 조금씩만 사고 작은 것만 쓰라는 법이 없다. 혼자 살면서 대가족처럼 살 수 있는 것이다. 희경은 그렇게 산다. 사람들 불러서 밥도 잘 해먹이고 나누는 일도 잘한다. 손이 커서 종갓집 맏며느리 같다고들 한다. 그런 친구에게 안토니오 말을 해버리고 나니 훨씬 가벼워진 느낌이어서 잘했다 싶다. 희경이 산 물건들 중에서 묶음으로 판매하는 것을 나누자고 해도 돈을 받지 않고, 몇 개씩 떼어주었다. 그래서 희경과 마트에 오는 날은 소비를 덜한 느낌이다. 보통 코스트코에 오게 되면 많이 사게 되는데 강애는 오히려 품목이 별로 많지 않고 희경이 산 물건들 중에서 얻어 쓰게 된다. 저녁을 먹고 가라고 붙잡아도 사양해서 둘은 헤어졌다. 너무 경우가 바른 친구라 큰 정은 있는데 시시콜콜한 정은 들지 않는 것 같다. 신세를 져야 정이 든다는 말이 있는데 희경은 절대로 민폐 끼치는 일이나 상대에게 조금이라도 불편한 일을 하려 들지 않는다.

어찌되었든 희경이 덕분에 푸짐한 저녁식사 준비를 하게 된 강애는 에이프런을 두른다. 동환은 쫑쫑이를 데리고 놀면서 다마고치 게임기를 만지고 있다. 형제 없이 동환이 혼자만 크는 일이 미안한데 희경의 강아지가 새끼를 낳자 분양을 해준 덕분으로 동환에게 애견 쫑쫑이가 생겼다. 필승이 예전에 재미삼아 하던 게임기가 아직도 작동이 되어 동환이가 가지고 놀고 있다. 요즘에는 보기 드문 게임기일 것이다.

"동환아, 너 생큐에 대한 답이 뭔 줄 아니?

"아니."

"유아 웰컴! 상대방이 생큐 그러면 유아 웰컴, 천만에요 그렇게 말해야 되는 거야."

"유아 웰컴~."

"엄마 영어회화 좀 한다! 오늘도 외국 사람하구 이야기 많이 했다."

"엄마두 영어 할 줄 알아?"

"그럼. 내일부터 제니 선생님 전화영어 같이 하자."

건성으로 듣고 있는 줄 알았던 동환이 필승과의 저녁식사 자리에서 뜻밖에 안토니오 이야기를 꺼낸다. 강애는 당황되었지만 필승이 지나가는 에피소드로 듣는 것 같아 다행이다 싶었다.

"아빠, 엄마 미국사람하고 이야기 많이 해봤대."

"무슨 소리야?"

"어 그게…… 우연히 외국인을 만났는데 그런대루 의사소통이 되드라구요."

"그래? 영어 다 잊어먹었다더니?"

"뉴욕에서 왔다는데 나더러 쏘우 뷰우리플 그러는 거 있죠?"

"이 사람 순진하기는. 뷰우리플, 러브 유 그 사람들 밥 먹듯이 하는 말 아냐? 그 말 듣고 기분 좋은 거 보니 남잔가 보지?"

"당신 참. 그렇게밖에 말 못해요? 난 그 사람 가끔 동환이하구 만나게 해서 영어회화 시킬까 하는데 그래도 좋아요?"

"좋을 대로!"

강애는 뿌우해서는 눈을 흘긴다. 아랑곳하지 않고 식사를 하는 필승이 아내에게 무신경해 보여 서운하다. 자신을 믿어주는 남편이 고마우면서도 한편으로는 아내에게 관심을 보인다는 타인에 대하여 경계심을 표현하지 않는 신뢰가 오히려 섭섭하다. 필승은 저녁 뉴스를 보고나서는 변론

준비를 해야 한다며 먼저 자라는 말부터 한다. 잠을 자기에는 너무 이른 시각이다. 이제 거우 저녁 10시다. 동환을 재울 시간이다. 다마고치 게임기를 빼앗고 침대 위로 올라가게 한다. 동환이 반듯이 누운 채 "기도손!"하며 두 손을 모은다. 이제 강애가 동환의 손을 잡고 저녁기도를 해주면 동환이 잠이 들 것이다. 주일이면 강애의 세 식구가 교회에 나가고 신앙생활을 한다고 하지만 주일예배만 볼 뿐 구역예배도 나가지 않고 거의 선데이 크리스천이다. 주일학교부터 다녔던 강애와 달리 필승은 강애와 사귀면서 교회에 첫 발을 내딛었다. 불교집안이었던 필승으로서는 대단한 반역이었다. 특히 어머니에게 최고의 불효 중 하나였다. 강애네 집안에서 내세운 조건은 단 하나였다. 결혼 전에 세례를 받는 것이었다. 그 약속을 지킨 후 교회에 나가지 않을 수 있었지만, 약속은 끝까지 가야 약속이라는 생각에 필승이 주일을 강애와 함께 지켜준다. 그녀를 위해서 해줄 수 있는 일이 있다는 사실이 스스로에게 위로가 되기도 하는 일이 교회에 같이 나가주는 일이다. 강애도 이런 남편이 고마워서 큰댁에서 못 지내주겠다는 시할아버지의 둘째 부인, 두 번째 시할머니 제사를 자신이 맡겠다고 했다. 유교식 제사와 기독교식 추도식을 혼합한 추도식으로 하고 있다. 절을 하지 않는 대신 식탁 위에 음식은 차려놓고 예배를 드린다. 이때부터 시어머니의 강애를 대하는 태도가 다소 누그러졌다. 완전한 제사형식은 아니었지만 식탁 위에 음식을 다 차려놓고 기도를 하니 제사와 다를 바 없다고 생각한 것이다. 신혼 초에 큰댁 제사에 가서 절을 하지 않고 기도만 한다고 식사도 못하고 쫓겨난 일에 비하면 격세지감을 느낀다. 시댁 친척 몇몇은 강애가 준비한 추도식에 참석하고 나서 교회에 나가게 되었다.

"주님, 오늘 하루도 우리 세 식구 건강하게 잘 지내게 해주셔서 감사합니다. 쫑쫑이도 건강하게 잘 놀게 해주셔서 감사합니다. 아빠 하시는 일 잘되게 해주시고 건강 잃지 않게 해주시고 동환이도 친구들과 싸우지 않고 서로 사랑하며 살게 해주십시오. 그리고……."

강애가 잠시 기도를 멈춘 사이에 동환이가 끼어든다.

"예수님 이름으로 기도드립니다. 아멘!"

기도가 길어질 것 같으니 빨리 마치고 불을 꺼달라는 신호다. 동환을 재우고 거실로 나온 강애는 필승이 있는 서재 앞에서 망설이다가 돌아선다. 그가 그녀를 반길 것 같지 않다.

낮에 거실에 놓인 성경책 사이에 끼워둔 메모지가 생각났다. 성경책을 펼쳐보니 메모지의 글씨가 강애의 눈에 박힌다. 'ANTONIO 010-8957-XXXX'

일단 저장만 해놓기로 한다. 안토니오라 찍고 번호를 저장하면 카톡도 뜰 것이다. 그러면 이 사람에 대하여 좀 더 알 수 있지 않을까 하는 계산이 된다. 서재 쪽을 보니 문틈으로 불빛이 새어나온다. 필승의 말대로 잠자리에 먼저 들어가야겠다. 오늘 하루 분주하고 다사다난하여 고단하다. 거실 불을 끄고 강애는 안방으로 들어간다. 서재를 향해 '굿나잇'이라고 마음속으로만 인사를 건넨다.

*

오늘 수영 선수반 릴레이는 그런대로 잘 풀렸다. 말이 선수반이지 상급반을 오래 하다보니 붙여지는 그룹명일 뿐이다. 초급반, 중급반, 상급반을 거쳐 선수반이다. 일단 줄을 세워 릴레이식으로 계속하여 자유형, 평영 등을 도는 1시간 가까운 시간은 체력 소모가 많이 되는 운동이다. 60대 장년들이 빙글빙글 돌리는 릴레이 수영을 그룹에서 이탈하지 않고 거뜬히 해내는 것을 보면 강애 자신도 건강하게 나이를 먹어가야겠다고 생각한다. 수영을 시작한 때도 비슷하고 나이도 같은 또래인 경화는 수영장 동기로 가깝게 지내지만 희경이 같은 어릴 적 친구와는 다르다. 같은 단지에 살아 많이 친할 법도 하지만 수영을 마치고 같은 방향의 귀가 길에 함께 걷다가 가끔 간단한 스낵이나 커피를 하는 정도이다. 김밥집 앞에 이르자 강애는 잠깐 멈추어 유리문 안을 살핀다.

"왜 또 김밥 사게?"

"아니, 그냥."

경화의 질문에 그녀는 건성으로 답하면서 어제 일이 상기된 자신을 발견한다. 아파트 입구까지 같이 걷다가 헤어져서 오는데 안토니오가 놀이터 벤치에 앉아 있다가 강애를 발견하고 다가온다. '헤이!'라고 하면서.

그녀는 얼떨결에 '하이!'라고 인사를 건넨다. 거의 반사적인 행동이다. 놀랍고 반갑다.

"당신하구 그냥 이야기 좀 하고 싶어서 무작정 기다렸어요."(영어)

강애는 안토니오의 무례한 적극성에 두려움을 느끼면서도 관심이 간다.

"렛미씨이…… 오케이, 훼어?"

뜻밖에 안토니오는 강애 집에 가보고 싶다고 말한다. 이렇게 뻔뻔한 남자와 마주하고 있는 강애는 단호해야 된다고 마음먹고 'Never'라고 답한다. 근처 패스트푸드점으로 자리를 옮긴다. 가까운 커피숍에는 지금쯤 운동을 마치고 나온 동네 여자들이 수다를 떨고 있을 시간이다. 오늘 같은 평일 낮에는 차라리 아이들이 드나드는 햄버거집이 더 한산할 것 같다. 강애는 햄비기와 음료수를 주문해서 가지고 온다. 안토니오가 자동차 키홀더를 돌리고 있는데 BMW 마크가 찍혀 있다. 햄버거를 앞에 두고 안토니오는 강애를 그윽하게 본다.

"당신 아름다워요. 향수 냄새 아주 좋아요. 듄? 샤넬 넘버 나인틴?"(영어)

강애는 수영장에서 나오면서 향수를 뿌리지 않았다. 대신 화장품 회사에서 나온 샤워젤로 샤워를 해서 향이 남아 있나 보다. 프로랄 계열의 향일 것이다. '듄'이라는 향수는 그녀도 안다. 희경으로부터 크리스마스 선물로 받았던 '듄'을 뿌리니 필승이 바다냄새가 난다고 좋아했다. 샤넬 넘버 5를 말하지 않고, 샤넬 넘버19을 말하는 것을 보니 안토니오는 향수를 아는 세련된 남자다. 마치 샤넬 넘버5가 고전적인 향이라면 샤넬 넘버19이 더 세련되고 현대적인 향인 것처럼 말이다. 그가 향수에 대한 상식이 있는 점이 매력으로 다가온다. 필승은 강애가 향수를 좋아하는 것을 알면서도 여태까지 향수 선물은 없었다. 안토니오는 먹을 것을 앞에 두고 신이 난 어린아이처럼 계속 떠들어댄다.

"당신, 정말 다이어트 필요 없어요. 아주 매력적인 몸이에요. 한국여자들은 근육 싫어해요? 마른 여자 섹시하지

않아요."(영어)

"결코 잊지 말아요. 당신은 아름다운 여자예요."(영어)

"당신이 만약 뉴욕에 있는 우리집으로 전화를 했는데 내가 부재중이라면 메시지가 이렇게 들릴 거예요. 헬로우, 당신은 안토니오와 연결되었습니다. 오케이, 당신이라고 꼭 보이스 메시지를 남겨주세요. 헤이, 어찌 되었든 남기지 않으면 어리석은 일이에요. 가능한 빨리 연락할게요. 오케이 바이바이~"(영어)

강애는 손을 귀에 대고 전화기 시늉을 하며 익살스럽게 말하는 안토니오의 유머감각에 웃지 않을 수 없다. 노래가사를 인용해서 지적인 유머를 하는 안토니오에게 경계심을 갖는다는 일이 미안할 정도이다. 분명 그는 재치 있다. 활기차다. 그리고 젊다.

"지금 어디 살아요? 가족이 그립지 않아요?"(영어)

"레지던스호텔에서 살아요. 그게 편해요. 한국말 '아빠'마이 대디는 대법원 판사예요. 한국말로 판사를 무어라 하지요?"(영어)

"음 판. 사."

"판. 사?"

"오케이 저희 남편은 변호사예요 판사 하다가 지금은 로펌에 있어요"(영어)

"나 당신과 친구하고 싶어요."(영어)

"노우, 이임 쏘리."

"왜 안 된다는 거죠?"(영어)

"난 결혼했고, 아이가 있고 그리고 기독교신자예요."(영어)

"결혼하였고 크리스천이면 친구도 못 하나요? 단지 친구만 하고 싶다는 뜻이에요."(영어)

"정말 친구만 한다는 뜻인가요?"(영어)

"슈어, 저스트 프렌드!"

안토니오는 자신의 손을 내밀어 악수를 청한다. 강애는 망설이다가 응한다.

"당신 남편에게는 우리 이야기 하지 말아요. 탑 시크릿!"(영어)

강애는 필승에게 오늘부터는 안토니오와 관계된 말을 하지 못할 것 같다. 비밀과 거짓말은 함께 간다. 비밀을 지키기 위해 거짓말을 하게 되고, 거짓말은 비밀을 갖게 된다. 그래서 한 가지의 비밀을 갖기 위해서는 스무 가지 이상의 거짓말을 해야 한다는 말이 있는가 보다.

소개팅으로 남편 필승을 만나기 전에 몇 번의 다른 소개팅이 있었지만 본격적으로 남자를 사귄 것은 필승이 처음이자 마지막이다. 이런 모험쯤은 그동안 성실히 살아온 강애에게 용인될 것만 같다. 별 일 아니라고 생각하기로 한다. 그러면서도 이 미묘한 셀렘은 별 일이다. 안토니오와 두 시간가량 만남을 가졌다. 집에 들어오니 희경이 동환의 피아노 레슨 중이다. 동환이 열 번 치라는 숙제를 안했다고 혼나고 있다. 그러고 보니 어제 정신이 없어서 동환의 피아노 숙제를 챙기지 않았다.

"선생님, 수고가 많으시네요."

"동환이 엄마, 피아노 선생님이 좋아하는 커피도 안주고 어디 다녀오는 거예요?

희경은 동환에게 열 번 연습하라 하고는 강애와 커피를 마신다. 희경은 달콤한 산미가 깃들어 부드러운 목넘김이 느껴지는 예가체프를 좋아한다. 강애는 그런 친구를 위해 커피콩만은 까다롭게 고르는 편이다. 코스트코에 가서 절대 사지 않는 상품이 있다. 많은 양을 한꺼번에 파는 원두다. 100그램, 200그램 소량으로 사는 편이다. 그것도 검증된 원두에 제대로 로스팅하는 곳의 것을 사용한다. 강애가 해줄 수 있는 최고로 예우하는 우정법이다. 친구가 좋아하는 것을 가장 최상의 것, 최고로 선택해 정성을 쏟는다. 크게 수고하지 않아도 되는 일이다. 최고로 예우해서 대접하는 법은 상대편에서 생각하면 되는 일이다. 희경은 그런 강애의 시극 정성 커피를 마실 때마다 감동한다. '커피는 고도의 정치적 물질'이라고 하지만 강애와 희경에게 그것은 '고도의 우정의 물질'이다.

"동환이 아빠한테 저녁 사달라고 그러자."

"싫다. 이혼한 친구, 가족 식사에 꼽사리로 자주 끼는 거 경계해야 되는 거 아냐?"

"별 소릴 다한다. 잔말 말구 저녁 먹구 가."

"좀 들떠 보인다? 혹시 오늘은 아랍의 왕자라도 만난 거야?"

강애, 뜨끔하다. 들떠 보인다는 것은 안정감이 없다는 뜻이다. 그런데 정서적 안정감이 꼭 차분하게 오지는 않는다. 지금 강애는 정서적으로 안정되어 있다. 필승에게 더 잘해주고 싶은 아이러니는 지금의 정서적 안정에서 기인하고 있다.

필승이 근사한 레스토랑을 예약해놓아서 강애와 희경 셋이서 저녁식사를 한다. 동환이는 찬이와 함께 있게 하였다. 희경은 친정엄마를 모시고 산다. 급할 때 동환을 맡길 수 있는 곳이 있어서 강애로서도 잘된 일이다. 이 세상에서 가장 안전하게 아이를 맡길 수 있는 사람은 할머니가 아닐까. 자식보다도 손주가 더 귀하고 예쁘다는 할머니들이 아닌가.

필승은 희경에게 늘 깍듯이 예의를 갖춘다. 친하다고 함부로 대하지 않는 점이 강애로서는 고맙다. 아내의 친구이니 함부로 대할 수 없겠지만, 워낙 가깝게 교류해오고 있어서 실수할 수도 있을 법한데 한 번도 희경을 섭섭하게 한 적이 없다. 그런 점이 희경과 강애 가족의 '아름다운 거리두기'인지 모르겠다. 가까울수록 거리두기는 필요하다. 사람 사이의 조율은 감성이 지배한다지만 일정 부분 이성이 지배하기도 한다. 필승은 이성적인 인간에 가깝다. 가장 아름다운 인간은 이성과 감성이 적절히 조화된 사람이고, 남성성과 여성성이 조율된 사람이라 하였다.

"희경 씨 덕분에 오랜만에 밖에서 오붓한 시간 갖습니다."

"제가 감사하죠. 다분히 의례적인 말 같은데요?"

"아냐 얘, 진즉부터 희경 씨하구 저녁 한 번 하자고 그랬어. 내 말이 맞지 여보?"

필승은 대답 대신 씨익 웃어 보인다. 한때 강애의 마음을 사로잡았던 미소다. 필승이 아무 말 하지 않고 온화한 미소를 지을 때 강애는 필승이 안전한 공간처럼 느껴진다. 그는 그녀에게 침묵으로 말하는 법을 보여준 셈이다. '침묵의 미덕'에 승복하고 강애는 필승을 택하였는지도 모른다. 그런 필승의 직업이 말로 먹고 사는 변호사라니 이렇게 삶은 한마디로 규정할 수 없다. 그래서 지루하지 않은 인생이다.

"박 변호사님, 우리 찬일 키울 수 있게 해주셔서 늘 감사해요. 이제 더 이상 바라는 거 없어요."

"희경 씨는 의뢰인이었고, 변호사로서 당연히 할 일을 했는데요 뭘. 변호사는 이기는 게임만 해야죠. 제 이름이 그래서 박필승이잖습니까."

"수임료도 안 받으셨잖아요."

필승과 희경 사이에 강애가 끼어든다. 돈 이야기가 나오니 분위기를 바꾸려는 의도다.

"별 소릴 다 한다 우리 사이에, 요즘 애들 말로 베프 아니냐."

"찬이 열심히 키울게요. 싱글맘에게 아이는 우주예요. 아시죠?"

"그러셔야죠. 찬이 잘 클 겁니다. 걱정 마십시오."

"여기 좋다, 애들도 데려올 걸 그랬나?"

"울 엄마 애들 보는 재미로 사시는데 저녁 먹이고 재우실 거야. 박 변호사님, 강애 영어회화 잘하는 거 아세요?"

"그러게요. 외국인 남자에게 뷰우리플이라는 말 들었다

고 자랑하네요."

필승은 희경의 빈 잔에 와인을 따른다. 외식문화가 바람직하지 않을 수 있겠지만 가끔은 밖에서 식사하면서 우정이든 애정이든 키우는 것이 나쁘지 않다는 생각을 한다. 식구라는 말은 먹을 식(食), 입 구(口). 같이 밥을 먹는다는 뜻이다. 마주앉아 밥을 먹는 것 자체가 사랑인 것이다. 혼자는 식구가 아니다.

침실에서 보는 필승과 바깥에서 보는 필승이 다르다. 집 밖에서 좀 더 객관적으로 필승을 바라볼 수 있는 기회다. 섹스에 대한 남자의 욕구는 학습된 행동이 아니라 타고난 것이라 하였다. 필승이 섹스가 학습된 행동의 결과라면 최고로 잘하였을 것이다. 그런데 그의 데스토스테론, 바소프레신, 도파민과 같은 생화학물질 작용에 문제가 있는 것이다. 그것이 문제이다.

희경을 바래다주고 강애와 필승은 집에서 다시 와인 한 병을 열었다. 필승은 강애가 좋아하는 칠레와인을 택했다.

"몽그라스 까베르네쇼비뇽, 가성비 좋은 칠레와인으로 유명하더라구."

필승은 10만 원 이상 하는 와인은 선호하지 않는다. 유럽인들이 음료수처럼 마시는 와인인데 비싼 것을 마실 이유가 없다고 주장한다. FTA 협정 이후로 한국에서 합리적인 가격에 선보이는 칠레와인을 선호하는 편이다 강애도 프랑스산 와인보다 가격이 적당하고 바디감이 있는 칠레와인을 좋아한다. 와인을 마시며 강애는 필승의 아내라는 사실이 고맙다. 특별히 표현하고 싶은 순간이다. 짧게라도 언어의 온도에 따듯함을 실어 보내고 싶다.

"여보, 오늘 고마워요."

강애는 모든 것이 감사해서 표현한다는 것이 필승은 오늘 희경과 저녁식사 자리를 감사하다고 표현하는 것으로 축소해서 들었다. 사람들은 자신이 듣고 싶은 대로 듣는다. 자신이 말하고 싶은 대로 말하는 것처럼.

"희경 씬 자기 색깔이 분명하고 동네 아줌마 같지 않아서 좋아. 당신두 자극 좀 받아. 너무 동환이한테만 집중하지 말고. 그러다 마마보이 만든다."

'마마보이'라는 말이 걸린다. 필승 스스로는 자신이 마마보이라 생각하지 않는가보다. 강애가 판단하기에는 분명 마마보이였다. 어머니가 생존해 있을 때 어머니 눈치를 보며 결국은 어머니가 원하는 삶을 살지 않았는가.

"걔 학교 다닐 때도 분명하고 똑똑했어요. 부럽긴 해요. 매사 똑부러지는 거!"

"그런 사람이 어떻게 도박에 성격파탄자인 남자와 결혼

했는지 몰라."

"처음부터 그런 줄 알았나요 뭐. 사람이 얼마나 선해 보이고 인상이 좋은지 나두 결혼 잘한 줄로만 알았지."

"남자를 인상 좋은 걸로 판단했다간 인생 망치기 십상이지. 사람 못 믿어."

강애는 문학청년 같았던 필승이 법조계에 종사하면서 인간을 믿지 못하게 되고 삭막해져 감이 안타깝다. '인간은 믿음의 대상이 아니다.' 맞는 말이다. 그러나 믿음의 대상이 아니라고 해서 적대의 대상이 되어서도 안 되지 않는가. 이해와 사랑의 대상이라는 말을 실천하기는 쉽지 않을 것이다. 그러나 사람이 사람을 좋아하지 않으면 존재의 의미가 없을 것이다. 희경으로부터 동환을 그 집에서 재우겠다고 연락이 왔다. 애들 만나면 헤어지기 싫어서 일부러 엉켜자는 거 알지 않느냐며 안심을 시킨다. 내일 아침 데려다준다고 한다.

희경과 통화를 하는 동안 혼자 와인잔을 기울이던 필승이 꽤 마신 것 같다.

"당신 나한테 불만 많지?"

"여보 왜 그런 말을……."

"가정법원 판사노릇 할 때 재판이혼을 제기하는 부부를

설득하느라 반드시 조정기간이라는 걸 두잖아. 그때 안 사실이야. 이혼 사유 중 성격차이라는 게 성적 차이일 수 있다는 거."

"좋아요. 당신이 문제 있다면 그게 곧 내 문제일 테니까요. 당신, 좀 더 자신감 갖고 당당했으면 좋겠어요. 차츰 좋아질 수도 있잖아요. 우리 부부가 이렇게 터놓고 이야기할 수 있다는 게 건강한 부부라는 증거예요."

"조루증은 약 먹고 주사 맞는다고 금방 좋아지는 병이 아니야."

"분명히 좋아질 수 있어요. 여보, 우리 서로 노력해 봐요."

"당신, 나 사랑해? 우리 어머니 반대 무릅쓰고 그렇게 서럽게 결혼해서 시집살이도 많이 했는데 후회 안 해?"

"여보, 내가 견딜 수 없는 건 잠자리가 아니라 당신의 그 자학이에요. 당신은 좋은 남편이고 좋은 아빠고 유능한 변호사예요."

"그래 유능한 변호사지!"

필승의 입가에 냉소적인 자조가 머물러 있다. 대화가 잘 연결되다가 성적인 부분에 이르니 불편한 기운이 가득하다. 둘은 각자 와인잔을 기울이며 생각에 빠져 있다. 생각이 생각을 낳고 있다. 강애는 스스로 정직하기가 힘들다.

자신이 정직하게 판단하고 행동하면 필승이 힘들어할 것이기 때문이다. 섹스가 남자에게 본능이라면 여자에게는 더 깊은 관계를 위해 한걸음 나가는 행위라 하였다. 그 한걸음이 나가지지 않는 부부생활이 오래되었다. 생각을 끊어버리고 싶은 강애가 일어난다.

"먼저 들어가 잘게요."

강애를 안방으로 들여보내놓고 필승은 한참을 혼자 식탁 앞에 앉아 있다. 자신의 의지대로 되지 않은 일이 거의 없었다. 그동안 그가 이룬 것들은 타고난 성실성과 노력으로 이루어지는 일이었다. 공부도, 일도 그것들을 통하여 구원에 이를 것처럼 하면 원하는 지점까지 다다를 수 있었다. 그런데 강애와의 섹스는 달랐다. 신혼 때는 너무 흥분해서 그런 것이라고 심각하지 않게 여겼는데 점점 성에 대하여 알게 되고 자신이 조루증임을 깨달았다. 남녀 간의 섹스는 자신 못지않게 대상의 느낌이 중요하니 괴롭다. 필승은 거듭된 사정 타이밍 조절 실패 때마다 절감한다. 아내를 만족시켜주지 못하는 그 성적 차이를 경험한다. 섹스라는 것은 결코 다른 무엇과 보완관계가 아니다. 섹스 대신 무엇, 이런 식으로 대체할 수 있는 것이 아니다. 섹스는 섹스 자체이고 섹스는 섹스일 뿐이다. 그 섹스가 필승에게 문제다. 성실성으로 해결이 안 되는 일이다. 신체적 능력과는 또 다르다. 필승은 마라톤을 여러 번 완주한 마라토너다. '러너스 하이'를 체험한 그지만 강애와의 진정한 합일점의 절정은 맛보지 못하였다. 그녀에게 '러너스 하이' 같은 엑스타시를 느끼게 해주고 싶다. 운동할 때 발생하는 신체적 스트레스로 얻게 되는 행복감이 '러너스 하이'라면, 필승의 힘차고 지속적인 피스톤운동으로 강애가 고통스러워하다가 오르가즘에 이르러 터지는 괴성을 듣고 싶다. 언젠가 한 의뢰인이 죽이고 싶게 미운 남편이지만 그와의 잠자리가 그리워서 바람피운 남편을 용서하겠다며 이혼소송을 취하한 적이 있다. 섹스가 훌륭하면 다른 결격사유도 용서가 되다니 부부생활에서 절대강자는 섹스란 말인가. 그렇게 중요한 섹스가 필승에게 부인과의 깊은 교감에 방해요인으로 작용하다니 잔인하다. 그런데 그 이유가 정확하지 않다. 왜 남성의 섹스능력은 절대적인 이유를 찾기가 쉽지 않느냐 말이다. 영문을 모르고 마이너 인생이 되어버렸다. 와인 두 병을 비웠다. 깊은 잠에 빠지기 충분한 양이다.

*

또 다른 날이다. 어젯밤의 상념들은 잠시 보류되는 아침이다. 필승에게 일상이 시작되는 안도감이 있다. 그가 가장 잘할 수 있고, 즐겁게 일할 수 있는 일과 공간이 있다는 사실이 다행이다. 집무실에 앉아서 일하는데 의뢰인 정훈이 난 화분을 하나 들고 들어온다. 얼굴에는 반창고를 붙였다. 웬일이냐는 필승의 말에 그냥 감사드리고 싶어서 왔다고 한다. 아내가 세 살 연상이었는데, 병으로 자궁을 드러낸 후로는 피해망상에 사로잡혀 의부증이 심했다고 한다. 밤마다 괴롭히는데 나중에는 속옷검사까지 하더란다. 경찰 신분으로 불이익을 감수하면서도 이혼해야 하는 사연을 필승이 이해하게 되어 열심히 변호했다. 정훈에게 필승은 연민과 함께 묘한 연대감이 생겼다. 연대감이란 한군데 뭉치는 공통점이 있는 것인데, 부부관계에서 상황이 다르고 공통점이 없는데도 정훈에게 단순한 의뢰인 이상의 친밀함이 생겼다.

"같은 계통에 있는 사람끼리 감사는 무슨. 어쩌다가 내가 이혼전담 변호사가 되었지만 가능하면 헤어지지 않고 화목하게 사는 것이 좋겠죠. 하지만 부인에게 병적인 핍박을 받고 개선될 여지가 전혀 없는 경우라면 오 형사님의 결단이 현명하고 용기 있는 행동일 겁니다."

변론서를 준비할 때 둘은 상당히 깊은 대화를 나누었다. 연애결혼 하였고, 부부관계는 원만했다고 한다. 그런데 정신이 피폐해가니까 자연히 육체관계에서도 트러블이 생겼다고 정훈이 말한 적이 있다. 정신과 육체가 별개가 아님을 필승이 체험으로 안다. 그렇다면 정신이 먼저인가, 육체가 먼저인가. 닭이 먼저인가, 달걀이 먼저인가. 정신이 육체를 다스릴 수 있고 육체가 정신을 다스릴 수 있다는데 필승에게는 그 논리가 성립되지 않는다. 그의 정신과 육체는 왜 페니스를 조정하지 못하는가 말이다. 헬렌 켈러는 섹스를 해보았을까? 왜 의지는 쉽고 조용히 개발될 수 없다고 하였을까? 시련과 고통의 경험을 통해서만 영혼이 강해진다면 그 강해진 영혼이 야망을 자극하여 섹스에서 성공을 이룰 수 있어야 하지 않은가. 필승은 헬렌 켈러가 관념에 머물고 만 글을 남긴 게 유감이다. 일과 섹스는 다르다. 신의 장난이 불행한 운명을 만들 수 있음을 그녀는 몰랐을 것이다. 필승은 갑자기 헬렌 켈러가 싫어졌다. 그녀가 부인을 만족시키지 못하는 남자의 고뇌를 알 턱이 없다.

*

강애에게도 역시 다른 날이다. 어젯밤 필승이 와인을 두 병 비운 것을 안다. 꽤 늦은 시각에 그가 안방으로 들어왔다. 인기척을 느꼈지만 그대로 잤다.

강애의 일상은 얽매인 조직생활이 아니니 유동적일 수

있다. 컨디션이 안 좋아 오전 수영강습을 생략하고 쉬었다. 운동이란 갈 때는 싫어도 하고 나면 잘했다 싶은 것이지만 오늘은 그냥 건너뛰고 밀린 집안일을 하였다. 현관문을 열어주는데 초등학교 1학년생인 동환이가 시무룩한 표정으로 들어온다.

"왜 학교에서 누구랑 싸웠어?"

"아니…… 근데 엄마 있지 나 글씨 되게 잘 썼는데 경필대회에서 상 못 받았어. 줄넘기도 78번이나 했는데 상 안주구."

"괜찮아, 78번 줄넘기 굉장한데 아주 잘한 거야. 항상 최고일 수는 없잖아."

동환을 다독이며 주스를 만들어 주는데 전화기가 울린다. 싱크대 위에 둔 터라 스피커폰 버튼을 누른다. "헬로우, 강애?" 안토니오다. 올 것이 왔다. 강애가 안토니오의 번호를 저장하였으니 스마트폰이라면 카카오톡에 새친구로 이름이 떴을 것이다. 카톡을 통해서 그녀의 전화번호를 알 수 있다. 영어소리가 나니까 동환이 누구냐고 물어 강애는 검지로 '쉿'하는 사인을 보내고 바로 스피커폰을 취소하였다.

안토니오와의 통화를 마친 강애는 차를 끌고 나간다. 대중교통을 이용할 경우 사람들 눈에 띌 수도 있다는 계산이었다. 집에서 가까운 롯데월드 민속관을 구경하였다. 자신이 마치 외국인 관광객을 안내하는 가이드가 된 기분이다. 허투루 보아왔던 민속품들이 누군가에게는 매우 인상적인 물건들이라는 사실을 새삼 알았다. 마침 민속공연을 하는 시간대였고, 한국의 시대상을 세트장처럼 꾸며놓은 공간은 강애에게 향수를 자극하였다. 중소도시에서 자라고 학교를 다녔던 강애는 앞으로 평생 서울에서 살아야 할지 모르지만 항상 돌아갈 곳이 있는 사람처럼 서울이 객지처럼 느껴질 때가 있다. 서울에서 대학을 나오고 지금도 살고 있지만 지방출신 특유의 정서가 서울이라는 곳과 유리될 때가 있다. 정착하지 못하고 둥둥 떠다니는 이방인의 영혼 한 줄기가 서울특별시민으로 잘 살다가도 불현듯 낯선 도시인으로 만든다. 돌아갈 곳이 없는 서울 토박이보다 돌아갈 곳이 있는 고향이 있음이 위로가 되기도 한다.

안토니오는 냉장고에 붙이는 마그네틱을 만지작리고 있다. 한복 입은 여자애의 모양이다. 강애는 그가 가지고 싶은 것 같아 몇 개를 골라 선물하였다. 그리고 한복천으로 만들어진 복주머니를 사주었다. 민속관 식당에서 둘이 칼국수를 먹었다. 후식으로 소프트아이스크림을 먹는 안토니오의 모습은 귀여운 소년이다. 어떻게 알았는지 창경궁 야간개장에 가자고 한 것을 거절하였다. 다음을 기약하고 지하철이 닿는 곳에 내려주려고 하는데 안토니오는 강애집 근처까지 같이 가고 싶다고 한다. 연인이 헤어지기 싫어서 하는 투정이다. 이 남자는 의젓하다가도 어리광을 한다.

결국 강애 아파트 지하주차장까지 같이 오게 되었다. 안토니오는 강애에게 자신이 만난 여자 중 가장 특별한 여자라고 말한다.

"노, 나 특별한 여자 아니에요. 그냥 평범한 대한민국 아줌마예요. 안토니오는 한국이 좋아요?"(영어)

"당신이 있는 한국이어서 좋아요. 잊지 말아요. 당신은 눈부시게 아름답고 특별한 여자예요. 나 비즈니스로 한 달에 한 번 정도 일본에 가요. 근데 일본 친구들, 한국 사람 싫어하고 한국 친구들, 일본 사람 싫어해요. 과거역사 때문에 그렇다는 거 알지만 이해 못하겠어요. 과거는 과거일 뿐. 지금 현재 행복한 것이 중요해요, 오케이? 안토니오는 당신이 나와 함께 행복하기를 바래요."(영어)

안토니오는 자신의 오른손을 자신의 입술에 대었다가 강애의 입술에 갖다 댄다. 가벼운 떨림이 그녀의 가슴속에 번진다. 표현 불가의 감정과 함께 저 아래 내려가 있는 이성을 끌어올린다. 강애는 고개를 저으며 "플리즈!"라고 한다. 안토니오는 그녀의 말에 아랑곳하지 않고 손을 잡는다.

"우리 그냥 친구해요 영혼이 통하는 친구로 소울메이트,

그럼 되는 거죠?"(영어)

강애는 "안토니오"라고 이름을 부를 뿐 달리 할 말이 없다. 아무 말도 하고 싶지 않은 순간이다. 시간이 정지되면 좋겠다는 생각이 들었다. 세상에 시계를 가진 단 한 사람이 있다면 그는 최고의 권력자가 될 것이다. 시간을 자유롭게 운용할 수 있을 테니까. 시계를 갖지 못한 사람들은 시계를 가진 유일한 사람에게 복종할 것이다. 강애는 지금 안토니오의 시계에 복종하고 싶다. 안토니오가 자유자재, 능수능란하게 쓰는 시간대로 움직이고 싶다. 아파트 지하주차장에 설치되어 있는 CCTV가 걱정되어 안토니오를 바로 내려주지 못하고 결국 다시 차를 움직여 지하철역 앞까지 바래다주고 돌아왔다.

안토니오에게 당분간 전화 하지 말아달라고 하였다. 순순히 오케이 하는 그를 믿어보기로 한다. 믿기지 않지만, 아니 믿기 싫지만.

강애가 안토니오를 만난 후 변화라면 동환의 '전화영어 프로그램' 동참부터 시작해서 영어회화 공부를 열심히 한다는 것이다. 필승은 그녀가 외국인을 만나 자극을 받고 동기부여가 되었다는 점이 고무적인 현상이라며 칭찬한다. 강애가 달라졌다. 활기찬 모습을 보인다. 집안일을 하다가 언뜻언뜻 생각에 잠긴 때가 있지만, 눈빛이 반짝이고 생기가 돈다. 필승은 그런 강애의 변화가 반가우면서도 그 변화의 핵이나 원소가 무엇일까 궁금하다. 자신이 그녀를 행복하게 해주지 못하는데 무엇이 그녀를 활기차게 하고 있는가. 그녀는 좋아하는 것을 발견하고 즐기고 있는 것 같다. 공자 말씀이다. '아는 것은 좋아하는 것만 못하고, 좋아하는 것은 즐기는 것만 못하다'. 필승은 그녀와 좋아하고 즐기는 섹스를 나누고 싶다. 그녀의 변화된 낮만큼 그녀의 밤도 충만함을 선물하고 싶다. 사람은 세상에 변화하기 위해 왔다. 변화는 곧 발전이다. 그런 면에서 강애의 변화는 개인의 발전과 함께 필승의 가정에도 발전이다. 활력 있는 가정이 되어 간다는 것은 가족 구성원들에게 좋은 에너지를 줄 것이다. 필승은 강애의 생기가 의아하면서도 좋고 부럽다.

강애는 안토니오를 만나고 난 후 필승과 동환에게 소홀하고 있지 않나 돌아보게 된다. 필승에게 미안한 마음이 드는 것은 어쩔 수가 없다. 그 미안한 마음을 상쇄시키고 싶어서 더 열심히 집안일을 하고, 음식을 준비한다. 최선을 다해 필승을 상대한다. 그런데 정말로 안토니오에게 연락이 없다. 종일 안정이 되지 않고 자주 핸드폰을 들여다보는 자신을 발견하고 강애는 한숨을 내쉰다. 심지어 전화벨 소리를 못 들을까봐 동환에게 피아노를 치지 말라고까지 하였다. 삼 일 만에 인도니오로부터 연락이 왔다 심호흡을 하고 전화를 받는다. 만나자는 말에 거절을 하였다. 시어머니 추도식날이다. 도우미아주머니를 불러서 같이 음식을 준비하고 있는 중이었다.

“하루라도 당신을 안보면 숨이 멎을 것 같아요.”(영어)

“안토니오, 난 결혼한 사람이고 아이 엄마예요.”(영어)

“알아요. 행복해요 지금?”(영어)

“행복하기 위해 노력하고 있어요.”(영어)

“자신에게 솔직해 봐요 강애, 당신은 충분히 아름답고 행복할 수 있어요. 당신 남편 사랑해요?”(영어)

“우린 사랑했어요. 추억이 많아요.”(영어)

“현재가 중요해요. 난 당신의 몸과 마음이 행복하길 바래요.”(영어)

강애는 그런 안토니오에게 무례하다며 먼저 전화를 끊어버렸다. 도우미아주머니가 흘금거리며 강애를 살펴서 안방으로 들어가 통화했다. 시어머니 추도식 날이어서 안된다는 말은 하기 싫었다. 돌아가신 시어머니를 구차한 변명으로 이용하기에는 죄스러운 생각이 들어서다. 그렇게 갑자기 돌아가실 줄 몰랐다. 천년만년 살면서 강애를 괴롭힐 줄 알았다. 가끔 강애는 혼잣말을 해왔다. ‘어머니, 죄송

해요.'

그녀만이 아는 비밀이 있다. 어느 날 시어머니가 전화를 하였는데 하루 종일 받지 못하였다. 수영장 가면서 핸드폰을 놓고 갔고, 수영장 회원들과 점심식사를 하게 되었고 어쩌다보니 저녁까지 밖에서 먹게 되었다. 다음 날 시어머니는 일부러 전화를 받지 않았다고 억지소리를 하며 강애에게 온갖 상처가 되는 말을 하였다. 그래서 마음을 단단히 먹고 그 후로 먼저는 절대로 전화를 하지 않았다. 한 달 가까운 시간이었을 것이다. 그리고 시어머니의 부음을 듣게 되었다. 죄책감에 시달렸다. 추도식 날이면 통회하고 자복하는 심정으로 정성껏 준비한다. 최소한의 회개다.

시댁식구들이 흡족해하는 추도식을 무사히 마쳤다. 필승도 수고했다며 저녁 늦게까지 설거지를 도왔다. 아침에 출근하면서 사우나에 가서 몸 좀 풀고 마사지도 받으라며 침대에서 일어나지 못한 강애 이마 위에 뽀뽀를 하고 나갔다. 때론 딥키스보다 단순한 입맞춤이 더 낭만적으로 느껴질 때가 있다. 그녀는 필승이 오랜만에 보낸 가벼운 입맞춤이 섹스할 때의 키스보다 깊은 유대감을 준다는 생각이 들었다. 푹 쉴까 하다가 수영하는 편이 몸이 더 풀릴 것 같아 수영장에 갔다. 25m 레인을 10바퀴 돌고 잠시 쉬는 시간을 갖는데 선수반 여자들이 위를 쳐다보며 수근댄다.

"저기 저 사람 외국인 아냐?"

"그러게, 뭘 저렇게 빤히 보는 거야?"

안토니오다. 강애가 위를 올려다보니 통유리를 통해 지하에 위치한 수영장, 강애 레인 쪽으로 그가 시선을 주시하고 있다. 강애는 당황되어 뒤돌아 혼자서 물살을 가른다. 섬뜩하다. 안토니오가 스토커일지도 모른다는 생각이 드니 갑자기 정신이 확 들었다. '내가 지금 무슨 짓을 하고 있는 거지? 잠시 정신줄을 놓은 건가? 방황하고 있는 건 아닌가?' 강애는 옆 레인으로 옮겨져 수영하고 있는 자신을 발견하고 멈추었다.

서둘러 대충 샤워를 하고 젖은 머리인 채로 부지런히 집으로 향하였다. 아파트 엘리베이터에 막 올라 타고는 닫힘 버튼을 누르려는 순간 안토니오가 뛰어 들어온다. 엘리베이터 안에는 두 사람만 있다. 강애는 정색을 한다. 안토니오는 아랑곳 하지 않고 장미 한 송이를 내민다.

"강애, 당신은 특별해요 아름다워요."(영어)

강애의 뺨에 입술을 갖다 대며 손으로는 강애의 바디라인을 더듬는다.

"당신은 섹시해요."(영어)

강애, 화를 내려는데 달아오르는 몸을 어쩌지 못한다. 안토니오의 손길을 애써 밀쳐내고 있는데 엘리베이터가 열린다. 강애가 강하게 안토니오를 벗어나 내리려하자 안토니오가 그녀의 팔을 붙잡고 자신의 가슴 쪽으로 격하게 끌어당긴다. 그리고 닫힘 버튼을 누른다. 강애는 그의 격렬함에 붙들려 경직된 몸으로 꼼짝을 할 수가 없다.

"잊지 말아요. 당신은 아주 특별한 여자에요."(영어)

다시 열리는 엘리베이터. 안토니오가 빠져 나간다. 주민 한 사람이 올라타면서 안토니오의 뒷모습을 본다. 그리고 강애를 번갈이 본다. 강애는 엘리베이터 벽에 붙박이처럼 서 있다. 엘리베이터 문이 닫힌다.

휘청거리는 걸음으로 집안에 들어온 강애는 소파에 털썩 앉는다. 혼란스럽다. 가만히 눈을 감아 본다. 삶은 우리를 늘 갈림길에 서게 한다고 하였던가. 그렇다면 안토니오는 갈림길에서 만난 자라는 말이 된다. 어디로 가고 있는 길인가. 어디에서 돌아와야 하는가 아니면 다른 길을 걸으면 되는 일인가. 생각이 멈추지 않는다. 소파 위에 몸을 누인다.

안방 욕실의 거울 앞에 강애가 란제리 차림으로 서 있다.

거울에 시선을 고정하면서 서서히 속옷을 벗는다. 전라가 된다. 자신의 머리카락을 쓸어 뒤로 넘겨본다. 입술을 손가락으로 만져본다. 봉긋한 가슴에 손을 대본다. 지나치게 크지도 작지도 않고 처지지 않은 가슴이 두 개의 복숭아다. 자신의 바디라인을 만져보다 뺨에 한 손바닥을 가만히 댄다. 거울을 통해 자신의 눈을 뚫어져라 본다. 눈에 눈물이 고인다. 샤워를 한다. 차가운 물줄기로 자신의 뜨거운 몸을 식힌다.

자정이 넘었다. 아까부터 필승은 서재에 틀어박혀 있다. 컴퓨터 앞에 앉아 플레이보이 매거진 사이트를 보고 있다. 필승은 음란동영상을 보면 IP주소가 들통 날 수 있음을 익히 알고 있다. 자신의 신분이 드러나는 일은 하지 않기로 한다. 구글에서 살피고 있다. 아쉬운 대로 합법한 방법들을 찾아 대리만족을 하고 있다. 자위행위를 할 예정이다. 자꾸 자위를 하다보면 조루문제가 해결될지도 모른다. 자극에 무뎌지면 조루증이 치료될 수 있을 것만 같아 요즈음 필승은 더욱 자극적인 사진과 동영상을 찾아다닌다. 조루증은 순진한 사람의 증상이고 지루증은 성적으로 약은 남자의 현상이라는 말도 듣기 싫다. 필승은 지루증 환자가 부럽다. 그들은 사정을 하지 못하여 괴롭다 하는데, 필승은 사정을 너무 빨리 해서 고민이다. 조물주는 결코 평등하지 않다. 남녀를 구별해놓은 성별 차이가 신의 멋진 창작품이라면 성적인 능력의 차별을 둔 신의 뜻이 무엇인가. 필시 지루증은 조루증보다 덜 순진한 결과이다. 프로와 아마추어의 차이일지도 모른다. 자신의 결벽증적인 성생활이 원인이 아닐까 하는 데까지 생각이 미친다.

필승은 강애를 만나기 전에 성교한 적이 없다. 동정을 강애에게 바쳤다. 서른이 되도록 섹스 경험이 없었음을 다른 사람들이 믿어줄 리가 없다. 상관없다. 그는 병에 걸릴까봐 성교가 두려웠다. 그가 의무경찰로 복무할 때 선임 한 명이 휴일이면 청량리 588거리를 즐겨 찾다가 지독한 매독에 걸려 죽을 고생을 하는 것을 가까이에서 2년이나 보아왔다. 분명히 콘돔을 사용하였는데 매독에 걸렸다는 선임의 말이 스무 살 남자에게 공포로 다가왔다. 아무 여자와 성관계를 하게 되면 성병에 걸릴 것만 같은 두려움으로 여자를 멀리 하였다. 강애와의 첫날밤에 삽입하는 위치를 한참 찾아야 했다. 그녀의 처녀성에 대하여는 알지 못하겠다. 하필 신혼여행 중 생리가 시작되었다고 한다. 호텔 시트를 흥건하게 적신 붉은 피의 정체를 필승은 몰랐다. 그렇다고 그녀를 의심하는 것은 결코 아니다.

갑자기 서재방 문이 열린다. 필승은 재빨리 화면을 전환한다. 만약을 위해 다른 화면을 미리 열어놓기를 잘했다. 클릭 한 번으로 사이트를 가릴 수 있다. 란제리 차림의 강애가 다가온다.

"안자고 왜?"

강애는 작정하고 필승 어깨에 손을 얹는다. 회전의자를 돌려 필승이 강애를 마주보게 한다.

필승의 손을 들어 올려 자신의 가슴을 만지게 한다.

"여보, 혼자만의 공간에서 가상의 여자 만나지 말고 여기 실제 여자, 당신 아내를 안아줘요."

"천박하게 무슨 짓이야?"

필승은 강애의 가슴으로부터 자신의 손을 뿌리치는 순간과 동시에 그녀에게 얼마나 잔인한 짓을 하고 있는지 깨달았지만 이미 늦었다. 취소한다는 말을 할 수가 없다. 강애는 몹시 놀라서 할 말을 잃고 그 자리에 얼어붙은 듯 서 있다. 필승 역시 어찌할 바를 모르다 서재를 나왔다. 스트레이트 잔으로 양주를 연거푸 들이킨다. 강애가 서재에서 나와 말없이 동환의 방으로 들어간다. 오늘밤은 안방에서 한 침대를 쓰지 않겠다는 의미일 것이다. 그러는 편이 낫다. 냉랭한 기운으로 부부가 나란히 한 침대에 누워 있는 일보다 고역은 없을 테니까. 밤이 길 것이다. 술의 힘을 빌려 억지로 잠을 청하는 자신과 달리 강애는 아들 방에서 눈물을 흘리고 있을 것이다. 필승이 지금이라도 잘못했다고, 실수로 한 말이라고 사과를 할까 고민하다가 말았다.

강애는 새근새근 잠자고 있는 동환을 보고 만감이 교차한다. 잠자는 어린아이는 천사의 모습이다. 하나님이 아기들을 지상의 천사로 내려 보낸다고 한다. 그런데 그 천사들이 자라면서 날개를 잃어간다.

*

수서역이다. 수서에서 출발하는 고속철도 SRT 덕분에 빛고을 광주에 내려가기가 훨씬 용이해졌다. 강애 집에서는 용산역이나 서울역에서 기차를 타는 것보다 수서역을 이용하는 편이 낫다. 신설된 역사라 넓고 깨끗하다. 강애와 희경은 광주행 기차에 오른다. 무조건 같이 가자고 하니 희경은 웬 바람이냐며 영문이나 알자고 했지만 강애는 어젯밤 필승과의 일을 희경에게 말하지 않았다. 1시간 40분 만에 광주에 도착하였다. 송정역에서 택시를 타고 곧장 양림동으로 향했다. 양림동을 떠나온 지가 꽤 되었지만 그녀에게 광주시 양림동은 영혼의 고향 같은 곳이다. 어제 일이 아니었어도 양림동을 다녀오고 싶었다. 양림동은 그녀에게 힐링 장소다. 힘들고 지칠 때면 찾아가는 곳이다.

얼마 전 우연히 다큐영화 '서서평, 천천히 평온하게'를 관람하고 나서 금방이라도 달려가고 싶은 곳도 양림동이었다. 그 영화를 관람한 것은 순전히 우연이었다. 다른 영화를 보러 갔는데 시간표가 맞지 않아서 택한 영화였다. 울었다. 복합멀티관의 예술영화전용관에서 많지 않은 관객들과 숨죽이며 보았다. 강애가 어릴 적 추억으로 가끔 들르던 선교사 동산의 선교사 묘지에서 '서서평'이라는 한국식 이름의 묘비명을 본 적이 있는데 그 서서평 선교사의 이야기였다. 그리고 영화에 나오는 제중원 — 광주기독병원 — 외과전문의로 있는 사촌동생이 선물한 책이 서재에 꽂혀 있는 것을 기억해 냈다. '조선을 섬긴 행복'.

우리나라 개화기에 미국인 간호사 엘리자베스 셰핑이 '서서평'이란 이름으로 선교활동을 하였다. 서서평이란 이름엔 느리고 평온하게 산다는 의미가 담겨 있다. 선교를 시작하기 전부터의 그의 삶이 세미다큐 형식으로 펼쳐졌다. 버려진 자와 함께 나누며 자신을 버리는 삶을 살기 전 그의 삶도 굴곡진 사연들이 많았다. 홀로 서평을 키우던 엄마는 어린 서평을 두고 다른 나라로 떠나버린다. 모녀는 나중에 재회하지만 독실한 가톨릭 교도였던 서평의 모친은 개신교도가 된 딸과 절연한다. 우여곡절 끝에 자신의 결연한 의지와 선택으로 조선에서 새 삶을 시작한 서평은 조선인들의 영육의 삶을 세우는 선교사업을 펼쳐나간다. 그는 어느 지역보다 가난했던 호남에서 한센병 환자들을 치료하고, 학대받는 조선 여인들의 자립을 돕는 등 소외된 자를 위해 일생을 바친다. 그녀는 가난하고 소외된 자들에게 선물과도 같은 존재로 살다 갔다.

강애는 하드커버의 두꺼운 책을 다 정독하지는 않았지만 기억이 새록새록 떠올랐다. 서서평의 한국인 제자의 손자가 쓴 책이었다. 그 책에 서서평의 성격이 완전을 추구하고 직설적이며 급한 성격으로 묘사되었다. 건강이 악화되어가는 과정을 읽을 때 가슴이 아렸다. 다시금 감정이입이 몰려옴을 체험한다.

영화는 제중원의 복도에서 미끄러지듯 등장하는 하얀 시트 위 서서평 선교사의 주검이 천천히 묘사되는 장면으로 시작되었다. 강애에게 익숙한 공간들이 많이 나와서 더욱 친밀감 있게 보았던 영화이기도 하다. 애상적으로 흐르는 음악과 함께 배우 하정우의 차분하면서도 울림을 주는 내레이션이 인상적이었다. 자신의 삶을 통하여 참사랑이 무엇인지를 보여준 서서평 선교사가 활동하고 함께 하였던 중요한 공간들을 중심으로 그의 삶을 영화는 담담하게 보여주었다. 결말 부분에 나오는 그의 방에 걸린 영어 한 문장이 이 영화의 주제를 대변하였다 'Not success But service(성공이 아니라 섬김)'

양림동에 들어서니 '역사문화마을'이라는 표지판이 보인다. 양림동은 중요한 근대문화 유산들이 많다. 선교사들이 들어와 미션스쿨, 기독병원을 세우고 선교활동을 시작한 곳으로 기독교 관련 역사 시설들이 많이 남아 있다. 양림이라는 이름은 양촌과 유림을 합한 말이라고 한다. 고등학교 다닐 때 선교사 동산에 있던 선교사 묘지들을 보고 운 적이 있다. 일제 강점기부터 들어와 선교를 하다가 이국땅에서 순교한 선교사들이 그냥 감사해서 흘린 눈물은 진주처럼 맑고 영롱한 시절의 감성이었다. 그 선교사들이 살았던 사택들이 남아 있는 '선교사동산'은 거의 그대로 보존되어 있다. 숲으로 이루어진 동산 안에 낡았지만 운치 있는 서양식 주택들이 띄엄띄엄 담장 없이 조성되어 있다. '커티스 메모리얼 홀'이라는 표지판이 붙은 건물이 정겹다. 교회로 쓰던 건물이었을 것이다. 호랑가시나무들도 그대로 빼곡하다. 폐가가 될지도 모르는 집들을 예술가들이 임대해서 작업실로 쓰고 있기도 하다. 늘 그리운 이곳에 오니 강애는 어젯밤의 참혹함을 잠시 잊을 수 있어서 좋다. '선교사동산'만의 공기가 반갑다.

"저기가 헌틀리 목사님 댁이었어. 할로윈데이 축제일이면 저 현관문 앞에 노란 호박이 도깨비 모양을 하고 있어서 신기했지. 뉴욕타임지 기자 출신 사모님이 구워준 쿠키 먹고 포크 댄스를 하고 그랬지."

"지금은 아무도 안 사는 모양인데?"

"미국 남장로회 소속 선교사님들이었어. 지금은 다 철수하셨거나 돌아가셨지."

강애가 폐가로 보이는 사택의 현관문을 가만히 열어본다. 조용히 열리는 문 안으로 들어선 강애와 희경은 천천히 둘러본다. 스릴러물에 나오는 장면처럼 으스스하다. 세월의 흔적이 주는 낡고 기괴함이다.

"이 집은 리차드 선교사님 댁이었던 곳이야. 부인이 아주 작고 예뻐서 닉네임이 미니마우스였어."

"광주에서 몇 년 살았어도 전혀 몰랐어. 근사한 추억을 가지고 있구나 너."

희경은 여고 1학년 때 전학을 왔다. 서울에서 태어나고 자란 서울내기인데 아버지가 광주로 발령이 나서 갑자기 광주에서 고교시절을 보내게 된 것이다. 그러니까 3년 정도만 광주에서 살았고 대학을 서울로 갔으니 광주사람이라고 보기는 어렵다.

'선교사동산'과 관련된 기억은 강애에게 마음의 보석상자다.

"먼데이 미팅이라고 매주 월요일 헌틀리 목사님 댁에서 영어성경공부 하는 날을 기다렸지. 영어를 못해도 그냥 즐겁고 좋았어. 매주 파티장에 오는 기분이었지. 한 번은 헌틀리 목사님이 내 머리에 새치가 있는 것을 발견하시고는 강애, 흰털 있네 그러시는 거 있지?"

희경이 갑자기 소스라치게 놀란다. 2층으로 올라가는 나무 계단 하나가 삐거덕거렸던 것이다.

"으악! 야 으스스하다. 전설의 고향 같다 얘."

예전에는 수피아 학교에서 개구멍으로 몰래 들어 가야 했던 동산 그 자체로 독립된 공간이었다. 지금은 호남신학대학과 연결되어 있고, 그 길목에 카페가 있다. 신학대학에서 운영하는 곳이란다. 아메리카노 두 잔을 테이크아웃 한다. 강애와 희경은 동산의 풍광이 좋은 곳에 자리를 잡고 커피를 마신다.

"전설 같은 이야기가 하나 있긴 하지."

"왜 누가 아까 그 집에서 죽기라두 했어?"

"그 미니마우스 사모님이 리차드 선교사님과 이혼하고

열두 살 아래인 민석이라는 남자애랑 결혼을 했어. 걔 나랑 먼데이 미팅 멤버였거든."

"어머 정말? 어떻게 그럴 수가 있어? 그 당시에 그것도 선교사 부인이……."

"그럴 수가 없다고 생각했었는데 이젠 알 것 같아. 이 세상에 절대적인 게 있을까?"

그렇다. 절대적으로 안되는 일, 되는 일은 인간이 판단하는 것이 아니다. 신의 몫이다.

민석이와 미니마우스 사모는 실제로 동거에 들어갔다. 충격을 받은 리차드 선교사는 본국으로 돌아갔다. 한국말이 서투른 미니마우스는 민석을 '남편님'이라고 불렀다. 정확한 나이는 모르겠으나 30대인 미국 여자가 이제 막 스무 살이 넘은 한국 남자와 부부관계를 맺었다.

그 민석이 강애에게 그랬다. 미니마우스가 키스를 가르쳐주었다고. 그 미니마우스는 리차드 선교사와의 섹스에 불만이 있었을까. 평범한 남자아이에 불과했던 민석이 미니마우스의 삶에 엄청난 변화를 안겨준 이유가 무엇이었을까. 그들은 잘 살고 있을까. 둘이 함께 미국으로 들어갔다는 말은 들었다.

"너 혹시 동환이 아빠하고 무슨 일 있는 거야? 즉흥적으로 바람 쐬러 먼 길 떠나고 그러는 사람 못되잖아."

"내가 그랬니? 이제 내 의지대로 한 번 살아 볼까해."

"이강애, 심경의 변화를 일으킨 동기가 뭐니? 착한여자 콤플렉스에서 벗어난 거야? 그렇다면 축하할 일이구."

"그냥 마음 내키는 대로 살아볼까 봐. 그게 순리다 싶어."

"순리가 뭔데? 순리란 사물의 이치를 따른다는 뜻이야. 마음대로가 순리 아냐. 넌 너다울 때가 가장 아름다워."

"아니, 그동안 자신에게 솔직하지 못했어. 이제 솔직해지고 싶어. 여기 게스트하우스 생겼다더라. 피터슨 선교사 사택이었던 곳이래. 오기 전에 확인해보니 하룻밤 묵을 수 있다네. 우리 자고 갈까? 애들은 어머니 계시잖아."

"야 너 비약적인 발전인데? 그러지 뭐."

희경이 막상 그러자고 동의를 하니 강애는 모밀국수나 먹고 돌아가자고 번복하였다.

희경에게도 광주 우체국 앞의 모밀국수집은 추억의 장소라며 좋아하였다. 고3 시절, 보충수업 마치고 먹던 따듯한 모밀국수 맛을 잊지 못하겠다고 하였다. 이제 광주우체국 앞에 있던 모밀국수 전문식당들은 다 없어지고 충장로 파출소 옆에 '청원모밀' 한 군데만 남아 있다. 푹 퍼진 모밀국수 가락과 국물 맛이 그대로다. 혀의 향수를 달래주었다. 뱃속이 따듯해지니 서울에 돌아갈 수 있을 것 같다. 강애와 희경은 수서행 SRT에 몸을 실었다. 당일치기 여행도 여행에의 긴장이 있다. 열차 좌석에 앉자마자 둘은 약속이라도 한 듯 금방 머리를 맞댔다. 저녁 10시 25분 종점 도착이니 안심하고 눈을 감았다. 이내 깊은 잠이 들었다.

*

필승은 오 형사, 정훈에게 연락해서 퇴근 후 술이나 한잔 하자고 하였다. 기꺼이 나오겠다는 그가 고맙다. 필리핀 가수가 노래를 부르고 있는 라이브 바에서 둘은 만났다. 필승은 인사동 같은 분위기에서 막걸리를 마시고 싶었지만 처음 술 약속하는 정훈에게 막걸리 집으로 오라는 말은 실례인 것만 같아 가끔 가는 방배동의 작은 바로 약속장소를 정하였다.

"박 변호사님이 술친구하자는 말씀 반가우면서도 뜻밖이었습니다."

맥주잔이 몇 차례 오가다보니 분위기가 무르익어 정훈이 오래된 친구처럼 친밀하다. 정훈 또한 필승이 선임변호사가 아니라 가까운 선배처럼 느껴지는 모양이다.

"인생이란 게 참 잔인하죠? 경찰 노릇하며 온갖 치정사건 다 다루었는데 내가 그 당사자가 될 줄은 몰랐거든요."

"원래 현실이 더 소설보다 드라마틱한 거 아니요. 그리고 세상살이가 만만하다면 당신이나 나 같은 직업은 필요 없겠지."

"그렇게 되나요? 경찰이나 변호사가 필요 없는 세상, 재미있겠네요."

"새출발 해야지 젊은데. 소개팅 시켜줄까? 노처녀 변호사들 많아."

"제 주제에 변호사 부인, 싫습니다. 그냥 애들하고 살 겁니다. 매 맞는 남편노릇도 해보고 도청, 미행, 현장포착 뭐 이런 단어들하고 사는 직업병인지 이제 사람들, 특히 여자들 못 믿겠어요. 여자가 무서운 남자입니다. 흐흐."

"여자만 못 믿나? 내가 날 못 믿겠는 걸."

그러면서 필승은 대중가요 가사를 떠올린다. '내가 날 모르는데 넌들 날 알겠느냐' 뭐 이렇게 흘러가는 가사내용이다. 그런데 라이브 바에서 흘러나오는 노래는 올드팝 'The end of the world'이다. 스키터 데이비스라는 미국 컨트리 가수가 부르던 노래다. 라이브 가수의 발음이 필리핀 출신임을 알려주고 있다. 오리지널 가수의 호소력 있는 전달력과는 차원이 다른 소리다. 울림이 없다. 필리핀 여가수가 '태양은 왜 빛나는 것일까요? 파도는 왜 끊임없이 밀려오는 걸까요?'라며 영어로 열창하지만 공중에 떠도는 소리로만 들린다. 음정이 틀리다는 이야기가 아니라 영혼이 없이 멜로디를, 알파벳을 던지고만 있다. 어떤 크리스천의 무죄를 입증하기 위한 헌정곡을 불렀다는 이유로 방송에서 퇴출되는 수난을 겪기도 하였던 스키터의 노래를 저렇게 망치고 있어 은근 부아가 치민다. 그래도 끝까지 듣고 있는 수밖에 도리가 없다. 노래를 중단시킬 묘책이 떠오르지 않는다. 무식하게 소리를 질러댈 수도 없고, 반주를 멈추게 할 수도 없다. '당신이 내게 안녕이라고 말했을 때 이 세상은 끝났음을 그들은 모르고 있는 것일까요?' 정훈과 대화를 나누면서도 들리는 노래에 계속 신경이 쓰였는데 끝나간다. 다시 노래를 이어 부르면 나가자고 하려는데 경음악 연주로 바뀌었다. 술 더 마시라는 메시지다. 벨기에 트라피스트 에일 중 하나인 '오르발'을 시켰다. 복잡미묘한 맛이 시큼하면서도 묘한 중독성이 있다. 트라피스트 수도원에서 만들어지는 맥주라는 어원의 '트라피스트 에일(Trappist Ale)'로, 줄여서 '트라피스트'라 한다. 중세 이후 유럽의 수도원들에서 맥주 양조는 흔한 일로, 현재 운영되는 맥주 양조장들 중에서 수도원 맥주 기반에서 시작한 곳이 많다. 금욕적인 수도원에서 시작된 맥주가 지금은 세속화의 상징이니 이렇게 삶은 아이러니여서 재미있는 것이다.

필승은 만취되어 어떻게 집에 왔는지 모른다. 아침에 강애로부터 들은 내용은 대충 이렇다.

자정이 훨씬 넘어 정훈이 전화를 해왔고, 택시를 타고 필승을 데리고 왔다. 강애가 아파트 입구까지 내려와서 둘이 필승을 부축하였는데 축 처진 그를 움직일 수 없어 경비아저씨의 도움을 받았다 한다. 몸을 완전히 가누지 못하고 쳐지면 무거워져서 한 명을 두세 명이 부축해야 되는 상황이 발생한다. 겨우 현관입구 마루에 눕히고 정훈은 갔다. 아무리 안방으로 들어가 자라고 해도 말을 듣지 않은 필승은 옷을 입은 채로 거실 마루에 쓰러져 잤다. 밤새 토한 것을 강애가 몇 번이나 닦았다고 한다. 토사물의 악취가 아침까지 온 집안에 흥건하다.

아침이 되어서야 침대 위로 올라갔다. 사무실에 하루 쉰다고 하였다. 변론기일이 잡혀 있지 않아서 다행이다. 강애는 그런 필승을 두고 나가버린다. 어제 '선교사동산'을 다녀와 자신의 의지대로 살고 싶다는 말의 실천 첫 번째, 머리를 자르기로 한다. 강애의 긴 머리칼이 좋다며 커트를 말렸던 필승이다. 미용실에 들어서자마자 강애는 과감한 헤어스타일로 숏커트를 요구하였다. 단골미용실의 헤어디자이너가 거듭 정말이냐며 확인하였다. 미디엄웨이브 머리를 짧은 커트머리로 바꾸었다. 미용실에서는 일단 단발 머리 커트 정도로 해보자고 하는데 부러 숏커트를 원한 것은 강애였다. 그리고 안토니오에게 전화를 걸었다. 먼저 연락은 처음이다. 강남역 주변에 있다고 하였다. 강애가 싫어하는 전철역 중의 하나가 강남역이다. 많은 인파에 묻혀 걸어야 하는 곳이기도 하지만 강남역 주변에 가면 자신이 나이가 들었음을 실감하게 되어 싫다. 안토니오가 말한 프랜차이즈 커피숍에 들어선 강애는 잠시 얼어붙는다. 안토니오가 웬 젊은 여자애와 손장난하며 담소하고 있다. 강애는 스멀거리는 질투를 그들에게 들킬까봐 애써 미소를 짓는다. 상대는 외국여자도 아니고 젊은 한국 여대생으로 보인다. 어떻게 처신해야 할지 당황스럽지만 세련되게 대처하고 싶은 강애는 자신이 당당하지 못한 처지인 것이 속상하다. 강애를 발견한 안토니오는 젊은 여자애에게 뭐라 말하고 일어나서는 강애손을 잡아 이끌며 다른 테이블로 옮긴다. 그 여자애가 바로 나가지 않고 안토니오가 테이블을 옮기는 일이 못마땅하다. 자리에 앉아마자 안토니오는 강애의 헤어스타일에 대하여 찬사를 보낸다.

"강애, 헤어스타일이 멋져요. 샤프하면서도 시크해요."(영어)

"저 여자는 누구예요?"(영어)

"비즈니스로 잠깐 만난 사람이에요. 나에게 의미 없는

여자예요."(영어)

안토니오의 그 말에 너 이상 코멘트를 다는 것은 자존심 상하는 일이다.

"우리 다른 데로 가요."

강애는 강남역과 이 커피숍을 탈출하고 싶어졌다. 젊은 사람들의 기운으로 충일한 이곳이 무조건 싫다.

*

오전 내내 침대 위에서 퍼져 있던 필승은 휴가를 낸 김에 그동안 가보려고 하였으나 용기가 나지 않았던 비뇨기과를 찾기로 한다. 정확히는 성클리닉이다. 조간신문에서 본 글귀에 용기가 났다. '두려움으로 위축된 삶을 감내한다는 건 반수 상태의 의식에 머무는 것이나 마찬가지다.' 인간으로 살아야겠다는 결심이 그를 일어나게 하였다. 문득 외롭다는 생각이 들었다.

인터넷을 검색하였다. 홈페이지가 잘되어 있고, 교통이 편한 곳을 골랐다. 운전이 싫어서 지하철을 이용할 생각이다. 적당한 병원이 압구정역 근처에 있다.

간호사가 접수를 받으면서 진료상담 받을 내용을 간단

히 말해달란다. '조루증'이라고 말해버렸다. 아무렇지 않게 담담한 간호사가 메모를 한다. 필승의 얼굴은 화끈거렸다. 이 병원 원장의 이름을 운전중 들은 라디오 프로그램에서 몇 번 들어보았다. 성상담 프로그램이었을 것이다. 비뇨기과 검사는 일단 고약하다. 바지를 벗어야 한다. 음경혈류 검사라는 것을 받았다. 이상이 없다고 한다. 발기유발을 위해 별실에 집어넣고 섹스동영상을 보여주었다. 정액을 채취하기 위함이란다. 강제된 격정의 찌꺼기를 받으라니 정말 찝찝한 검사다. 이러저러한 검사들을 하는데 2시간 이상 소요되었다. 숙취를 해결하지 않고 나와서인지 지친다. 다른 날 올 것을 무리했다 싶으니 후회막급이다. '결핍이 나를 키운다'고 하지만 필승에게는 지금의 결핍이 그를 한없이 위축되게 한다.

원장은 심인성이라고 필승의 조루증을 진단하였다. 과거의 트라우마나 과로, 스트레스 같은 심리적인 요인이 작용할 수 있다며 개인적으로 들려줄 이야기가 혹시 있는지 물었다. 필승은 트라우마는 없고 직업상 스트레스는 받지만 직장인이면 누구나 받는 스트레스 정도로 여긴다고 말했다. 원장은 부인 외에 다른 여자와 성관계를 가져본 적이 있냐고 물었다. 부인이 유일한 섹스 파트너였다는 말에 정말 드문 일이라고 했다. 칭찬으로 들리지는 않고 희귀한 인간 취급받는 것 같아 기분이 묘했다. 약물요법은 단기적이고 일시적인 효과만 기대할 수 있을 뿐이고, 내성이 생길 수 있다고 했다. 부작용도 간혹 발견된다고 한다. 음경 해면체 자가 주사요법이라는 것을 권하였다. 혈류를 개선하여 섹스 시간을 연장시킬 수 있단다. 부부관계 전에 스스로 음경에 놓을 수 있다며 주사를 주었다. 그러면서 체크해 가보자고 한다. 당뇨병 환자가 스스로 인슐린 주사를 놓는 것을 본 적이 있다. 그런데 성기능개선제 같은 약물치료를 기대하고 왔다가 낯선 주사기를 받으니 갈등이 되었다.

거부감이 든다. 주사박스를 받아들고 병원을 나온 필승은 바로 지하철을 타지 않고 걸었다. 압구정역 근처의 빌딩들 외벽에는 병원 간판들이 즐비하다. 성형외과 간판이 가장 많이 보인다. 성형공화국이라는 말이 실감난다. 피부과 간판도 여기저기 돌출되어 있다. 거리를 걷다보니 세상의 딱지를 떼고 자유인이 된 기분이다. 그러나 필승은 아까부터 어머니 생각에서 떠나지 않는다. 성클리닉 원장이 트라우마를 운운할 때부터다. 의사에게 말하기 싫었던 것은 알량한 자존심 때문이었을 것이다. 어머니의 절규 같은 폭언들이 그의 가슴에 박혀 있다.

"이 배은망덕한 놈아, 기집 치마폭이 그렇게도 좋더냐?

이 더러운 놈아, 청상과부로 니 놈 하나만 믿고 갖은 고생 고생해서 고시 걸리게 하니까 근본도 모르는 기집 꾐에 넘어가 결혼한다고? 가만 있으믄 중매쟁이 통해 어련히 좋은 집안 처자 알아서 해줄 텐디. 이 더러운 놈아, 뭐가 그리 급해서 추잡스럽게 허냐. 에미 젖가슴 보타지도록 키웠더니만 저런 색기 풍기는 더러운 기집 치마 속에서 니 몸을 망쳐부냐 이놈아."

강애가 그랬다. 어머니의 폭언보다 더 깊은 상처는 광기어린 발악을 한마디 저항도 못하고, 아내를 방어해주지 않고 묵묵히 듣고만 있는 남편 필승의 무기력함이라 했다. 충격을 받은 강애는 실신하여 응급실까지 갔었다. 어머니는 아들 필승의 뺨까지 때리며 말했다. 장성한 아들의 뺨을 때리며 강애에게 친정식구들 데려오라고 하는데 '기가 막히다'는 표현은 정말로 신체의 원동력인 기가 꽉 막혀버려서 숨을 쉴 수가 없는 지경까지였다. 그때를 생각하면 강애에게 한없이 미안하다. 그러나 아직까지 사과를 하지 않았다. 너무 미안하니 표현할 방도가 없었다.

강남역을 벗어난 강애는 고기를 먹고 싶다는 안토니오와 '광양불고기집'에서 늦은 점심을 먹었다. 숯불에 구워먹는 불고기 맛은 담백하였다. 안토니오는 혼자서 2인분을 먹었다. 그리고 영화를 보았다. '라라랜드'였다. 아름다운 사랑이야기고 판타지적인 요소가 많은 영화인데 강애는 슬픔이 올라왔다. 너무 아름다워도 눈물을 흘린다. 몰입해서 영화를 보고 있는데 안토니오는 별로 그러는 것 같지 않았다. 영화 보는 내내 강애의 손을 잡고 계속 손장난을 하였다. 거부하지 않았다. 강애는 지금 잡은 남자의 손이 위험해도 좋다. 영화제목처럼 꿈을 꾸는 사람들, 별들의 도시를 여행하기로 한다.

필승이 먼저 귀가하여 성클리닉에서 받은 주사박스를 냉장고 맨 안쪽에 넣어두었다. 혼자 점심을 먹기 싫어서 건너뛰었더니 배가 고팠다. 싱크대 문을 열어본다. 봉지라면이 있어서 계란 하나를 풀고 끓여먹었다. 오랜만에 먹는 라면 맛이 나쁘지 않다. 고시공부하면서 퍽이나 먹었던 라면이라 물려서 한동안 먹지 않았다. 희경이 강애가 핸드폰을 받지 않는다며 집에 있냐고 집전화로 물었다. 그리고 잠시 있다가 강애가 들어왔다. 어디 다녀왔냐는 필승의 말에 희경이랑 있다 왔다고 한다. 더 이상 묻지 않았다. 이미 진실을 말하지 않는 강애에게 추가로 묻는 것은 더 많은 거짓을 말하게 하는 것밖에 되지 않을 것이다. 내일은 케이블 TV 스튜디오 녹화일이다. 그 준비를 하겠다는 핑계로 필승은 서재로 들어가 버린다. 자연스럽게 거짓을 말하는 강애의 입술을 쥐어박고 싶다. 생각이 많은 얼굴이면서도 생기가 도는 강애의 얼굴을 문질러버리고 싶다. 당장 침대 위로 끌고가 실신할 때까지 섹스를 하고 싶다.

희경이 강애네 집전화로 필승과 통화한 일이 마음에 걸려 강애에게 희경의 집으로 건너오라고 문자를 보냈다. 강애는 희경을 만나고 나서 거짓말 한 사실을 필승이 알고 있음을 깨닫는다. 희경이 강애에게 무슨 일이냐며 이실직고하라고 성화다. 안토니오와 연애한다고 하니 희경이 놀란다. 강애는 다시 연애는 아니고 그냥 친구로 만나기로 했다고 말을 바꾼다.

"아서, 지금 연애 아니라구 말하고 싶겠지만 외국인이든 한국사람이든 남자는 다 똑같애. 조심해. 근본도 모르는 외국인한테."

강애는 희경의 말을 자르며 발끈한다. 강애가 가장 싫어하는 단어가 '근본도 모르는'이다. 시어머니가 자신을 핍박할 때 쓰던 표현이다.

"너 지금 근본도 모르는 이라구 했니?"

"강애야."

"부모가 멀리 계시다구해서, 부모가 일찍 돌아가셨다구

해서 그게 왜 근본이 없는 거니? 뿌리가 있기 때문에 실체가 있는 거 아니니?"

"오해 마 난 단지……."

"흥분해서 미안해. 잠깐 돌아가신 시어머니 생각이 나서 그랬어. 그분은 돌아가셨어도 동환이 아빠를 포기 못하고 계셔. 그이를 놓아주지 않고 지배하고 계신다구. 나 이 게임에서 이길 자신이 없어."

"강애야 그럼 아직까지 너 그 트라우마에서…… 어떡하니."

"괜찮아 등대가 있잖아. 우리 동환이. 동환이가 내 등대야."

희경은 강애가 안스럽고 안타깝다. 안토니오와의 만남을 적극적으로 말려야 하는데 강애의 막힌 숨통을 트는 일이라면 적당히 눈감아 주어야 하나 고민이 된다. 우정 앞에 도덕적인 잣대가 내세워지지 않는다. 친구를 위한 어떤 조언도 생각나지 않는다. 희경은 강애의 얼굴을 찬찬히 바라본다. 초췌한 얼굴에 휑하기까지 한 눈빛이 오히려 그녀를 섹시하게 보이게 한다.

*

필승은 스튜디오 녹화중이다. 토크쇼 형태의 단순한 무대세트 앞에 남녀 MC 두 명과 함께 필승이 자리하고 있다.

프로그램의 타이틀은 〈이혼, 그 새로운 출발〉이다. 오늘따라 촬영이 싫다. 어제 성클리닉에 간 후유증이다. 병원 사람들이 되었든 누군가가 자신의 얼굴을 알아보고 성클리닉과 연관 지을 것을 생각하면 유쾌하지가 않다. 편성이 잡힌 녹화물이라 어찌되었든 할 수밖에 없다. "스타트!" 하는 조연출의 신호에 따라 MC들의 오프닝멘트가 시작되고, 좀 떨어진 세트 한 쪽에서 챙이 넓은 모자로 초상권을 보호받고 있는 한 여인이 클로즈업 되고 있다. 음성변조로 오디오가 흐른다.

"시어머님이 저녁마다 자기 방으로 남편을 부릅니다. 한 시간쯤 있다 남편이 돌아오는데 아무 말 하지 않고 잡니다. 신혼 때부터 지금까지 계속되는 일이에요."

필승은 자신의 어머니와 오버랩 되는 내담자의 말에 스스로 곤혹스러워진다. 애써 평정을 찾는다. 스튜디오 조명이 뜨겁다. 분장사가 분장을 해주었지만 땀을 흘리게 되면 번들거리는 얼굴이 화면에 나타날 것이다. 매스컴에 얼굴을 드러내는 일을 처음에는 별로 좋아하지 않았다. 그런데 중독성이 있어서 출연섭외가 끊기면 서운했다. 로펌 홍보에도 일정 부분 기여함을 인정받아 법무법인 차원에서 지지를 해준다. 이쯤해서 필승이 역할을 해야 한다.

"남편이 시어머님 방에서 한 시간 동안 무엇을 하는지

전혀 모른다는 말이죠?"

"네, 물어도 아무 말 하지 않아서요."

"이해하기 어렵군요. 결혼생활 6년 동안 남편과 시어머님이 한결같이 그랬단 말이죠. 그 외에 이혼을 결심하게 된 다른 일은 없었습니까?"

"딱 한 번 임신을 했는데 시어머님이 올해 아이를 낳으면 남편이 길에서 횡사할 수라며 아이를 지우라 하셨어요."

"그래서 아이를 안 낳으셨어요?"

"남편에게 해롭다는데 어쩔 수가 없었어요. 지금도 그 일만 생각하면 가슴이 미어져요. 이제 아이를 못 낳는 며느리가 되어 구박을 받고 있습니다."

"어떻게 그럴 수가 있는지 안타깝군요. 제가 보기에 시어머니는 아들에게 지독한 편집증이 있으시고 남편분은 전형적인 마마보이인 것 같습니다. 말씀 계속하세요."

필승은 상담을 하면서도 자신의 이야기를 하는 것만 같다. 객관적인 입장에 서보니 더욱 인정이 된다. 홀어머니의 외아들을 향한 편집증이 며느리 강애에게 지속적인 스트레스를 주었고, 필승 자신도 그런 어머니가 싫었지만 조금이라도 벗어나려 하면 극단적인 행동과 말을 일삼는 어머니를 벗어나지 못했다. 어머니의 장례를 치르는 동안 필승은 울지 않았다. 사람들이 독한 아들이라고 수군댔을지 모른다. 오히려 강애가 많이 울었다.

필승은 별다른 대안을 제시하지 못하고 진부하고 상식적인 안내만 해준 상담변호사역 촬영을 마쳤다. 가정만큼 복잡다단하고 애증에 얽힌 세계가 없다. 운전해서 귀가하는 내내 마음이 무겁다. 내담자로 출연한 여자와 강애와 어머니가 교차되어 그의 의식을 뒤엉켜놓았다. 두렵고 외롭다. 세상의 모든 여자들 틈에서 혼자서 고군분투하고 있다. 철저히 혼자이고 누구도 자신의 편에 선 사람이 없다는 생각에 오싹한 고독이 오롯이 올라왔다. 울고 싶다. 마음 놓고 울어본 적이 없다. 울기 전에 참는 법부터 배운 그다. 홀어머니 밑에서 그는 무슨 일이 닥쳐도 내색하지 않고, 견디는 법부터 터득하였다. '세상은 견디는 자의 몫'이라고 믿게 되었다. 숱한 날들을 견뎌서 오른 지금의 이 자리가 과연 행복하고 안전한가 반문한다. 완전한 안전은 없다. 안전은 완전하지 않다.

강애는 희경에게 고백하고 나니 후련하다. 친구와 비밀을 공유하는 안전장치가 그녀에게 용기를 준다. 안토니오가 보고 싶다. 나쁜 남자의 매력을 벗어나기가 싫다. 삼청동 길을 걷고 싶어졌다. 국립현대미술관 서울관 앞에서 그를 만나 총리공관 앞까지 걸었다.

서울시내에 차를 가지고 나오는 것보다 지하철로 움직이는 편이 낭만적으로 생각되는 것은 매일 대중교통을 이용해야 하는 사람들에게는 미안한 일이다. 한적한 이 길이 요즘은 관광코스가 되어 군데군데 일본인들과 중국인들이 눈에 띈다.

중간에 갤러리 한 군데를 들러 전시회를 보는데 안토니오는 건성이다. 미술작품 감상이 와닿지 않는 모양이다. '하기야 저 젊음은 더 역동적인 것들을 선호하겠지' 그런 생각이 들자 강애는 은근히 안토니오의 젊음에 샘이 났다. 자신이 갖지 못한 풋풋하고 샘솟는 에너지가 안토니오의 몸과 눈 곳곳에 흘러넘치고 있다. 금방이라도 터질 듯한 애드벌룬 같은 젊음이 그의 깊고 큰 까만 눈동자 안에 가득하다. 총리공관 앞에서 다시 돌아 작은 골목 안을 걸었다. 강애는 대로보다 이런 작은 골목길과 가게들이 정겹다. 오밀조밀한 수공예품 가게들과 디저트 카페들이 저마다 개성 있는 자태로 위치해 있다. 숍인숍으로 꽃가게가 함께 있는 카페에 들어갔다. 캐모마일 허브차를 시켜 마신다. 안토니오는 아이스크림을 먹는다.

"한국 사람들 나빠요. 왜 외국인 남자하고 한국 여자하고 같이 가면 이상하게 보는 거죠?"(영어)

"일종의 문화차이에요. 신경 쓰지 말아요. 안토니오, 당

신 직업을 자세히 말해줄 수 있어요?"(영어)

"음, 리오클이라고 아세요?"(영어)

"리오클? 잘 몰라요."(영어)

"리오클이라고 다양하게 쓰이는 그 물건을 만드는 연구원이고 내가 오너로 있는 무역중개업도 하고 있어요."(영어)

강애가 잘 모르는 분야라 가만히 듣고만 있다. 직업이 중요한 건 아니다. 안토니오와는 직업을 따지는 사이가 아니다. 그가 지갑을 꺼내 보더니 100달러 지폐 한 장을 뺀다.

"어쩌지? 100달러짜리뿐이네. 이걸로 찻값 계산 될까요?"(영어)

"걱정 말아요 나 돈 있어요."(영어)

그러고 보니 안토니오는 신용카드를 쓰지 않는다. 젊은 현대인이 카드를 쓰지 않는다는 것은 드문 일이다. 카드를 사용하지 않느냐고 묻기도 그렇고 해서 그냥 넘어갔다. 카페를 나오면서 안토니오는 강애의 어깨에 팔을 두른다. 그러면서 키스하고 싶다고 속삭인다. 미국에서는 친구끼리 키스 정도는 한다고 하면서 입술을 갖다 대려고 한다. 화들짝 놀라 안토니오의 몸에서 떨어진다. 지금은 대낮이고 길거리다. 아무리 문화적 차이라지만 이건 아니다 싶다. 떨리는 음성으로 더듬더듬 힘겹게 영어를 토해낸다.

"절대 안돼요. 나 이러면 안토니오 안 만나요. 당분간 전화도 하지 말아요."(영어)

골목을 잰걸음으로 빠져나오는데 마침 청와대 방향 쪽에서 택시 한 대가 오고 있다. 재빨리 길을 건너서 택시를 타버린다. 뒤쫓던 안토니오는 순식간에 벌어진 일이라 아무 말 못하고 길 건너편에 멍하니 서 있다. 강애는 심하게 대응했나 싶지만 그가 무례하다는 생각에 변함이 없다. 택시에 올라타니 얼굴이 더 화끈거린다. 그와 키스 정도는 하게 될지도 모른다 생각했었다. 그러나 이런 식은 아니다. 감성이 뇌수에 흐르는 키스를 원했다. 기습적인 키스에도 감정이 배인 순간이 있을 것인데 안토니오의 그 행동은 아니었다. 강애는 스스로의 한계를 느낀다. 정서적으로 세련되지 못한 자신이 속상하다. 이런 심경 또한 모순이라 생각되니 그녀의 머릿속은 엉클어진 실뭉치로 가득하다.

필승과 강애의 저녁시간은 각자의 상념으로 어둡다. 필승은 텔레비전 저녁 뉴스를 보고 서재로 들어갔다. 아파트 헬스장을 갈까 하다가 그만두었다.

필승은 운동으로 다져진 몸이다. 일자형 아저씨 스타일 와이셔츠가 아니가 허리가 피트된 맞춤와이셔츠를 입는다.

운동을 많이 해서 두드러진 가슴을 드러내는 타이트한 티셔츠도 잘 소화한다. 탄탄한 몸매의 소유자인 필승이지만 성적 능력과 운동능력은 다름을 체험으로 안다.

강애는 동환의 숙제를 봐주다 잠자리에 들었다. 잠이 오지 않지만 몸살기가 있어서 타이레놀 한 알을 먹고 누웠다. 스트레스를 받으면 몸이 쑤시는 증상이 있는데 지금이 그렇다. 한속기도 있다. 이불을 뒤집어쓰고 울고 있다. 강애는 안다. 자기서러움이다. 밀려오는 서러움의 근원을 알 수 없으나 그냥 하염없이 눈물이 난다.

필승은 서재로 들어왔지만 딱히 할 일이 없다. 다만 강애와 나란히 침대에 누울 자신이 없다. 눕기도 싫은 날이다. 노골적으로 표현하지 않지만 그에게 성적으로 만족하지 못하고 있는 사실은 분명하다. 그녀의 필승을 향한 배려가 증거다. 그 배려가 싫다. 더욱 필승의 자존심을 상하게 한다. 차라리 비난을 받는 편이 마음은 더 편할 것이다.

'나는 괜찮다'는 그 말은 명백히 우위에 서서 베푸는 자선 행위 같은 말로 들린다. 그에게는 그녀의 그 말이 '괜찮지 않지만 괜찮은 것으로 하겠다'는 의미로 해석된다. 무식하게 싸우다가도 부부가 잠자리를 하면 언제 그랬냐는 듯이 풀어진다는 말을 들었다. 그런데 필승부부는 싸우지도 않고 풀어지지도 않고 아무 일도 일어나지 않는다. 그런

점이 견디기 어렵다. 성적으로 무능한 남편을 속 시원히 비난하며 보약이라도 지어주는 그런 부인을 상상하는 자신이 우스워져 쓴웃음을 짓는다. 학창시절 남에게 져 본적 없고, 일에서 밀려나본 적 없는 그로서는 결혼 후 자신의 결격사유를 해결하지 못하고 있는 자괴감이 크다. 여태 노력해서 되지 않은 일이 없었다. 세상의 모든 일이 사람이 하는 일이라면 못할 일이 없을 것이라고, 방법이 있을 것이라고 긍정적으로 생각하며 살아왔다.

목이 말라 거실로 나왔다. 문자메시지가 왔음을 알리는 진동음이 짧게 울린다. 자정이 넘은 시각이다. 강애의 핸드폰이 충전중이다. 애써 무심한 척 하고 물을 마셨다. 서재로 들어가려는데 다시 진동음이 울린다. 소리 나는 쪽으로 간다.

얼마 전 동환이 강애의 핸드폰을 만지작거리며 "엄마 비밀번호가 뭐야?" 했던 일이 떠올랐다. 강애가 그랬다. "Z잖아." 필승은 강애의 핸드폰을 들어 패턴 Z를 그려본다. 열린다. 영어로 된 문자가 쏟아진다. 발신인에 안토니오라 뜬다.

'용서해요. 생일선물로 키스를 원하려 했어요.'

'잊지 말아요. 당신은 특별한 여인이에요.'

'보고 싶어요. 매순간. 오늘밤도 당신 꿈을 꿀 것 같아요.'

필승은 떨리는 손으로 문자 메시지 삭제를 한다. 이미 자신이 보아버렸기 때문에 문자 확인을 한 상태에서 문자 내용을 남기면 들통 날 것이 뻔하다. 그렇다고 동환에게 혐의를 씌울 수는 없다. 필승이 당당하게 이따위 문자가 뭐냐고 따져 물을 자신이 없다. 문자 확인을 그대로 방치해 둘 수도 없다. 안토니오의 번호를 서둘러 기억하고 핸드폰을 제자리에 놓는다. 잊을 수 없는 전화번호를 하나 얻은 셈인가. 필승은 숫자를 특히 잘 기억한다. 이과를 택하려고 했는데 어머니 때문에 문과를 택했고, 어머니 때문에 법대를 선택하였다. 안토니오란 놈이 누구인가? 최근의 미묘한 몇 가지 강애에게 드러난 변화는 안토니오 그 녀석과 관련이 있을 것이라는 확신이 든다. 생기가 도는 얼굴이었다가, 가라앉기도 하고 약간 들뜬 모습이었다가도 순간 우울모드에 젖은 그녀의 변화무쌍한 상태에 안토니오라는 남자가 있었다는 말인가. 그래서 그녀가 그에게 더 멀어지는 듯 가까이 다가오려는 듯했다는 말인가. 지금 이 순간, 강애가 한없이 먼 타인처럼 느껴진다. 그리고 가증스럽다. 강애만은 믿었다. 한 번도 그녀의 외도를 상상해본 적이 없다. 차라리 과소비를 해서 가산을 탕진하고, 알코올중독자가 된 아내라해도 지금의 이 참혹한 기분보다는 나을 것이다. 필승 자신의 인생이 링 위에서 KO패 당한 형국이다. 이렇게 보기 좋게 실패한 인생이 되어버리다니, 죽음이 개연성 없듯이 삶도 개연성이 없다. 세상일은 인과관계에 얽히고 얽힌 것이라지만 일이 벌어진 그 순간의 개연성은 아무 것도 없다. 그냥 벌어진 일이다. 필승이 물을 마시러 서재에서 거실로 나왔고, 핸드폰의 문자메시지 도착을 알리는 진동음은 울렸고 그는 강애의 핸드폰 비밀번호 패턴 'Z'를 열었다. 그리고 알게 되었다. 안토니오라는 이름을.

필승은 거실의 무릎담요를 들고 다시 서재로 들어간다. 서재에서 억지로라도 잠을 청해볼 작정이다. 안마의자를 눕힌다. 그 순간에도 안토니오라는 이름은 지워지지 않는다. 안.토.니.오.

필승이 안토니오라는 이름의 남자들을 떠올려본다. 안토니오라는 뉘앙스가 주는 클래식한 이미지를 이제 저주해야 하는가. 영화배우 겸 감독인 안토니오 반데라스, 가우디 성당을 짓기 시작했다는, 그래서 사생활이 곧 건축이었다는 안토니오 가우디, 일본 레슬링 선수 안토니오 이노키, 맨체스터 유나이티드의 축구선수 안토니오 발렌시아, 이탈리아 공산당 창설자로 알고 있는 안토니오 그람시, 음란 이모티콘으로 논란중인 카카오톡 안토니오, 그리고 도대체 어디서 굴러온 놈인지 모르는 강애의 안토니오. 안토니오…….

*

강애는 어젯밤 타이레놀을 먹고 잔 덕분인지 한결 가벼워진 몸으로 일찍 일어났다. 부엌으로 향한다. 양배추와 브로콜리와 당근, 그리고 토마토를 동량으로 삶아 만들어 놓은 해독주스에 사과와 바나나를 넣어 믹서기로 갈고 유리컵에 담아 식탁 위에 놓는다. 인절미를 프라이팬에 참기름을 두르고 구워낸다. 필승이 좋아하는 아침메뉴 중 하나이다. 노른자를 익히지 않은 프라이가 잘되었다. 한동안 조류인플루엔자 영향으로 달걀 값이 급등하여 미국산 달걀까지 수입되어서인지 계란이 귀하게 느껴진다. 요거트 제조기로 집에서 만든 요거트에 견과류를 섞어 아마씨 가루를 뿌렸다. 다른 날보다 신경을 많이 쓴 아침식사다.

아침이면 습관적으로 틀어놓는 텔레비전 뉴스채널 대신 오디오를 켜서 피아노곡 CD도 걸었다. 잔잔한 쇼팽곡이다.

샤워를 마치고 나온 필승은 식탁 위의 음식들을 보고는

앉지 않고 돌아선다. 강애가 괘씸하기까지 하다. '자신의 죄책감을 이런 식으로 탕감하고 싶은 것인가' 하는 생각이 들자 그 음식들을 강애에게 쏟아 붓고 싶다. 아니 입을 강제로 열어 꾸역꾸역 다 먹이고 싶다. 그녀가 차려놓은 식탁의 음식을 오늘은 손도 대지 않으리라 결심하고 돌아섰는데 강애 핸드폰이 울린다. 피아노 음악에 진동음 정도는 묻힐 법도 한데 피아노곡과 명확하게 구별되어 필승의 귀에 들린다. 강애는 못들은 것 같다. 필승은 거실 탁자위의 전화기를 가져다 강애에게 건넨다. 얼떨결에 전화기를 받아 들고 발신자를 확인할 겨를도 없이 전화를 받는다. 안토니오다. 아침 일찍 전화를 하다니 강애는 몹시 당황하고 있다.

"전화 잘못 거셨습니다."

영어가 들리는데 강애는 또렷한 한국말로 응대한다. 순발력 있는 강애가 필승은 얄밉기까지 한다. 그도 물러나지 않았다. 그녀가 당황하여 고통을 더 느끼게 해주고 싶다. 현관문을 열고 조간신문을 들고 와서는 식탁 앞에 앉는다. 신문을 보는 척하기 위해서는 식탁 위의 음식을 먹어야 할 한다. 해독주스를 입에 갖다 댄다. 상큼한 맛이 목구멍을 타고 들어오니 먹을 만하다. 처음에 해독주스가 유행일 때 강애가 야채만 삶아서 건너는 것을 마시기 힘들다고 했더니 바나나와 사과를 넣어 주었다. 지금 마시는 해독주스에는 독이든 사과가 들어 있다. 다시 그녀의 핸드폰 진동음이 울린다. 부르릉 울리는 진동음이 온 집안에 번진다. 강애는 받지 않았다. 필승은 신문에 눈을 주고 있다. 강애는 공연히 싱크대의 그릇들을 이리저리 옮기고 있다. 그릇들이 부딪치는 소리가 들린다. 전화기는 저 혼자 신음하다가 멈춘다. 그리고 쇼팽곡도 한 곡 끝났다. 다음 곡으로 넘어갈 준비를 하고 있다. 문자 수신음이 작게 들린다. 필승은 그 소리를 놓치지 않았다. 문자내용을 볼 수 없지만 수신음만 들어도 알 것 같은 예민한 동물적 감각의 촉이 선다. 강애의 촉도 마찬가지일 것이다. 필승은 쥐를 몰아 구석에서 떨게 하는 고양이가 된다. 강애 쥐가 바르르 떠는 것이 보인다. 바로 잡아먹고 싶지 않다. 더 많이 괴로워하고 더 많이 실달려야 한다. 인절미를 한 쪽 먹어본다. 참기름 냄새가 고소하게 밴 인절미의 끈적임이 필승의 입안에서 논다. 다시 해독주스를 들이켰다. 잔인한 운명의 독이 든 주스를 마셔서 필승의 상한 가슴을 해독시킨다. 아니 독성이 강한 맹독으로 스며든다. 출근만 아니면 이 자리에 오래 앉아 그녀를 고문하며 응징하고 싶다.

이쯤해서 필승과 강애의 보이지 않는 세계대전은 잠시

휴진에 들어간다. 필승의 전승이고 전패인 대전이다. 필승에게 승자와 패자의 입장이 함께 존재한다. 패자에 가깝다. 완패나 마찬가지인 승리를 맛본 필승은 서서히 일어난다.

강애는 필승을 출근시키고 동환을 학교에 보내고 난 뒤에도 한참 후에야 문자를 열어본다. 누구에게 온 문자인지 알고, 그 내용도 짐작이 가지만 가족이 있는 자리에서 열어볼 마음이 들지 않았다. 보지 않아야 한다고 생각하면서도 궁금해진다. 애써 시간을 늦춘다. 그렇게라도 해야 할 것 같아 설거지를 하고 청소기를 돌렸다. 쇼팽곡들은 진즉 끝이 났다.

'마지막으로 오늘 하루만 더 만나줘요. 오늘이 내 생일이에요. 다시는 당신 괴롭히지 않을게요. 플리즈!'

'약속할게요, 한 번만 더 만나주면 이제 연락하지 않을게요. 믿어주세요!'

'우리가 처음 만났던 그 장소에서 기다리고 있을게요. 올 때까지 기다릴래요.'

이렇게 간절한 안토니오의 메시지들이라니. 강애는 어떻게 해야 할지 갈등하면서도 샤워를 한다. 계속 나가야 하나 말아야 하나 결정을 짓지 못하면서도 거울 앞에 앉는다. 머리를 헤어롤로 만진다. 화장을 하면서 강애는 동환을 위해 문방구부터 들러야겠다고 생각한다. '안토니오 이

전에 동환이'라고 그녀는 주문처럼 외운다. 서재에 들어가 컴퓨터 앞에 앉는다. 아래한글을 연다. 오랜만에 찍는 워드여서인지, 불안한 심경의 발로인지 오타가 자주 찍혀진다. 워딩을 멈추고 연필꽂이에 있는 붓펜을 꺼낸다.

동네 문방구에 들렀다. 코팅을 하였다. 코팅한 종이를 서류봉투에 넣는다. 그리고 꽃가게에 들렀다. 생일축하 꽃이기도 하고 이별의 꽃이기도 하다. 꽃가게 주인에게 이별이라는 꽃말의 꽃이 무엇이냐고 물으려 하다가 부질없는 짓임을 이내 알아차렸다. 미안하다며 꽃을 사지 않고 그냥 나왔다. 그래 오늘 마지막으로 그를 만나는 것이다. 그러면 이제 '그리고 아무 일도 없었다'가 되는 것이다.

안토니오를 처음 만났던 김밥가게 유리창 안으로 그가 앉아 있다. 강애는 들어가자마자 부러 밝은 얼굴로 "해피버스데이!" 하였다. 씨익 웃는 안토니오의 얼굴과 함께 놀라서 입 벌리고 있는 여주인의 얼굴이 오버랩되어 강애의 시야에 들어온다. 안토니오는 아주머니를 향해 고개를 꾸벅 하고 강애의 손을 잡고 나와 버린다. 강애는 끌려 나오자마자 그의 손을 뿌리쳤다. 그러나 어디든 가야 했다. 동네에서 길 한 가운데 서 있을 수는 없다.

안토니오가 친구들이 강애를 기다리고 있다고 한다. 니

콜라스라는 친구집에서 자신을 위해 생일파티를 열어주는데 강애를 보고 싶어한다는 것이다. 낯선 사람들에게 가고 싶지 않다고 했으나 오늘 마지막 만남인데 자신의 소원이라며 보챈다. 마지막이라는 말에 마음이 약해지는 강애다. 지하철역을 향해 둘이 걷는다. 들뜬 안토니오는 외국인들이 'HBC'라고 부르는 곳이 어디인줄 아느냐고 묻는다. 잘 모르겠다는 강애에게 해방촌을 외국인들은 그렇게 부른다고 말해준다. 소년 같은 표정의 안토니오가 귀엽기도 하고 안쓰럽기도 하다. 강애는 어쩌다 자신같이 세련되지 못한 여자를 만나 이루어지지 못할 인연을 만드나 싶으니 측은지심까지 올라왔다. 강애 자신이 누구를 측은지심으로 볼 자격이 있나 싶다. 떠들어대는 안토니오를 가만히 보고 있는데 벌써 도착지라고 내리자 한다. 녹사평역이다. 역사를 출입하는데 안토니오는 교통카드를 대지 않고 강애 뒤에 바짝 붙어서 같이 통과하는 것이다. 이렇게 하면 아주 재미있다면서 말이다. 개구쟁이라고 생각하였다. 저 나이에 저럴 수 있는 악동 같은 이미지가 오히려 신선하다. 나쁜 짓을 같이 했을 때의 묘한 쾌감까지 일었다. 한 번도 상상해 보지 못한 일을 안토니오와 공범으로 하고 있는 일이 한두 가지가 아니다. 안토니오는 강애 손을 잡고 계단 한 구석으로 이끈다.

"강애, 오늘은 내 생일이고 당신을 마지막 만나는 날이에요. 날 좀 이해해줘요."(영어)

안토니오는 강애의 머리를 쓰다듬더니 안는다. 그녀는 그대로 있다. 불가항력적이다. 머리로는 밀어내고 싶은 상황인데 몸은 그대로 있고 싶어 한다.

"베이비, 헤이 베이비!"

강애의 몸을 더듬는 안토니오의 손은 강애의 핸드백으로 다가간다.

"안토니오, 노우 플리즈!"

그의 미세한 손놀림까지는 알 턱이 없는 그녀는 자신의 감정을 수습하기 위해 몸을 빼려하지만 안토니오는 완강하다. 셀카를 찍기까지 한다. 지나가는 사람들의 표정에 거부감이 가득하다.

"오케이, 잠깐만 아주 잠깐만. 당신 몸은 매우 아름다워!"(영어)

안토니오는 계속해서 강애를 풀어주지 않은 채 포옹과 동시에 핸드백을 더듬는다. 달아오르는 몸을 겨우 수습하고 그녀는 먼저 계단을 오른다. 안토니오도 따라서 지상의 인도로 올라온다.

"내 친구들이 서프라이징쇼를 준비하고 기다리고 있어요."(영어)

안도니오는 익숙하게 택시를 잡는다.

"해방촌, 해방촌!"

강애는 그런 안토니오를 본다. 갑자기 그가 낯설다. 택시를 잡던 안토니오가 재빨리 그녀의 볼에 뽀뽀하며 셀카를 찍는다. 택시를 잡자마자 뒷좌석 안으로 강애를 밀어넣다시피 한다. 택시기사는 백미러로 보면서 못마땅한 눈치다. 강애는 오늘이 마지막이라면 모든 것이 용납될 것만 같다. 스스로에게뿐 아니라 신에게까지. 신도 최후의 만찬은 용서하리라.

"당신은 정말 내가 만난 여자 중에서 가장 특별한 여자예요."(영어)

강애는 과장된 어조로 답한다.

"생큐 베리 마치!"

택시가 경사진 골목을 오르고 있다.

"여기서 왼쪽!"

안토니오의 또렷한 한국말에 강애는 크게 놀란다. 저렇게 한국말을 잘하는 사람이었다니. 그동안 거의 영어로 말해서 그녀는 서투른 영어로 답하느라 진땀을 뺐는데 정작 안토니오의 한국어 실력은 수준급으로 우리말로 소통했어도 전혀 문제가 될 것 같지 않다. 왜 그동안 한국말 잘하는 것을 숨겼냐고 묻고 싶다.

"내 친구 집은 1년에 3000달러에 렌트한 집이에요."(영어)

택시가 좌회전을 했는데 경사 급한 좁은 골목에서 다른 차가 내려오고 있다. 택시기사는 그냥 여기서 내리면 안 되겠냐고 한다. 안토니오는 다시 또렷한 한국말로 거절하였다.

"직진해주세요!"

택시기사는 툴툴거리며 차를 옆으로 간신히 뺐다가 경사진 골목을 오른다. 고만고만한 집들이 있는 골목어귀에서 내린 안토니오는 앞장을 서더니 바로 나 있는 조악한 현관문에 열쇠를 꼽는다. 창틀에 있는 우편물을 거둔다.

"여기가 친구집이에요?"

안토니오는 대답 대신 손가락을 입에 갖다 대며 쉿! 하는 제스처를 쓴다.

원룸 형태의 초라하고 좁은 집이다.

구석에는 구형 텔레비전이 자리하고 있다. 안토니오는 강애가 들어서자마자 보조잠금 장치를 돌려 문을 잠근다. 강애는 뭔가 이상하다는 생각과 동시에 겁이 났다. 이제 안토니오에게 영어로 애써 말할 필요도 없다.

"친구들은 어디 있어요?"

"곧 올 거예요. 편하게 있어요."

안토니오는 텔레비전을 켜고 볼륨을 크게 한다. 겁먹은 표정으로 두리번거리는 강애의 재킷을 벗기고 몸을 더듬는다. 강애는 완강하게 거부하며 나가려 한다.

"니 몸은 아주 좋아, 넌 특별해!"

안토니오가 완력으로 강애를 침대에 눕힌다. 싸구려 침대의 스프링은 삐걱대고 출렁인다. 이제야 상황파악이 되는 그녀는 결사적으로 안토니오를 벗어나려고 애를 쓴다.

"안돼요 제발! 안토니오, 우린 친구잖아요."

"알아요 오케이, 당신 지금 행복해요? 즐겨요. 내가 해피하게 해줄게."

"안돼요 안토니오 난 결혼했고 아이도 있어요."

"너도 날 원하잖아. 그래서 나랑 다녔잖아."

강애는 절규한다.

"노우, 나 당신 원하지 않아요."

안토니오 역시 소리를 지르며 "스탑 잇! 스탑 잇!"을 연발한다.

강애의 저항에 아랑곳하지 않고 안토니오는 핸드폰 카메라 셔터를 눌러댄다.

"내가 아까 베이비라고 했을 때 오케이 했잖아."

"베이비 나 그 뜻 몰라요 안토니오 제발! 난 당신이 굿맨이라고 믿어요 플리즈!"

강애가 발버둥치는 사이에 안토니오의 핸드폰이 침대 밑으로 떨어진다.

"갓뎀, 씨발!"

안토니오는 머리를 숙여 핸드폰을 찾는다. 그 사이 강애는 자신의 핸드백에서 은장도를 꺼낸다. 공예가인 희경의 여동생이 하는 전시회에 갔었다. 뭔가 한 작품 사주어야 했고 마땅한 것이 없어서 칠보공예로 된 은장도를 사서 그냥 재미로 핸드백에 넣고 다녔다. 뭐 하러 가지고 다니냐는 희경의 말에 '과일이라도 깎아 먹을 일 있을까봐서'라고 농담했던 은장도가 떠올랐다. 칼집에서 은장도를 꺼내어 머리를 든 안토니오를 향해 소리쳤다.

"내보내주지 않으면 아이 윌 킬 마이셀프! 킬 마이셀프!"

안토니오는 당황하여 "스탑 잇! 스탑 잇!" 소리만 계속해댄다.

강애는 은장도의 칼날 방향을 자신의 목 가까이에 댄다. 안토니오는 어쩔 줄 몰라 한다. 그녀는 현관문 쪽으로 나간다.

"오픈 더 도어, 오픈 더 도어!"

당황한 기색이 역력한 안토니오가 문의 잠금장치를 풀자말자 강애는 은장도를 던지고 재빨리 핸드백을 챙겨 뛰어나간다. 정신없이 골목을 달려 내려와 택시를 잡아탄다.

"방배동, 방배동으로 가주세요!"

울음이 나오는 것을 애써 참으며 핸드백 속의 지갑을 찾는데 보이지 않는다. 그 때야 감이 왔다. 전철역사에서 몸을 더듬던 안토니오의 손짓과 핸드백에 뭔가 걸렸던 느낌. 이런 것이었구나. 택시 좌석이 한없이 가라앉는다. 눈물이 핑 돈다. 희경에게 택시비를 가지고 나와 달라고 연락을 하였다.

슬리퍼 차림으로 급히 나온 희경은 사색이 되어 있는 강애를 보고는 놀라서 뭔가 말하려다 이내 입을 다문다. 택시에서 내릴 때 거의 실신지경으로 몸을 가누지 못한 그녀를 희경이 부축했다. 집에 도착하자마자 소파에 쓰러져 조용히 눈물만 흘리는 강애에게 담요를 덮어준 희경은 식탁에 앉아 그녀가 진정될 때까지 기다렸다. 눈물도 말이라고 하였다. 희경은 그녀의 눈물의 말을 듣고 있다. 시간이 얼마나 흘렀을까. 강애는 소파에서 느릿한 몸짓으로 일어났다. 희경이 커피를 건넨다. 뜨거운 커피를 한 모금 마시고나니 비로소 자신의 집에 온 안도감이 실감난다. 악마 같은 커피가 주는 안온함이다.

"지갑을 잃어버렸어!"

"신용카드 분실신고는 했고?"

"아니……."

"그것부터 해야지. 카드회사가 어디니?"

희경이 강애를 대신하여 두 군데 은행에 신용카드 분실 신고를 해주었다. 강애는 씻고 싶어진다. 온몸에 거머리가 달라붙은 듯하다. 눈에는 갑자기 비문증이 인다. 왼쪽 눈에 검은 실오라기 물체가 어른거린다. 희경에게 좀 씻겠다고 가달라고 했다. 희경은 찬이와 놀고 있는 동환을 오늘 저녁 데리고 자겠다고 하며 조용히 문을 닫고 나간다. 뜨거운 물줄기를 온몸으로 맞는다. 강애의 피부에 점점이 박혀 따끔거린다. 온수가 분명한데 오한이 든다. 비누칠을 도저히 못하겠다. 갑자기 안토니오의 느끼한 미소가 떠오르는 순간 샤워젤을 타월에 듬뿍 묻혀 박박 문지른다. 뜨거운 물줄기로 온몸이 붉다.

*

필승은 정훈을 다시 만났다. 의뢰인이 아닌 친구관계가 된 사이로 한층 가까워졌다.

부인과 이혼재판에서 승소한 후 정훈은 삶의 무게가 가벼워졌다고 한다. 경찰신분으로 이혼을 하였으니 승진에 지장이 있을 것이지만 이제 자신은 타인의 시선으로 살지 않고 온전히 자신으로만 살겠다고 말한다. 그에게서 필승은 고통 후의 에너지가 힘을 발휘하는 지점에 있음을 느낀다. 그가 부럽다. 정훈에게 고통은 동굴이 아니라 터널이어서 통과가 된 모양이다. 필승의 고통은 동굴인지 터널인지 모르겠다. 육체로 인해 영혼이 바스러지는 경험을 하고 있는 중이다. 바스러져가는 영혼이 육체에 매달려 있는 꼴이란 결코 아름답지 않다. 그러나 그 영혼마저도 불쑥불쑥 뿔이 나는 것을 느낀다. 뿔이 난 필승의 영혼이 정훈에게 도움을 요청한다.

"개인적인 부탁을 하나 해도 될까요?"

"물론입니다. 박 변호사님 부탁이라면 무엇이든 최선을 다해야지요."

"외국인인데 신상정보를 좀 알아봐줘요."

"밀입국자가 아니면 가능할 겁니다. 왜 그러시는데요?"

"이유는 묻지 말아줘요."

필승은 정훈에게 안토니오 이름과 전화번호가 적힌 메모지를 건넨다.

정훈은 필승에게 더 이상 묻지 않기로 한다. 필승이 로펌 직원을 통해서 또는 법원의 아는 사람을 통해서 처리할 수 있는 일을 그에게 부탁함이 무슨 사연이 있다 싶다. 드러내놓고 알아볼 수 없다면 치정에 얽힌 일일 확률이 높다. 직업

적 육감이다. 그렇다면 필승의 부인과 관련된 일이고 상대는 외국인이다. 생각할수록 호기심이 발동하는 일이다.

*

강애가 지하철에서 지갑을 소매치기 당했다고 한다. 필승은 어디를 가다가 그런 일을 당했냐고 묻지 않았다. 사람 안 다쳤으면 다행이라고 말해버리고 준비할 송사가 있어서 서재에 오래 머물 것 같으니 먼저 자라고 했다. 강애는 신용카드 분실신고는 했고, 현금은 많지 않았다고 작은 목소리로 필승의 뒤통수에 대고 말했다.

필승이 서재로 들어가는 일은 다른 세상으로 이동하는 일이다. 한 공간에 있지만 다른 공간에 있는 일이다. 자의적인 고독의 공간이다. 강애와 단절될 수 있는 공간이다. 천국과 지옥을 동시에 체험하는 곳이다. 그의 정체성은 서재에서와 서재 밖, 두 곳에서 전혀 다르게 존재할 수 있다. 두 세계가 그에게 있는 셈이다. 온전히 혼자가 되고 싶은 지금이다. 뿔이 난 영혼을 다스리는 데 서재만한 곳이 없다. 철학의 부재가 자신을 초라하게 만든다고 생각되어 아무 책이나 집어 들고 읽게 되는 곳이기도 하다. 한때 문학

정년으로 인문대에 가고 싶었던 그가 정작 이루고 싶은 소망은 법과 문학을 합한 법문학을 통해 법적 정의의 실현가능성을 모색하는 것이었다. 그런데 이혼전담 변호사가 되어 많은 사람들의 이혼소송에 승소를 목표로 무차별 폭격을 가하는 무력진압자로 살고 있다.

필승은 안마의자에 몸을 누인다. 강애가 지갑을 잃었다면 속상했을 텐데 위로를 제대로 해주지 않은 미안함이 밀려온다. 지갑을 잃은 그녀가 짜증을 냈다면 위로의 말을 해주었을 것이다. 그런데 강애는 당당하지 못하고 죄지은 사람처럼 말했다. 무언가 있다. 그녀가 지갑을 잃은 사실에 단순실수가 아니고 떳떳하지 못한 사연이 있는 것이 확실하다. 필승은 자신의 예감에 맥이 풀린다. 또 무엇으로 강애는 거짓을 말하고 괴로워할 것인가. 그녀의 죄목은 무엇이란 말인가.

*

뜻밖에 정훈에게 일찍 연락이 왔다. 안토니오의 신분이 현재 불법체류자 신분이고 범죄에 연루된 냄새가 난다는 것이다. 산업연수생으로 들어와 여기저기 공장을 전전하다가 비자가 만료되었는데 사라져버렸다는 것이다. 필승은 정훈에게 사적인 장소에서 안토니오를 만나게 해줄 수 있냐고 물었다. 현재 떳떳하지 못한 신분이니 가능하다고 정훈이 답한다. 떳떳하지 못한 놈에게 떳떳하지 않은 구인은 별로 문제될 것이 없다는 뜻이다. 그 놈의 얼굴을 똑똑히 보리라. 강애를 설레게 하고 웃고 울게 했을 그 놈의 대가리를 움켜쥐고 찬찬히 노려보리라. 그 놈의 눈 속에 있을 강애의 흔적을 빼앗아 오리라. 할 수 있다면 눈알이라도 뽑고 싶다. 그리고 시시포스의 바위를 굴리게 하리라. 굴리면 떨어지고 굴리면 떨어져서 영원히 굴려야 하는 고통의 운명 속으로 그를 몰아넣을 수만 있다면 악마와 손을 잡겠다. 그 대가로 악마는 필승에게 무엇을 요구할 것인가. 목숨이 아니면 다 줄 수 있다. 목숨을 잃으면 안토니오와 강애에게 복수를 하지 못하니 목숨을 담보로 하는 일은 없을 것이다. 비장해지니 필승은 전소되었던 에너지가 불끈 솟는다. 시간을 끌 이유가 없다.

통화기록을 통해 안토니오의 은신처를 알아냈다니 당장 쳐들어가기로 하였다. 이제부터 안토니오에게 필승과 정훈은 둘 다 대한민국 경찰인 것이다.

어두워진 시각이지만 오정훈 형사와 가짜 경찰 필승은 안토니오의 해방촌 집을 덮치기로 했다. 베테랑 형사에게 이름과 국적과 핸드폰번호가 있는 사람을 찾아내기는 그리 어렵지 않은 일이었다. 차명폰을 쓰지 않아서 더 쉬웠다.

정훈이 초인종도 없는 문을 급박하게 두드려대지 않고 프로다운 면모를 보인다. 조악한 문을 두 번 두드렸다. 안에서 누구냐고 묻는 소리가 들린다. 정훈은 옆집에 이사를 왔는데 작은 선물 하나 받으시라고 침착하게 대응한다. 안에서 잠금장치를 푸는 소리가 들렸다. 문이 열림과 동시에 정훈이 그 문을 박차고 들어가 권총을 겨누고 경찰신분증을 제시한 뒤 안토니오에게 수갑을 채운다. 순식간에 일어난 일이라 정작 필승은 집안으로 들어가지 못한 채 엉거주춤 서 있다. 수갑을 채워 결박하고 무릎을 꿇린 안토니오를 보고서야 필승이 문 안으로 들어갔다. 정훈은 의뢰인으로 필승을 만날 때와는 전혀 다른 모습으로 안토니오를 다룬다.

“안토니오 로이, 다 알고 있어. 산업연수생으로 들어와 지금 불법체류자지? 뉴욕에서 왔고 그릭스페니쉬라고 사기 치고 다니는 이 사기꾼 양아치야!”

“한국사람들 동남아 사람이라면 무시하고 유럽인이라면 그리고 영어 쓰면 좋게 보고 그러잖아요?”

안토니오는 저항하지 않으면서 또박또박 자신의 주장을 펼치는 담대함까지 지녔다.

"얼마나 나쁜 조건에서, 얼마나 나쁜 시설에서 일하는지 알아요? 나쁜 사장님 월급도 안주고 밥도 잘 못 먹는 거 알아요? 한국 사람들, 머리카락 노란 서양 사람들한테 머리 숙이면서 왜 같은 아시아 사람들 무시해요?"

필승은 '똑똑한 놈이군. 그릭스페니쉬, 참 낭만적인 출신 성분으로 위장하고 다녔구나'라는 생각이 들었다. 가짜 경찰인 필승도 멱살을 잡고 싶지만 진짜 경찰 정훈 앞에서 최대한 냉정을 찾고 있다.

"이 자식 한국 여자 유혹하고 다녔지? 돈 뜯어내고 섹스도 하고 그런 거야 너?"

"한국 여자들 영어 쓰는 남자 좋아하고 유명 메이커 옷 입은 남자 좋아해요. 미국 대학 나온 부자라면 좋아해요. 공장에서 일한다면 다 무시해요."

필승은 그래서 가정이 있는 유부녀도 유혹해서 어디까지 갔냐고 묻고 싶었지만 정훈 앞에서 최소한의 자존심은 지키고 싶어서 꾹 참고 있다. 집안을 둘러본다. 섬광처럼 들어오는 글씨가 바닥에 누워 있다. 박동환.

바닥에 널려 있는 코팅지를 들어서 본다. 붓펜으로 써진 두 장의 종이에 강애의 글씨가 틀림없다. 강애는 한때 문인화를 배웠다. 그림을 그리고 글씨를 쓰고, 그림의 이미지에 맞는 글도 지어야 하는 문인화는 멀티플레이어가 되어야 하는데 자기는 별로 소질이 없는 것 같다며 중도에 포기하였다.

〈상장. 무지개초등학교 1학년 3반 박동환. 위 어린이는 경필대회에서 글씨를 바르고 깨끗하게 써서 다른 어린이들의 모범이 되었기에 상장을 수여합니다. 엄마, 이강애〉

〈상장. 무지개초등학교 1학년 3반 박동환. 위 어린이는 줄넘기 대회에서 최고 실력을 발휘하고 건강하게 잘 자라고 있어서 이 상장을 줍니다. 엄마, 이강애〉

"이 개자식!"

필승이 안토니오의 멱살을 잡아 이글거리는 눈으로 노려본다. 주먹을 안토니오의 뺨에 가져가는데 정훈이 막는다.

"안 됩니다. 참으십시오. 상처라도 나면 이 놈이 고소합니다."

정훈의 만류로 필승이 안토니오를 자신의 몸에서 떼어놓는데 시선이 탁자 위에 놓인 강애의 지갑으로 꽂혔다. 일본 출장 스케줄이 있었을 때 강애와 호텔면세점에 같이 가서 고른 보테가 베네타 지갑이다. 명품브랜드에 익숙하지 않은 필승이지만 강애에게 '웬 가마니 짠 것 같은 가죽지갑이 명품이야?'라고 했던 말이 생각났다. 강애의 것이 분명한 베이지색의 여성용 지갑이 탁자 위에 있는 것이다. 지갑을 낚아채듯 들어서 안을 들여다보니 현금은 없고 신용카드들이 꽂혀 있고 운전면허증이 나온다. 이강애 운전면허증이다. 필승은 다시 안토니오의 멱살을 잡는다.

"이 개자식, 이 벌레만도 못한 자식!"

상황을 짐작한 정훈은 말리지 않는다. 필승은 주먹 대신 안토니오의 뺨을 두 차례 때린다.

"너 이강애 어떻게 한 거야? 바른대로 말 못해? 여기 데려와서 어떻게 한 거야?"

"강애? 오 그 바보 같은 아줌마. 다른 여자와 달랐어요. 너무 순진해서 재미없어요. 지갑 훔치고 섹스해도 사진 찍으면 아무도 신고하지 않았어요. 근데 강애는 너무너무 거절했어요. 칼까지 들이댔어요. 무서운 여자예요. 강애 알아요? 혹시 허즈번드?"

이번에는 정훈이 안토니오의 머리통을 때린다.

"야이 자식아, 헛소리 말고 경찰서로 모실 테니 변호사를 부르던지 말든지 맘대로 해."

"나 추방되는 거예요? 변호사 돈 없는데? 강애 남편 변호사라고 했는데."

정훈은 안토니오의 가슴을 발로 퍽 찼다. 수갑을 찬 채 뒤로 나자빠지는 모습이 양발을 벌리고 노는 해피베이비 포즈가 된다.

필승은 강애의 지갑과 동환의 상장을 들고 서 있다. 정훈이 경찰차를 불렀다. 그리고 필승에게는 택시를 타고 귀가하라고 했다. 경광음이 울려 퍼진다. 필승은 안토니오의 집을 나온다. 그의 등 뒤에 대고 안토니오가 소리를 지른다.

"지갑 훔친 것은 사과할게요. 부인은 아름답고 특별한 여자예요. 사랑해주세요."

순간, 필승은 아폴론과 칼리오페 사이에서 태어난 오르페우스가 된다. 숲의 요정인 에우리디케와의 사랑은 오래가지 못하였다. 아리스타이오스가 그녀의 미모에 반하여 덮쳤고, 그녀는 도망쳤다. 오르페우스는 덤불 속에서 독사에게 발목이 물려 죽은 자신의 아내, 에우리디케를 되돌리고자 저승세계로 간다. 노래와 연주로 하데스를 감동시키고 아내를 찾아 돌아오는 동안 지상의 빛을 보기 전까지 절대로 돌아보지 말라는 부탁을 받았다. 그러나 오르페우스는 돌아보게 되고 돌이 된다. 필승이 소리 나는 쪽으로 몸을 돌린 순간 모든 것이 정지된 채 하얗다. 정훈이 안토니오의 입을 틀어막고 있다. 손짓으로 필승더러 가던 길을 가라고 한다. 에우리디케를 데리고 오지 못한 오르페우스가 되어 필승이 터벅터벅 골목을 걸어 내려온다. 비탄에 젖어 살다가 비참하게 죽은 오르페우스의 운명이 자신에게 스며들 것인지, 다시 에우리디케를 데리고 나오기 위해 저

승세계에 재도전할 것인지 결정해야 한다. 택시를 잡을 생각을 하지 않고 필승은 캄캄한 길을 걷는다. 모든 길은 통한다. 이렇게 걷다보면 로마까지 갈 수 있을까.

청춘! 필승

*

왜목마을에 일몰이 인다. 수평선 위로 떠 있는 해가 온몸을 태우며 가라앉고 있다. 바다 속으로 긴 그림자가 커져간다. 붉은 기운이 하늘과 바다를 물들이고 있고 간간히 갈매기가 날고 있다. 절정을 이룬 후 낙조는 검은 저녁에 묻힐 것이다. 한적한 어촌 풍경과 함께 소품처럼 두 점으로 서 있는 필승과 인호는 나란히 망연한 시선으로 바다를 향해 있다.

"여기 왜목마을, 일출과 일몰을 함께 볼 수 있는 곳이죠. 동해안은 장엄하고 화려한데 여긴 소박하고 따스해서, 그래서 좋다고…… 그래서 또 와보고 싶다고 그랬어요."

"이인호, 떠나기 전에 부탁 하나 더 들어주게!"

"네 말씀하세요, 선배님."

필승은 말 대신 인호의 가슴을 향하여 훅을 날린다. 기습공격을 당한 인호는 순간 방어적으로 숙여진 얼굴 방향 그대로인 채 자신의 손으로 가슴을 감싼다. 둘 다 말이 없다. 필승이 아무 일 없었다는 듯 붉어진 노을바다를 바라본다. 다시 퍽! 이번에는 인호가 필승을 향해 주먹을 날렸다. 필승이 휘청한다. 모래들 사이로 두 발이 제멋대로다.

"선배님, 이건 내 사랑의 부재에 대한 대가입니다."

필승 역시 기꺼이 맞아준다. 말없이 고개를 끄덕임으로 인호의 반격을 용납한다.

두 남자와 한 여자의 갈고 닦여진 애증의 세월이 주먹으로 오간다. 악의 없는 주먹세례로.

필승, 바다를 향해 두 팔을 벌리는가 싶더니 벌떡 눕는다. 바다는 바다빛이고 하늘은 하늘빛이다. 인호도 옆으로 따라 눕는다. 얼마 만에 맛보는 휴식인가 싶다. 휴식 같은 잠을 자고 싶다. 남의 나라에서 자는 잠은 주인의 잠이 아니다. 손님의 잠이다.

운명인지 자유의지인지 모를 선택이었다. 그리고 그 선택 후 이방인으로 살았다. 돌아갈 곳이 있는 이방인. 그것이 이방인의 운명이다. 그 돌아갈 곳을 꿈꾸며 오늘 하루만 잘 살기루 다짐하고 또 다짐했던 시간들이 이 순간 서럽게 다가온다. 인호는 꿈속에서도 잊은 적이 없었던 추억과 인연의 장소 왜목마을에 그 곡진했던 인연의 끝을 훼방했던 남자, 필승과 나란히 누워 있다. 이대로 사라질 수 있다면 축복이다. 비행기를 타지 않아도 되고 깃들 곳에 깃든 한 마리 새로 남는 것이다. 너무 잦은 날갯짓으로 일찍 죽는다는 허니버드가 아니라 바람과 하늘에 몸을 맡기고 남극과 북극을 자유롭게 오간다는 알바트로스가 되는 것이다. 가장 위대한 바보새로 남고 싶다. 눈을 감는다. 고요다. 필승도 이미 눈을 감고 있다. 대자연의 숨결이 느껴진다. 그것은 침묵하는 자연이다. 서늘해져온다. 모래 위의 등에서 바람이 빠져 나간다. 몸이 모래사장을 뚫고 가라앉고 있다.

*

정숙은 심란하면 습관적으로 청소를 한다. 마른 수건으로 집의 크고 작은 가구들부터 닦는다. 원두커피 찌꺼기를 모아놓았다가 목재가구에 뿌리고 닦아낸다. 그리고 청소기를 돌린다. 마지막으로 젖은 걸레로 바닥을 닦는다. 대걸레는 쓰지 않는다. 무릎을 꿇고 손으로 작은 걸레를 문질러가며 바닥을 닦아야 제대로 청소하는 기분이 든다. 후련해진다. 그런데도 인호 생각을 접지 못하고 있다. 그를 생각하는 일은 그녀의 처지로 이제는 사념이다. 고개를 저으며 스스로에게 다짐해본다. 걸레에 힘을 준다. 걸레가 움직일 때마다 자신의 사특한 생각을 닦는다. 그러나 인력으로 되지 않은 것이 인간 감정의 진폭 아닌가. 걸레질을 하다가 내던지고 컴퓨터 모니터 앞에 앉는다. 컴퓨터를 켠다. 부팅되는 시간이 길게 느껴진다. 청소기를 돌릴 때의 소음보다 더 크게 들린다. 이런 시간을 기다리는 일이 싫어졌다. 아날로그 시대를 넘고 디지털과 모바일 시대를 지나 유비쿼터스 시대라면서도 컴퓨터 부팅 시간은 왜 이렇게 오래 걸리는지 불만이다. 버튼을 누르자마자 순식간에 바로 인터넷과 연결되면 좋겠다. 정숙의 오른손은 마우스에 가 있다. 영혼의 가장 깊은 곳에서 갈망하는 지점에 정숙의 손이 가 있다. 지금 당장 그녀는 그를 만나야만 한다. 사이버 상에서만이라도. 일방적으로 만이라도.

홈페이지 대문이 뜬다. 브루흐의 '콜 니드라이(신의 날)' 음악이 흐른다. '캐나다 속의 한국입니다. 편히 쉬어가소서!' 타이틀과 함께. 이 곡을 처음 들었던 날의 전율을 잊을 수 없다. 대학생이 되어 찾았던 고전음악감상실 '베토벤'에서였다. 어두운 조명 아래 깊은 소파에 묻혀 비장하고 장엄한 선율로 시작되는 첼로 협주곡으로 들었다. 누구의 연주였는지는 모르겠다. 그때부터 첼로가 좋았다. 자클린 뒤프레도 좋아하게 되었다.

브루흐는 '콜 니드라이' 때문에 유대인으로 의심받아 그가 죽은 후 가족들이 나치에 의해 많은 고초를 겪었다. '히브리 선율에 의한 첼로, 관현악, 하프를 위한 아다지오, 작품 47'이라는 부제는 유대인이 아닌 그를 유대인으로 충분히 착각하게 만들었을 것이란 생각은 정숙이 이 곡을 여러 번 듣고 정리한 사실이다. 정확히는 인호가 클래식을 좋아한다고 해서 그녀 또한 열심히 클래식과 가까워지려고 노력하며 키워온 결과인 셈이다. 이런 단순한 오해의 결과가 비극을 초래하였다니 '신의 날'은 아직 도래하지 않았다는 말인가. 풍부한 변주를 마지막으로 쓸쓸하게 곡이 끝나간다.

홈페이지의 방 이름은 이민자답다. '된장찌개' 섹션을 클릭하면 '된장찌개'라는 제목의 글이 나온다. '나도 다 먹고 살려고 이렇게 멀리 타관 객지에 나와 일하고 있는데…… 가끔은 된장찌개 한 뚝배기에 정성을 들인다. 된장찌개 맛은 된장 맛이다. 뚝배기에 들기름과 올리브유를 섞어 두르고…….'

그리고 '이민 전', '이민 후' 등의 섹션들이 준비되어 있다. 자유게시판을 클릭해본다. '孤山 윤선도 오죽이나 외로웠으면 孤山인가. 임금을 그리며 유배지에 북향으로 낙선재를 지었으며 그곳에서 세상을 마칩니다. 풍광 좋은 보길도는 신선놀음하는 유배지였습니까? 귀양살이 이민은 선군에 따른 유배지입니까?'

인호는 자신의 이민생활을 광야에서의 연단쯤으로 여기고 있나보다. 정숙이 그의 홈페이지를 처음 발견한 날을 잊지 못한다. 가끔씩 '이인호'라는 이름을 검색어에 찍다가 멈추었는데 그 날은 정말로 검색을 제대로 해보고 싶어졌다. 그의 홈페이지를 찾아내고는 삼일동안 먹지도 자지도 못하고 울기만 하였다. 정숙의 딸 현정이가 걱정할 정도였다. 정신지체장애를 가진 현정은 무엇이든 자기중심으로 세상이 돌아가는 줄 알아서 남의 감정에 대응할 마음의 여유가 없다. 그런 현정이 그렇게 컴퓨터 공부 열심히 하다가 엄마 죽으면 어떡하냐고 걱정을 했었다.

일련번호가 1000번이 넘는 게시판 글들을 읽어내려 갔는데 그녀만이 알 수 있는 글과 음악이 있었다. '그때 그 피아노곡이 흐릅니다. 은파.' 와이먼의 피아노곡 '은파'가 정숙의 가슴을 친다. 정숙이 여고 때 카세트테이프에 녹음을 해서 인호에게 건네주었던 피아노 연주곡이다.

정숙은 음대에 가려다가 포기하고 특수교육학을 전공하였다. 순전히 인호가 편지에 고백한 내용 때문이었다. 그의 남동생이 자폐아라는 사실에 그녀는 무조건 전공을 바꾸었다. 인호의 동생을 위해 무엇인가 도움이 되고 싶은 생각뿐이었다. 그런데 지금 정숙에게는 정신지체장애인, 딸 현정이 있다.

모니터 앞에 한참을 앉아 있던 정숙, 두통이 밀려온다. 최근 들어 머리가 자주 아프다. 가끔씩 앓았던 편두통과 다르다. 이마를 감싸고 침침한 눈을 깜박여본다. 코에서 뭔가 흘러나오는 느낌이 들어 고개를 들고 책상 위의 티슈를 뽑아서 코에 대니 코피가 묻어나온다. 어느 틈에 필승이 귀가하여 그녀의 뒤에 서 있다.

"자알한다~ 남편이 들어오는지 나가는지 안중에도 없고 그놈의 컴퓨터만 죽어라 보고 있냐? 늦게 배운 도둑이 부뚜막에 먼저 오른다더니 아주 컴퓨터 속으로 들어가지 그래?"

정숙은 허둥지둥 인호의 홈페이지부터 닫는다.

"웬일로 일찍이네요? 밥 없는데…… 우리도 피자 같은 거 한 번 시켜 먹어봅시다."

"밀가루음식 먹으면 나 소화 안 되는 거 몰라?"

필승은 획 돌아서 방문을 세게 닫고 나가버린다.

정숙은 에라 모르겠다는 심정으로 걸레를 바닥에 내던져버린다. 두통을 달래본다. 바늘로 쑤시는 것처럼 쪼여드는 통증이 좀 가라앉는다. 통증이 가시니 정숙은 잠시 토론토 공항에 서 있는 자신을 상상해본다. 저만치 중년의 인호가 서 있다. 정숙이 다가가는 순간, 그리고 인호와 눈이 마주치는 거기까지만 상상하기로 한다. '거기까지만!' 혼잣말로 중얼거려본다. 생각의 덫에 빠지기가 두렵다. 실천하지 못하는 생각을 거듭하다보면 정말 실천하게 될지도 모른다. 인호의 홈페이지 외에 요즘 그녀가 자주 클릭하고 검색하는 사이트는 항공권 구입이다. 매일 토론토행 비행기에 오른다. 매일 토론토 공항에서 그녀는 인호를 만난다. 거기까지만!

정숙이 부엌으로 나와 부지런히 식사 준비를 한다. 컴퓨터 앞에서 다른 남자를 그리워하는 그녀가 아니라 가족만 살피는 전업주부로 돌아왔다. 정숙이 못마땅한 필승은 소파에 깊숙이 몸을 기대고 앉아 텔레비전 리모컨만 움직이고 있다.

"현정이, 영신이가 피아노 가르쳐 본다고 데려갔어요."

"걔가 피아노 배워서 엇다 써먹어? 엄마란 사람이나 그

친구나 생각하는 것이라고는……."

정숙은 갑자기 뛰쳐나오듯 부엌에서 잰걸음으로 필승 앞으로 걸어 나와 쏟아 붓는다.

"현정이가 남의 자식이에요? 당신이라는 사람, 도대체 현정이가 스물 되도록 따듯하게 대해 본 적 있어? 걔가 모자라도 생각까지 없는 줄 알아요? 아빠 준다고 색종이로 꽃 만들고 또 만들고 당신, 나한테 현정이한테 그러면 안 되는 사람이에요."

그러면서 거실 한 켠에 놓인 종이꽃들을 들어 보인다.

"뭐 그러면 안되는 사람? 이제 막가자 이거냐?"

"당신이라는 사람 정말…… 관둬요!"

정숙이 다시 부엌으로 돌아가 냉장고 문을 여는데 구토 증세가 난다. 화장실로 급히 향한다. 현기증으로 화장실 앞 바닥에 고꾸라진다. 필승은 벌떡 일어나 "현정엄마!"하고 외마디 소리를 한다. 급히 다가가는데 "괜찮아요." 한다.

의식을 잃지는 않았다. 화장실 앞에 놓인 작은 카페트 위에 쓰러져 있는 정숙의 모습이 안쓰럽다. 필승은 그녀를 안으려니 공연히 쑥스럽다. 이런 위급한 상황에도 망설여지는 자신이 마뜩잖다. 그 때 현관벨 소리가 난다. 정숙의 친구 영신과 현정이다.

영신이 재빨리 정숙을 안방 요 위에 눕힌다. 필승은 걱정스럽게 바라보는 영신에게 그녀를 맡겨두고 컴퓨터가 있는 서재로 들어가 버린다. 현정은 천진난만한 미소를 짓고 정숙을 바라보고 있다.

"우리 엄마 잠자는 숲속의 공주다. 맞지 이모~"

그 소리에 정숙은 눈을 뜨고 현정이 손부터 잡는다. 영신은 정숙의 팔을 잡는다.

"어떻게 된 거야? 병원 안 가도 되겠어? 넘어지고 잠깐 정신 놓았던 거 기억 나?"

"괜찮아. 두통이 좀 있네 나른하고 어지러운 정도야."

"며칠 전부터 너 계속 컨디션 안 좋았잖아. 병원 가보자. 현정 아버지도 식겁한 눈치야."

"그 사람 내가 나가 죽어도 눈 하나 깜짝 안할 위인이야. 얼마나 모진 사람인데, 기차 화통을 삶아 먹었는지 소리나 질러대고 살수록 정 안가는 사람이야 저 사람."

"애정이 있어야 싸움도 하는 거야. 우리 부부 봐라. 일 년 가야 큰소리 한 번 안 나고 그게 어디 사람 사는 거냐 시체들끼리 그냥 한 집에 있는 거지."

"영신이 너 캐나다 가본 적 있다고 했지?"

"그래 두 번. 시누이가 밴쿠버 살아. 뜬금없이 캐나다는 왜?"

"그냥……."

정숙은 누운 채 영신의 시선을 외면하고 벽 쪽으로 고개를 돌린다. 영신의 눈을 똑바로 보고 자신도 캐나다에 가고 싶다는 말은 차마 못하겠다. 그녀의 눈은 멀리 가 있다. 마음은 더 멀리 떠나 있다. 지구 저편의 그에게 그녀의 눈과 마음이 닿아 있다.

필승은 집에서 세 여자와 있어야 하는 지금의 상황이 편치 않다. 특히 영신은 손님이니 필승이 손님대접을 해야 할 것만 같고, 정숙은 무조건 쉬어야 할 것 같고, 현정이를 필승 혼자 감당하기는 버겁다.

다시 집을 나선다. 아무에게도 나간다는 말을 하지 않고 가만히 현관문을 나선다.

을씨년스러운 도심의 거리를 휘적휘적 걷고 싶어졌다. 생각이 복잡할 때는 걷는 일이 최고다.

걷다보면 잡념이 사라지고 머리가 맑아진다. 삶의 문제 해결은 스스로 찾는 것임을 걸으면서 거듭 느낀다. 활기 넘치는 젊은이들과 대조되는 걸음걸이이고 모습일지라도 걸을 수 있음이 축복이다. 그런데 딱히 갈 데도 없고 걷다 보니 필승이 주말을 제외하고 매일 출근하는 곳인 동창회 사무실 건물이다. 회귀본능처럼 돌아온, 겨우 목적지가 자신의 사무실인 필승은 허탈한 기분이다. 말이 동창회 사무실이지 건물 지하에 위치한 작은 공간이다. 고교동창 중 한 명이 이 빌딩의 주인이다. 세를 받지 않고 지하 사무실 공간을 동창회에 내주어 필승이 이 사무실을 꾸려가고 있다. 필승이 동창회 총무를 맡았는데 다른 동기들보다 컴퓨터를 잘 다룬다는 이유로 이 사무실 공간의 지킴이가 된 것이다. 〈재경 빛고을고등학교 32회 동창회〉 간판이 버티고 있다.

결코 화려하지 않고 소박한 분위기의 사무실 내부이다. 딱히 갈 곳이 없어서 다시 찾아들어온 익숙한 공간인 그의 사무실, 컴퓨터 모니터에 눈을 주고 있다. 정숙이 본 홈페이지 그대로다. 필승의 눈빛이 분노인가 하면 슬픈, 묘한 표정으로 일그러져 가고 있다. 지킬과 하이드가 지금 필승에게 같이 존재하고 있다. 사무실 전화벨이 울린다.

"어 있었네? 혹시나 하고 해봤는데. 건너편 향촌식당이야 소주 마시고 있어. 나와라 혼자 청승 떨고 있지 말고."

귀찮기도 하고 반갑기도 한 친구 녀석의 전화다. 요즘 젊은이들 사이에서 혼자 술 마시는 혼술이 대세라지만 술은 벗들과 같이 해야 술이라는 생각이다. 배가 고프지 않아 밥 생각도 안 들고, 술 생각도 안 났는데 친구 녀석이 소주 이야기를 하니 술이 고파온다. 술은 희한한 속성이 있다. 기분이 좋아도, 기분이 안 좋아도 생각나는 기호식품이다.

적어도 필승에게는 전천후 음식이다.

서울 하고도 강남 한복판에 자리한 음식점 간판으로는 생경한 '향촌식당'은 의외로 장사가 잘되는 집이다. 아마도 촌스러운 이름이 향수를 불러일으키고 무엇보다 음식 맛이 좋아서 중장년층들이 많이 드나든다. 이 집의 파절이를 곁들인 육전 맛은 아주 훌륭하다. 그러나 주머니가 가벼운 은퇴자들에게는 그림의 떡이다. 고등어구이나 노가리무침 정도로 만족해야 한다. 소주잔을 기울이고 있는 동창 녀석들은 네 명이었다.

"야 김필승, 오늘은 일찍 들어간다더니 마누라한테 쫓겨났냐? 암마 그러게 왜 안하던 짓 하고 그래. 우리 나이 땐 저녁 늦게 들어가야 그나마 사람대접 받는 거 알아?"

"어쩌다 일찍 들어가 봐라. 자식새끼들 거실에 있다가도 애비가 들어가는데 벌레 보듯 하고 지들 방으로 기어들어 가는 꼬락서니 보면 헛살았다 싶다."

"우리 마누라 가라사대 제발 평일 날은 등산복 입고 아파트 왔다갔다 좀 하지 말란다. 쪽팔린다고. 마음대로 운동도 못 한다 이눔의 신세가."

신세타령들이 길어지기 전에 필승이 정리를 한다. 그래야 다음 화제로 넘어가지 한 말 또 하고 한 말 또 하고 계속 반복되는 대사에 짜증이 난다. 젊은이가 늙은이 상대도 힘들지만, 늙은이가 늙은이 보는 일이 더 괴로운 법이다. 거울을 보는 일 같기 때문이다. 들키기 싫은 노추를 들킨 기분은 결코 유쾌하지 않다.

"그래서 동창회 사무실 있잖아. 비록 지하실이지만 여편네들 눈치는 안 보는 곳이잖아!"

은행 부행장까지 했던 인규가 엄지손가락을 들어 보인다.

"인간 김필승이 태어나서 제일 잘한 일이 동창회 사무실 만든 일이다. 촌놈들이 이 서울하늘에서 살아내느라고 좆빠지게 애썼는데. 명퇴 당하고 아침에 나서면 나갈 데도 없고 그런 신세들인데 말야. 그래도 동창회 사무실이라고 하나 있으니 갈 데가 있고 든든하지. 필승이 니가 동창회 홈페이지도 만들고 그려서 우리들 죽으면 부고장이라도 나갈 꺼 아니냐. 너 절대 나보다 먼저 죽지 마라. 반칙하면 안 돼!"

"알았다. 니 부고장 내주고 죽을게 그럼 되지? 참 나."

"혼자 사시는 선배 한 분이 칠십 넘어도 너무 건강한 사실이 싫다시던데 그 말 이해돼 백 번 이해돼."

"건강이라도 해야지 뭔 이해? 안그래?"

"얌마 칠십 넘어 혼자 사는데 아침에 불뚝불뚝 텐트 치고, 지공도사로 공짜 지하철 탔는데 미니스커트 입은 죽죽

방방 영치킨 아가씨들 봐라. 그림의 떡 보는 고통, 갸들이 알기나 허겄어?"

"야 정말 맞다, 맞는 말이야. 항촌식당 육전처럼 그림의 떡 보는 고통 흐흐……."

"필승이 넌 아직 쓸 만하냐?"

"말이라고. 니들 같은 줄 아냐?"

필승, 마침 술잔이 비었다. 자작해서는 단숨에 소주 한 잔을 입안에 털어 넣는다. 그런데 쓸쓸한 이 기운은 무엇인지 모르겠다. 정숙이 걱정이 아니다. 영신이 있으니 안심이다. 핸드폰이 울린다. 받지 않으려다 귀에 갖다 댄다. 현정이 울부짖는다.

"아빠 아빠, 엄마가 또 죽었어!"

필승의 귓가에는 벌써 앰뷸런스 경광음이 울린다. 삐뽀 삐뽀~

필승이 도착하기 전에 영신이 먼저 정숙을 병원 응급실로 옮겼다. 마침 그의 집에 들렀던 영신이 두통으로 인한 극심한 통증에 어쩔 줄 몰라 하는 정숙을 무조건 응급실로 데려왔다. 영신의 동생이 재활의학과 전문의로 있는 병원이다.

헐레벌떡 병원으로 달려온 필승은 훌쩍이고 있는 현정 손을 잡고 MRI 검사실 복도를 서성이고 있는 영신을 본다.

“현정 아버지, 정숙이 머리 MRI 찍고 있어요. 너무 걱정 마세요…….”

“네 수고하셨네요. 머리 아프다고 진통제만 먹고 미련한 사람 같으니…….”

그리고는 둘 다 입을 다문다. 더 이상 서로 건넬 말이 생각나지도 않고 그저 기다리는 수밖에 없어 검사실 앞 딱딱한 의자에 붙박이가 되어 있다. ‘침묵은 힘이 세다’지만 이런 상황의 대책 없는 침묵은 힘이 약하다. 간간이 영신이 진득하게 있지 못하는 현정을 데리고 복도를 왔다갔다 할 뿐 박정숙 보호자를 찾는 순간까지 필승은 그 자리에 그대로 앉아 있었다. 검사 자체가 힘이 들었는지 실신 직전의 표정으로 정숙이 검사실을 나왔다. 곧바로 입원절차를 거쳐 입원을 하라고 한다. 현정이를 영신에게 맡기고 간병인을 쓰라는 영신의 말을 듣지 않고 필승이 정숙의 곁에 있기로 한다. 특급호텔 데려간 적 없고, 호강시켜 준 적 없는 남편이었다는 자책감이 들어 입원실을 1인실로 선택하였다. 겨우 안정을 되찾은 정숙이 놀란다. 그녀가 다인실로 옮기자는 것을 필승은 병실이 없어서라고 둘러댔다. 한사코 정숙은 간호사실이 바로 앞이니 혼자 있어도 괜찮다며 필승에게 집에 가 편히 자라고 하지만 그래서는 안 될 것 같다. 필승의 고집을 아는 정숙은 몇 번 귀가를 권하다 이

내 포기하고 만다. 실랑이 할 기운이 없다. 거미줄 주사 라인이 정숙의 팔과 목 등에 걸쳐져 있다. 두통이 밀려오는지 자다가 고통스러워하는 정숙의 일그러진 모습을 보는 필승의 마음이 착잡하다. 그러다 필승도 잠이 든다.

잠깐 조는 사이 꿈을 꾼다. 정숙이 인호와 나란히 교회 성가대에서 찬양을 하고 있다. 정숙이 한인마켓에서 인호와 쇼핑을 하고 있다. 꿈속에서도 이런 생각이 든다. 여태까지 본 정숙의 미소 중에서 가장 행복한 미소를 띠고 있다고…… 정숙이 이국풍의 주택 부엌에서 요리를 하고 있다. 필승이 먹지 않는 돼지고기로 요리하고 있다. 돼지고기 수육을 썰고 있다. 보쌈재료들로 식탁이 풍성하다. 필승이 다른 음식은 가리지 않는데 돼지고기만은 먹지 않는다. 어릴 때 돼지고기 먹고 혼이 난 적이 있어 기피음식이 되었다. 그래서 정숙은 집에서 돼지고기 요리를 하지 않았다. 그런데 돼지고기 수육이라니 꿈에서도 배신감을 느낀다. 식탁으로 몇몇이 모여든다. 인호의 얼굴이 보이고 낯선 사람들이 몇 명 보인다. 그런데 거기에 현정이가 웃으며 인호 곁에 앉는 것이 아닌가. 다른 것은 다 참아도 현정이가 인호 곁에 있는 꼴은 못 보겠다. 괴로운 일이다. '안 돼!'

필승이 잠든 정숙의 침대 앞 보조의자에 앉아 졸다가 악몽을 꾼 듯 벌떡 일어난다. 정숙은 아직 잠들어 있다. 간호사가 조용히 들어와 주치의가 보호자를 찾는다고 전한다. 의사가 따로 만나기를 원한다니 불길한 예감이 든다. 간호사를 따라가니 외래진료실이 아닌 주치의의 연구실이다. 신경외과 전문의로 명성이 높은 사람이라고 영신에게 들었다. 영신의 동생이 중간역할을 하여 비교적 빨리 검사가 이루어졌다. 의사는 필승을 보더니 고개만 까딱하고 책상 위 모니터를 쳐다보며 말이 없다. 표정이 어둡다. 성질 급한 필승에게 의사가 입을 열 때까지 기다리는 시간은 고문이다. 필승은 먼저 질문하는 편이 낫겠다 싶다.

"많이 심각한 병입니까?"

"루키미아, 혈액암입니다."

"뜬금없이 암이라니 어제까지 멀쩡했는데 뭔 소리입니까? 우리 집사람 이름이 박.정.숙인데. 혹시 착오가 있는 거 아닌가요?"

"박정숙 씨 급성 골수구성 백혈병입니다."

필승은 의사의 말을 받아들일 수 없다. 백혈병이라니. 그런 병은 어린 소녀들이나 걸리는 병이고 소설에나 나오는 창백한 이미지의 젊은 여자가 걸리는 병이 아닌가. 양푼에 밥 비벼서 방귀도 풍풍 뀌어 가면서 먹는 대한민국 아줌마, 박정숙이 그런 사치스러운 병에 걸렸다는 것은 말이 안 된다. 잘못된 것이다. 신도 실수하고 인간도 실수하고 특히 의사는 실수를 많이 한다.

"비정상 백혈구를 죽이는 항암치료 하면서 척추 골수에서 정상 백혈구를 생산하도록 하는 치료를 시작해야 합니다. 관해유도라는 것부터요."

필승은 벌떡 일어난다.

"박정숙 우리 애엄만 말입니다. 지 자식 위해서라면 시궁창에 들어가서 춤도 출 수 있는 여자예요. 그런 헛소리 마십시오."

의사는 입을 다물어버린다. 필승은 드라마에서처럼 무릎이라도 꿇고 우리 아내를 살려달라고 빌고 싶다. 무릎을 꿇지는 않고 의사의 손을 잡았다.

"박사님, 고생만 시키고 상처만 주었습니다. 살려주십시오. 무엇이든 하겠습니다."

"최선을 다하겠습니다. 희망을 가집시다."

연구실을 나온 필승은 화장실을 찾았다. 마음대로 울 곳이 필요했다. 화장실 문을 잠그고 변기 위에 앉아서 울었다. 가만히 좀 울다 일어나고 싶었는데 자신도 모르게 소리가 났다. 끅끅대는 짐승의 울부짖음 같은 소리다. 급기야 일어나서 주먹으로 칸막이 벽을 친다. 곧 죽을지도 모르는 아내를 두고 무기력하게 울고만 있는 자신에 대한 분노가 일었다. 벽을 쳐도, 울부짖어도 후련하지가 않다. 화장실 문을 열고 나와 세면대 앞으로 가서 세수를 한다. 바지 뒷주머니에서 손수건을 꺼내려고 하는데 밀걸레를 들고 있는 청소아주머니가 타월을 내민다. 그리고는 아무 말 없이 뒤돌아 나갔다.

필승은 애써 담담한 표정과 자세로 정숙의 입원실로 돌아왔다. 정숙은 눈을 감은 채 수혈주사를 맞고 있다가 필승이 병실에 들어오니 눈을 뜬다. 남편이 의사를 면담하고 오는 것을 아는 모양이다. 간호사가 말해주었을 것이다.

"뭐래? 별거 아니래지?"

"호강에 초쳐서 쓰러졌댄다 됐냐?"

"꼭 그렇게 본새 없이 말해야겠어? 요 며칠 어지럽고 그랬는데 이제 괜찮아요. 병원 갑갑해요. 퇴원시켜줘요."

"잔말 말고 여기 있어. 사람 또 놀래키지 말고."

정숙이 필승의 표정을 살핀다. 필승이 정숙과 눈을 맞추지 않고 이야기한다.

"나…… 죽을 병이래요?"

정숙의 말에 필승은 화가 난다.

"죽긴 왜 죽어 당신같이 독한 여자가? 벽에 똥칠할 때까지 살아서 두고두고 애 멕이겠지!"

"아이구 내가 말을 말아야지. 괜찮아졌는데 뭐하러 병원에 돈 보태주냐구요."

착하고 미련한 이 여자는 벌써 병원비 걱정을 한다.

"저런 미련퉁이 같으니 여적 자기 몸이 어찌되는지도 모르고……."

필승이 혼잣말처럼 중얼거리니 정숙이 잘 못 알아듣고 재차 묻는다.

"뭐요?"

"너무 오래 살까 걱정이다고 했다 왜?"

정숙은 입을 삐죽이며 돌아눕는다. 왼손 팔뚝에 매달려 있는 수액줄이 흔들거린다.

정숙이 화장실을 가고 싶다고 해서 소변을 보게 하고 다시 눕혔더니 이내 또 잠이 든다. 멀쩡한 사람도 병원에 오면 환자가 된다고 했는데, 병원만 오면 병든 병아리처럼 시도 때도 없이 잠을 자기도 하는 모양이다. 벌써 기가 빠진 모습의 정숙을 보는 필승의 마음은 안타깝다. 잠이 든 것 같아 담요를 어깨 위까지 올려주는 일 외에 필승이 달리 도와줄 일도 없었다. 필승이 병실을 나와 영신에게 전화를 걸었다. 가장 막역한 친구이고 지지자인 영신에게 먼저 알려주는 일이 도리라고 생각했다. 정숙의 병명을 듣자마자 영신은 울먹인다.

“어떻게 그런 일이…… 치료하면 나을 수 있는 거죠?”

“문제없어요. 의사놈들 공연히 겁주고 그러는 거 다 지들이 대단헌 줄 알아요. 환자를 봉으로 알아요 완전!”

복도를 지나가는 흰가운의 의사 한 명이 필승을 흘끔 본다. 못마땅한 빛이 역력하다. 필승은 아랑곳하지 않는다.

“현정이는 걱정 마셔요. 우리 현정 엄마 불쌍해서 어떡해요.”

“미련하게 머리 아프다고 진통제만 사먹고 버틴 여자가 뭐가 불쌍해요? 곰 같은 여자하고 사는 남자가 불쌍하죠.”

필승, 통화를 마치고 핸드폰을 집어넣으면서 휴게실 창밖으로 보이는 바깥 풍경에 눈을 준다. 병원 밖의 세상은 여전히 진행중이고, 지구도 돌고 있는데 정숙의 삶은 멈추어가고 있다. 도심의 불빛들이 필승에게는 악마의 불꽃처럼 보인다.

무능한 자신이 한심하다. 절망이 없으면 희망이라고 믿기로 한다. 진짜 절망은 절망이 없을 때라고 하였다. 현실이 늘 영화 같다. 병실로 돌아와 억지로 잠을 청했다.

간이의자에 누워 천장을 바라보고 있는 편이 낫다. 의자에 앉아 정숙과 눈을 마주칠 면목이 없다. 지독히도 외로운 밤이다. 정숙에게도 다를 것 없는 밤일 것이다. 남편이 바로 옆에 누워 있어도 두렵고 외로운 밤을 만나주고 있을 것이다. 간간이 병실을 오가는 간호사들 때문에 잠을 설쳤지만 그래도 눈을 좀 붙였다. 이런 상황에서도 잠이 오다니 신기한 본능이다.

병원의 아침은 일찍 시작된다. 6시경부터 부지런한 움직임들이 보인다. 7시가 좀 넘으니 아침식사가 나온다. 아직 정숙은 금식이다. 어젯밤 간호사가 보호자 식사를 신청할 거냐고 물어서 싫다고 하였다. 정숙이 금식인데 자신이 병원밥을 먹는다는 사실 자체가 싫다. 영신은 일찍 현정이를 데리고 왔다. 영신이 정숙 곁에 있을 테니 나가보라고 해서 필승은 사우나에 가서 샤워를 하였다. 그리고 정숙의 병명은 영신이 정숙에게 차분히 말하기로 하였다. 필승이 부드럽게 위로해줄 자신이 없어서 영신에게 넘긴 비겁함이 미안하다. 기분이 우울할 때나 몸이 찌뿌듯할 때는 대중탕의 열기가 제일이다. 집에서 하는 목욕과 다른 치유가 있다. 발가벗은 사람들이 주는 기운이 있다. 그들이 모아주는 살에서 내뿜는 세상살이의 공기에는 끈적이면서도 따듯한 내적 치유가 있다. 발가벗은 사람들에게 세상의 계급장은 없다. 사장도 없다. 권력자도 없다. 행복과 불행의 상태도 점치기 어렵다. 모두들 같은 지구별 구성원들이다. 그저 그들은 한데 모아놓은 벌거숭이 임금들이다. 건식사우나에서 몸을 좀 데웠다. 세포 속으로 스며드는 마른 뜨거움이 희열을 준다. 대중탕을 찾으면 가장 먼저 샤워 후 순례하는 첫 번째 코스이다. 그런 다음 필승이 온탕 안에 앉아서 눈을 감고 한참을 그대로 있었다. 보글거리는 욕조의 기포들이 몸 안으로 들어오고자 한다. 그 기포들이 다시 몸속에 뱀처럼 똬리를 틀고 있는 독소들을 데리고 나와 퍼진다. 그 독소들은 포말을 이루다 사라진다. 필승도 포말처럼 이대로 사라지고 싶다. 삶을 사는 것도 죽는 것도 사명이라면 흔적 없이 사라지는 사명도 아름다우리라. 장렬한 죽음은 없다. 아니 세상의 모든 죽음은 장렬하다. 신이 부여한 시간을 상대해주고 사라지는 사명은 존재했다가 사라져주는 순환의 이치에서 보면 어느 것 하나 완전연소하지 않은 것이 없다. 그래서 모든 죽음은 위대한 신의 프로젝트다. 이의를 제기할 수 없는 순명이다.

어디선가 기름진 웃음소리가 들린다. 대중탕은 민주주의다. 진정한 시민사회다. 인간관계를 계산할 필요 없이 처음 보는 사람들과 격의 없이 웃을 수 있는 곳이다. 대중탕 공화국에서만 가능한 축제다. 온탕에서 나와 열탕으로 들어갔다가 냉탕으로 잠수한다. 온몸의 세포가 살려달라고 근질거린다. 필승은 살아 있음을 느낀다. 예전처럼 오래 냉탕에 머물지 못하겠다. 한때는 냉탕에서 수영을 하다가 눈총을 받기도 하였다. 오늘은 냉온탕을 몇 번 왔다 갔다 하고 싶어져서 거듭 왕복하였다. 살 것 같다. 한때 문학청년으로 살았던 그가 언젠가 암송하였던 섬광처럼 떠오르는 시 구절이 있다. '저 차갑게 서 있는 운명이란 벽 앞에 당당히 마주칠 수 있다' 필승은 그러고 싶다. '언젠가 그 벽을 넘고서 저 하늘을 높이 날 수 있다' 진정 그러고 싶건만.

한결 나아진 기분으로 필승이 동창회 사무실에 오니 이미 번호키로 열고 들어온 인규와 동석이 바둑을 두고 있다.

"제수씨 옆에 있지 왜 와? 사무실 일은 걱정 마. 너만큼은 못해도 당분간 우리 둘이 매일 출근할게."

"다른 생각 말고 현정이 엄마 병 낫게 할 생각만 해."

인규와 동석이는 건성으로 바둑을 두고 있다. 승부근성이 전혀 엿보이지 않은 바둑판이다.

"내가 너무 부려먹어서 아픈가봐."

필승이 친구들 앞에서 진심을 토로할 수 있음은 대중사우나에서 어젯밤의 악몽을 씻어낸 덕분이다. 자다 깨다 했지만 또 인호와 정숙이 함께 있는 꿈을 꾸었다. 그런데 정숙이 하얀 드레스를 입고 있었다. 천사옷 같기도 했고 웨딩드레스 같기도 했다. 기분 좋은 꿈일 리가 없다.

필승의 꿈속에서 흰색은 죽음 같다. 현실에서 검정색이 죽음인 것처럼 묘하게 꿈에서의 흰색은 불길하다. 필승은 고개를 저으며 생각을 떨쳐버리려 한다. 친구들에게 꿈 이야기를 하려다 만다. 어설픈 위로를 건넬 것이 뻔하다. 꿈은 반대라든가 꿈에서 흰옷은 길조라는 둥 엉터리 소설을 쓸 것이라고 짐작이 되기 때문이다.

"자책하지 말고. 인력으로 안 되는 일도 많은 게 세상살이야."

"미련한 여자 같으니라구 그렇게 머리가 아팠는데 몇 달을 참았다는 거야."

"글리벡이라는 약, 보험 해도 한 알에 몇 만 원씩 한다며?"

"돈이 문제냐 지금?"

인규와 동석이 염려해주는 말도 듣기 싫다. 그들은 제삼자라는 생각이 든다. 가족이 그것도 배우자가 아픈 일은 결코 객관적일 수 없다. 필승은 곧잘 예민해지고 품격 없는 인품을 드러내는 자신을 보고 벌써부터 실감하고 있다. 그래서 빛이 어둠을 몰아낼 수는 있어도 어둠이 빛을 몰아낼 수는 없다고 하였나 보다. 어둠이다. 그의 마음 밭에 빛이 사라졌다. 빛을 잊었다. 아니 빛을 잃었다. 위대한 빛이 아니라 일상의 소소한 빛이 진정한 빛임을 깨닫는다.

정숙과 관련한 빛이라면 실낱같은 빛이어도 좋고 겨자씨 만한 빛이어노 좋다. 그 빛이 아무리 작고 보잘것없어도 불씨가 되어 타오르게 하고 싶다. 꺼지지 않는 불씨를 찾으러 갈 수만 있다면 시공을 초월하여 어떤 차원의 이동이라도 할 수 있다.

필승은 사무실에 몰려와 위로하는 친구들과 바둑을 두고 정치이야기를 하며 나라 걱정하는 일도 시들하다. 개인과 국가 간의 긴밀함은 개인이 와해될 때 과연 국가와 밀접한 상태인가를 생각하게 되는 지금이다. 국가관이나 철학의 부재를 스스로 자학할 마음의 여유도 없다. 지극히 이기적인 뻔뻔함만이 존재한다. 지금 그에게 정치나 국가는 부차적인 것이다. 그에게는 개인만 있다. 그 개인은 자신이 아니라 정숙의 실존이다. 인규와 동석에게 바둑판을 정리하고 나가달라 했다. 아니다 싶어 취소하고 자신이 다시 사무실을 나왔다. 인규와 동석은 필승의 변덕을 탓하지 않고 계속 바둑판에 눈을 주고 있다. 친구의 고통에 적당히 모르는 척 해주는 것이 그들의 할 바라고 생각하는 둘이다.

필승이 친구들과 마주하고 있는 일도 편치 않아서 무작정 밖으로 나왔지만 갈 곳이 없다. 도시의 젊은이들이 갈 곳은 많지만 중장년들이 쉽게 드나들 수 있는 곳이 도심에는 별로 없다. 사무실에서 멀리 떨어져 있지 않은 백화점을 생각해낸다. 평소 드나들지 않는 백화점을 어슬렁거리고 있다. 이제 당당하게 드나들 수 있는 곳이 얼마나 될까. 카페나 분위기 있는 음식점에는 젊은이들로 가득하다. 백화점에도 젊은 사람들과 한껏 차려입은 여성들이 중심이다. 늙수그레한 중년을 넘긴 남자가 갈 곳은 백화점도, 카페도 아니고 어디란 말인가.

필승은 백화점 에스컬레이터를 오르락내리락하고 있다. 화려한 디스플레이로 각 매장마다, 각 층마다 자본주의의 극명한 증거품들이 즐비하다. 필승이 아까부터 두리번거리며 찾는 품목이 있다. 어디에서 파는지 사람들에게 묻지 않았다. 묻지 않고 스스로 찾아내고 싶어졌다. 그리고 찾았다. 그리고 획득하였다. 다시 발걸음을 병원으로 옮긴다.

병실에는 마침 정숙뿐이었다. 영신이 정숙에게 사실을 이야기했음이 느껴졌다. 그녀의 눈빛은 빛을 잃은 상태이다. 생기를 찾아볼 수 없는 눈빛이다. 눈빛이 맑고 밝았던 그녀는 이제 없다. 감내하고 절제하는 슬픈 눈동자만 있을 뿐이다. 필승은 들어서자마자 그것을 알아챘지만 호기롭게 침대 위에 누워 있는 정숙을 향해 백화점 쇼핑백을 던진다. 그리고 퉁명스럽게 말을 건넨다.

"모자 쓰는 거 좋아하잖아."

정숙은 울컥하여 잠시 대꾸를 하지 못한다. 고맙다는 말

대신에 답례할 말을 찾는다는 게.

"항암치료 받고 머리 빠지면 쓰라구요?"

막상 정숙이 자신의 상태를 정직하게 알고 있다고 생각하니 필승은 먹먹해졌다.

"그깟 병 아무것도 아냐. 내 친구 서인수 알지? 대장암 3기였는데 지금 멀쩡해서 술도 얼마나 잘 처마시는데. 어리광 말고 징징거리지도 말고 병원에서 시킨 대로 해! 별거 아니야."

"억울해! 억울해서 금방 못 죽어요 나. 현정이 키우면서 가슴에 피멍 다 들었는데 왜 또 나야? 도대체 나한테 왜 이러는 거야?"

"허허, 왜 또라니. 그게 뭐 사람 마음대로 되나 조물주 맘이지. 고약한 조물주 마음대로지."

"나 안 죽어요. 이대로 못 죽어요. 최소한 당신보다는 더 살 거야. 내가 왜 당신 새장가 가는 꼴을 보냐?"

"개털 된 지가 언젠데 나한테 어느 미친 여자가 오냐? 누가 당신 죽게 둔다고 했어? 천국에서 혼자 편한 꼴, 나 못 보니 죽는단 소리 그딴 소리 말아. 시끄러!"

필승이 자신의 운명에 분노하고 있는 정숙을 더 상대할 자신도, 토닥거려줄 자신도 없어서 다시 병실을 나와 버린다. 비겁하게 또 피한다. 순간을 모면하려고 도망쳐 나온 자신이 한심하다. 긴 복도를 목표지점 없이 걷는다. 그리고 막다른 곳에서 되돌아 또 걷는다. 신은 언제나 잔인하다.

눈이 짓물리는 것을 억지로 참는다. 침을 꿀꺽 삼키며 이성을 되찾으려는 필승의 발걸음이 빠르다. 필승은 다시 목표지점이 생겼다. '진인사 대천명'이라고 했다니 진인사 해보아야 하지 않겠는가. 최선을 다하고 그 다음 운명의 신에게든 운명의 장난에게든 맡겨야 할 것이다. 필승이 주치의 진료실 문을 벌컥 연다. 놀란 간호사가 제지한다. 주치의는 엑스레이 사진을 보며 다른 환자를 면담중이다. 그도 놀랐지만 의연한 척하는 모습이 관록 있는 의사임에 틀림이 없다. 아니면 대처하는 방법을 몰라 당황 중인지 모르겠다. 필승에게는 그가 어떻게 나오든 상관없다.

"박사님, 골수이식 하면 되잖아요. 제 골수로 하면 되는 거 아닙니까?"

주치의는 면담중인 환자에게 잠깐! 하며 양해를 구한다.

"박정숙 씨 경우 나이가 많으셔서 골수이식은 곤란합니다. 죄송합니다. 병실에 가 계시면 회진 때 다시 뵙겠습니다. 다른 환자 진료중입니다."

필승은 골수이식도 연령제한이 있다는 말에 참담해진다. 건강이 나빠지는 중고인생이 되면 골수이식 같은 대안이 더 필요할 텐데 잔인하게 이식문제에서도 나이를 따지게 하는지 그가 믿는 신에게 화가 난다. 늙는 것도 서러운 법인데 이런 경우는 정말 아니다싶다.

도리 없다. 골수이식 대신에 지루한 치료가 시작되었다. 항암치료와 방사선치료를 동시에 진행하는 몇 개월 동안 꽃이 피는지 비가 오는지 모르고 지나갔다. 정숙은 물론이고 필승의 일상도 병원 스케줄에 맞추어졌다. 달력에 빼곡하게 자리한 치료 시간표들이 사람을 질리게 하였다.

그래도 시간은 흐른다. 국방부 시계가 가듯이 병원의 시계도 간다. 그리고 정숙은 말라간다.

퀭한 눈빛에 핼쑥한 얼굴의 정숙은 필승이 선물로 미리 준비했던 그 모자를 쓰고 있다.

그런 정숙 곁에서 현정은 열심히 색종이 접기를 하고 있다. 학을 접는다.

"피아노 이모가 그러는데 현정이가 이 학 많이많이 접으면 엄마 병 낫고 현정이랑 바다도 보고 생선초밥도 먹을 수 있댔다!"

"그래 무슨 병이 생선회도 못먹게 하냐? 어디 바닷가 가서 생선회나 실컷 먹으면 좋겠다……."

정숙이 가장 좋아하는 음식이 생선초밥인데 날생선 금지인 병에 걸린 것이다.

현정은 접은 학을 정숙 손 위에 가만히 올려준다. 순수하기 그지없고 맑고 밝은 미소의 현정을 보고 있노라면 정숙은 위로가 되면서도 아리다. 현정보다 먼저 저세상으로 간다는 것은 어미로서 직무유기이다. 이보다 더 깊은 슬픔은 없다. 자식을 먼저 보낸 부모는 죄인이라지만, 정숙의 경우는 자식보다 먼저 죽으면 죄인이 되는 것이다. 장애아를 자식으로 둔 부모들의 소원은 자식보다 하루를 더 사는 것이다. 그보다 더한 형벌은 없을지라도 소망이자 간절한 기도제목이다.

*

필승이 병원과 동창회 사무실만을 오가며 두 계절을 보냈다. 시간은 오차가 없다. 인간의 운명과 감정만이 오차가 있는 것이다. 사무실에서 인규와 동석, 가끔은 다른 동창들과 함께 새우깡을 안주 삼아 종이컵에 소주병을 기울이는 일이 유일한 위안이 되는 시간들이었다. 친구녀석들이 바둑을 일부러 져주는 것만 같다. 우정이라는 이름으로 공정하지 못한 게임을 한다.

동석이 인규에게 눈짓하니 인규가 상의에서 봉투를 꺼내어 필승에게 건넨다.

"현정 아빠야, 딴소리하면 우리 너 다시 안본다. 동창들이 좀 모은 거야. 재수씨 영양보충이라도 시켜줘!"

필승이 손사래부터 친다.

"걱정마 임마. 마누라가 궁시렁거리면서도 뭐 건강보험, 암보험, 종신보험, 현정이 보험까지 다 들어놔서 아픈 마누라 덕에 팔자 펴게 생겼다!"

"꼭 그렇게 싸가지 없이 말할래? 넣어둬! 술 쳐먹어버리지 말고 작은 마누라 갖다주지도 말고 꼭 우리 재수씨 위해 써야 헌다!"

동석이 인규 손에 들린 봉투를 가져다 필승의 상의 포켓에 찔러준다.

29번의 방사선치료와 항암치료를 마치고 필승의 부축을 받으며 정숙이 자신의 집 안방에 들어서는데 침대가 들여놓아져 있다.

"암 걸리고 볼 일이네. 침대에서 자면 허리 아프다고, 사기만 하면 톱으로 갈라 두토막 내버린다고 허구선!"

"침대 위에서 자면 용꿈 꿀까봐 로또 될라고 한다 왜?"

"이미 말라버린 샘물이 침대 위라고 뭐 용꿈까지 꾸겠어?"

"말뽄새 하고는! 이 무식한 여편네야, 사막에 파이프 놓고 물이 콸콸 쏟아지는 것도 못봤어? 돼지 앞에 진주구먼 완전히!"

정숙은 필승의 말에 아랑곳하지 않고 침대 위에 벌렁 누워본다.

"좋긴 좋다! 결혼 22년 만에 침대도 가져보네!"

필승은 정숙에게 시선을 안주고 공연히 침대 다리를 점검하는 척한다.

"또 있어. 결혼 22년 만에 할 일!"

"또 뭐요? 또 뭐 사줄려구요? 이번엔 헬리콥터라도 사려구요?"

"분위기 있는데 가서 칼질해. 당신 소원이래매?"

"한꺼번에 너무 좋은 거 다하지 말아요. 아껴가면서 해요 우리…… 나 무서워 여보."

"징그럽게 왜 코맹맹이 소릴 해? 안하던 짓하면 빨리 죽는다두만!"

"……."

정숙이 더 이상 말을 잇지 못한다. 그저 고마울 뿐이다. 오랜만에 집에 돌아와 긴장이 풀려서인지 그녀는 금방 잠이 들었다. 필승이 안방 문을 닫고 거실로 나와 조용한 목소리로 통화하고 있다.

"그쪽 사정은 알 바 없고 무조건 내 말대로 해. 염치없다고 해도 하는 수 없어…… 미안해. 형편없는 선배지만 부탁이야. 거기 생활 짐작 가. 하지만 죽고 사는 문제잖아. 부탁함세!"

필승, 인호와 통화중이다. 다시는 보고 싶지도, 만나고 싶지도, 목소리를 듣고 싶지도 않았던 후배 인호다. 자신을 만나기 전에 정숙이 인호를 먼저 알았다는 사실은 필승의 질투심을 평생 자극하였다. 자신이 정숙과 살고 있지만 그녀의 영혼 어딘가에 분명 인호가 자리하고 있음이 싫다. 그런데 그 인호 덕분에 정숙을 위해 할 바가 있다.

통화를 마치고 필승도 낯선 침대 위에 눕는다. 정숙은 깊이 잠들었다. '침대는 가구가 아니고 과학'이라는 광고카피가 생각난다. 가구이든 과학이든 그에게 침대는 낯설다. 푹신함에 자신을 가두고 있는 것만 같다. 쉽게 잠이 들것 같지가 않다. 천장만을 바라보고 있다. 그런데 잠든 줄 알았던 정숙이 낮은 소리로 말을 건넨다.

"신혼 때 침대 있는 집 참 근사해 보였는데…… 요 깔고 이불 개고 그런 거 안 해두 되고……."

"게을러빠진 인간들이 침대 쓰는 거지. 안방에 부부 잠자리 민망하게 맨날 벌려 놓는 거나 마찬가지지 그게. 신혼 때 당신 기분 좋으면 하던 거나 해 봐 한 번!"

"뭐였죠? 아프고 나서 기억력이 더 없어졌어요."

"아 거 느끼하게 손대는 거 있잖아."

그제야 정숙은 필승이 말한 요청이 무엇인지 알아챘다. 아득한 그 행동을 기억하고 있다니.

정숙은 필승의 한 손을 가만히 자신의 뺨에 갖다 댄다. 필승은 한 손을 내맡긴 채 정숙 쪽으로 고개 돌리지 않고 여전히 천장에만 눈 주고 있다. 연애하던 시절, 수줍은 정숙이 코스모스처럼 가냘픈 손으로 그의 손을 끌어당겨 그녀의 볼에 가만히 대고 한참을 그렇게 있었던 여자다. 그때는 표현을 하지 않았지만 그의 두꺼비 같은 손바닥이 그녀의 뺨에 닿을 때면 뭉클한 감성이 올라왔다. 거칠게만 살아온 자신의 삶이 보상받는 느낌이었다. 자신의 손이 그녀의 따스하고 부드러운 뺨을 감싸는 것이 아니라 그녀의 뺨이 그의 거친 손을 감싸주는 것이었다. 그리고 그녀의 따스한 온기로 그의 거친 손의 죄들을 씻겨주는 것만 같았다. 참으로 오랜만에 느끼는 온기이다. 시간이 이대로 정지되면 좋겠다는 생각을 한다. 이 깊고 고요한 평화를 내 것으로, 정숙의 것으로 하고 싶은 욕심이 죄라면 죄인으로 머물고 싶다.

"당신 왜 그동안 현정이 자라는 동안 내 손 한 번 안 잡아주고 등 돌리고 잤어요?"

"사내구실도 제대로 못하는 주제에 어떻게 마누라 욕망

을 자극해?"

정숙은 가슴이 아프다. 언제부터인가 필승은 이름처럼 강한 남자가 아니었다. 잠자리에서 몇 번 실패한 후로는 그 스스로 등을 돌렸다.

"여보, 꼭 섹스를 해야 부부인 거 아니잖아요. 둘이 손잡고 도란도란 이야기하고 품에 안기고 그러고 싶었어요."

필승은 말이 없다. 남자의 존재유무가 발기의 유무라면 남자란 여자보다 하등하게 태어난 신의 잔인한 작품이다. 남자란 무엇인가. 신체의 상태나 표징으로 인정받는 불쌍한 존재가 아닌가.

"현정 아부지, 당신한테 사랑한다는 말 한 번 듣고 싶은데……."

"씨잘데기 없는 소리 말고 그만 자. 하여튼 여자들 하고는! 뭣이 중헌디? 사랑한다는 말?"

필승, 정숙의 뺨에서 자신의 손을 떼고 돌아누워 버린다. 정숙, 그런 필승을 보며 그대로 누운 채 말한다.

"당신한테 정말 말하고 싶은 거 있어. 남자 혼자 살면 금방 꾀죄죄해지고 못써요. 보험 타서 새 아파트로 옮기고 성품 좋은 여자 만나 새출발 해요 꼭. 우리 현정인 영신이가 애 없으니까 부탁해볼게. 맨날 현정이한테 자기 딸 하자고 하더니 말이 씨 되겠네……."

“소설을 써라 소설을! 누가 돈 없고 괴팍한 늙은이한테 어느 정신 나간 여자가 시집오겠냐? 그리고 지 부모가 버젓이 살아 있는데 현정일 왜 남한테 맡겨, 왜 남의 자식 만드냐구?”

정숙은 버럭 반응하는 필승의 말에 아랑곳하지 않고 혼자 시를 읊듯이 말한다.

“당신, 우리나라에서 일출과 일몰을 함께 볼 수 있는 곳이 어딘지 알아요?”

필승은 안쓰러운 정숙이 금방 다시 미워진다. 마음속으로만 ‘왜목마을’이라고 답한다. 그녀가 지금 추억여행을 하고 있음을 알기 때문이다. 그녀의 영혼은 인호와 함께 왜목마을에 가있다 이미. 배신감과 함께 싸한 마음이 올라온다. 그녀는 지금 필승과 함께 있지만 필승과 있지 않은 것이다. 그녀의 의식은 그녀의 첫사랑과 함께 있다. 빌어먹을.

“왜목마을이라고 서해안에서 바다를 볼 수 있는 곳이 별로 없는데 아주 작고 예쁜 곳이에요. 다시 한 번 꼭 가보고 싶은 곳인데…….”

필승은 듣고만 있다. 왜목마을을 이미지로 몽환적인 그림이 그려진다. 쓸쓸한 일이다. 잠을 청한다. 싸늘한 죽음처럼 추운 잠을 잔다. 가장 사랑하는 여인 곁에서 자는 잠이 춥다.

*

다음날 필승이 눈을 뜨니 창가의 레이스 커튼 사이로 햇빛이 길게 드리워져 방안에 자리하고 있다. 꽤 오래 깊이 잤던 것 같다. 침대의 위력인가 하는 생각이 들었다. 침대만큼은 좋은 것으로 사길 잘했다. 거실로 나오니 정숙이 약을 털어 넣고 물을 마시고 있다. 잠옷차림의 현정이 손뼉치며 좋아라한다.

"와 엄마 약 먹어도 안 토해! 착한 엄마 됐어!"

필승도 현정의 호들갑에 맞장구를 쳐준다.

"정말 그러네 이제 김현정 엄마 다 나았나보다."

"글리벡 약 먹고 구토 멈추는 약 먹으니까 소용없어서 거꾸로 해봤어요. 구토약 먼저 먹으니까 구토 안 하네. 그리고 저녁보다 아침에 먹는 게 더 좋네."

"아이구 완전 의학박사보다 낫네. 병원 차려도 되겠어야매겠지만."

"아빠 우리 병원 하는 거야. 그러면 엄마도 아빠도 의사선생님 되는 거야?"

현정, 그저 좋아서 박수 치다가 유리병에 담긴 종이학들을 꺼내어 정숙 앞으로 날린다. 종이학이 현정의 손에서 정숙으로 향하면 학들이 날개를 펴고 나는 듯한 자태로 정숙에게 모아진다. 학 세례를 받은 정숙이 속울음을 쏟는다.

'현정이를 두고 어떻게 간단 말인가. 주님, 현정이보다 먼저 가게 하는 일은 잔인합니다. 현정이보다 하루 늦게 죽는 것만이 제 소원인 거 아시잖아요.'

이럴 때라도 신에게 대드는 인간이고 싶다. 저항하는 인간을 보는 신의 마음은 어떨까. 싸워야 화해도 하는 것이니 신과 화해하기 위해서 싸울 것이다. 정숙은 혼자서 주거니 받거니 신과의 대화를 하고 있는데 필승이 특유의 버럭 스타일로 말을 건넨다.

"거 좀 후줄근하게 나오지 말고 가발 머리도 좀 하고 옷도 이쁜 것 입고 나와. 싸구려 옷 쪼가리 걸치지 말고 화장대 위에 카드 올려놨어. 영신 씨랑 한 벌씩 사 입어. 영신 씨도 그동안 고생했잖아. 나 환자요 광고하지 말고 얼굴에 뺑끼칠도 좀 하고. 알아들어?"

별일이다. 화장하지 않은 얼굴이 더 이쁘다 했었다. 자연스러운 게 최고지 나이 들어 젊어 보이려고 발악하는 것처럼 추한 일은 없다고 했었다. 갑자기 모양내라는 필승이 의아하다. 그래도 정숙은 오랜만에 미용실에 들러 헤어 드레서가 가발 씌우고 자연스럽게 드라이 해주는 것 받고 영신과 백화점에 가서 옷을 한 벌씩 사 입었다. 자신의 옷보다도 영신의 옷을 사주고 싶어서 필승 핑계를 대고 사양하는 영신에게 둘이 사고 한 번 치자고 설득했던 것이다. 식사도 같이 하자고, 어차피 한 식구나 마찬가지니 전혀 상관없다고 영신과 레스토랑 건물까지 같이 오며 졸랐지만 한사코 거절하는 영신이 정숙에게 어서 들어가라는 손짓을 보내며 뒤돌아 가버린다. 정숙이 들어가기 전에 레스토랑 건물을 다시 한 번 올려다보는데 한 눈이 잘 안보인다. 한 손을 한 눈에 대어보고 다른 눈에 다시 대어본다. 금세 의기소침해진다. 눈이 잘 안보이다니 불안하다. 다시 자세를 고쳐 기운을 차리고 레스토랑 안으로 걸음을 옮긴다.

들어서니 품격 있는 클래식이 흐른다. 그럴듯한 장소에 근사한 음악은 참으로 오랜만이다. 정숙이 아프기 전에 왜 그렇게 살았는지 새삼 후회가 밀려온다. 지금 여기를 살지 못하고 늘 나중을 위해 지금을 희생하는 그런 삶을 살지 않았나 하는.

지금 흐르는 음악은 인호가 좋아하는 합창곡이다. 클래식 음악 중에서도 인호는 합창곡을 좋아한다고 하였다. 클래식 애호가들은 기악곡에서 출발해서 성악곡으로 옮겨간다고 한다. 합창곡은 성악곡 중에서도 가장 화려한 장르가 아닐까 그런 생각을 하며 흐르고 있는 음악을 듣는 정숙이다.

입구에서 직원이 정중하게 안내한다. 뒤따라가는데 별

실인 모양이다. 정숙, 안내받은 테이블 앞에 서는데 뜻밖에 인호가 있는 것이 아닌가. 한 번도 잊은 적 없는 인호다. 그녀 안에 늘 자리하고 있었던 청년 인호가 중년남이 되어 맞은편에 앉아 있다. 클라이맥스는 말이 없다는 말, 이런 경우다.

인호, 말없이 가만히 일어선다. 정숙은 얼어붙은 듯 서 있다.

인호에게 사로잡힌 영혼으로 살아온 정숙이다. 무조건적인 몰입으로 그가 좋았다. 처음으로 이성에 대한 감정을 느꼈고, 그 감정을 키워왔다. 그녀에게 인호는 절대자 같은 존재이다.

필승은 헛헛한 걸음으로 도심의 거리를 휘적휘적 걷는다. 지금쯤 정숙은 인호와 마주하고 있을 것이다. 필승이 정숙을 위해 해줄 수 있는 일이라면 지옥도 다녀올 수 있다고 생각하며 인호에게 부탁하고 결행한 일이다. 그런데 자기연민이 올라온다. 사랑하는 여인에게 해줄 수 있는 일이 그녀가 사랑하는 남자를 만나게 해주는 일이라니.

정숙과 인호, 마주앉았는데 둘 다 말이 없다.

정숙은 냅킨으로 눈물을 닦으며 마스카라를 공연히 했

다싶은 생각이 스친다. 닦다가 포기하고 흐르는 눈물을 주체하지 못한다. 검은 눈물이다.

인호는 그런 정숙을 똑바로 쳐다보지 못하고 고개를 숙인다. 고단한 이민생활 중에서 힘이 들 때면 정숙과의 시간을 떠올렸었다. 그렇게 사랑을 받은 적도 있고 사랑을 준 적도 있다는 사실만으로 위로가 되는 시간이었다. 그러고 나면 견딜 만큼의 조용한 에너지를 받았다. 마법의 상자처럼 정숙과의 추억을 떠올리면 하루를 버틸 만큼의 기운이 났었다. 신기하게 딱 하루를 버틸 만큼의 선물처럼 오는 힘이 있었다. 그래서 하루씩만 살기로 하였다.

필승이 거리의 건물들을 올려다본다. 잠시 세상으로부터 숨을 곳을 두리번거린다. 노래방이 보인다. 예전에 시간당 페이를 했던 것 같은데 한 곡에 500원이라는 글씨가 눈에 들어온다. 요즘 노래방은 곡당 돈을 받나보다. 갑자기 생각나는 노래가 떠오른다.

계단을 터덜터덜 걸어 올라가며 노래방에 혼자 가는 신세가 처량하다는 생각이 든다. 그래도 지금의 기분을 친구들과 소주나 마시며 풀어버리기는 싫다. 혼자 조용히 있고 싶다. 노래방에 들어서서 만 원권 한 장을 내밀었다. 그냥 그 시간만큼, 만 원만큼의 시간은 혼자 있고 싶었다. 안내

된 곳은 맨 구석 방이었다.

"언젠간 가겠지 푸르른 이 청춘
지고 또 피는 꽃잎처럼
달 밝은 밤이면 창가에 흐르는
내 젊은 연가가 구슬퍼

가고 없는 날들을 잡으려 잡으려
빈손 짓에 슬퍼지면
차라리 보내야지 돌아서야지
그렇게 세월은 가는 거야

날 두고 간 님은 용서하겠지만
날 버리고 가는 세월이야
정 둘 곳 없어라 허전한 마음은
정답던 옛동산 찾는다"

필승은 다른 곡을 선택하지 않았다. 김창완이 맥없이 불렀던 〈청춘〉을 고래고래 소리지르며 부르고 또 불렀다. 젊은이들은 드라마 삽입곡으로 알고 있는 이 노래를 필승은 고교시절부터 부르고 불렀다. 담백한 멜로디가 좋았다. 수

백 번 불러 왔을 터이고 오늘은 스무 번을 불렀나보다. 만원의 청춘이 끝났다. 필승의 지닌한 청춘과 현재가 끝났다. 건물 밖으로 나오면 다시 치열한 삶의 현장이 펼쳐지겠지만 혼자 노래방에서 청춘을 불러재낀 순간의 절규 덕분에 오늘 견딜 만큼의 평화는 얻어간다. 한결 가벼워졌다. 깃털처럼.

메인 디쉬가 나올 때까지 음식은 손에 대지도 않고 마주하고 있는 중년의 남녀는 이 레스토랑에서 어떤 그림으로 읽힐까. 이제 좀 진정이 된다. 인호와 정숙은 눈을 맞출 수 있다. 인호가 먼저 입을 떼었다.

"몇 년 만인 거지?"

"26년 7개월……."

정숙은 이렇게 날짜까지 세고 있었구나. 이번에는 정숙이 입을 뗀다.

"캐나다에서 언제?"

"선배님이 뜻밖에 메일을 하시고 전화를 하셨어요. 하셨어요 그러니 이상하다. 그냥 우리 옛날처럼 말 놓읍시다. 말 놓지."

그랬구나. 필승은 다 알고 있었던 것이다. 지금 필승은 어디에서 무슨 생각을 하고 있을까.

그에게 한없이 미안하고 부끄럽다. 남편에게 못할 짓을 하고 있는 자신이 염치가 없고 뻔뻔하다. 내 감정을 위해 다른 사람의 감정에 깊은 흉터를 남기는 일은 만행이다.

그럼에도 불구하고 얼마나 만나보고 싶은 사람이었든가 이인호라는 사람.

정숙은 대답 대신 고개를 끄덕여 보였다.

"내 개인 홈피에 이메일 주소랑 전화번호가 적혀 있거든."

"그러면……."

"나도 모르겠어. 어떻게 내 홈피를 발견했는지. 하기야 요즘은 검색어에 찍기만 하면 동창회 싸이트도 나오고 블러그도 나오고 뭐 다 그러니까…… 인터넷 하지?"

인터넷 다루냐는 인호의 질문에 정숙은 자신의 속내를 들켜버린 것만 같다. 하루에도 몇 번씩 인호의 홈페이지에 드나들었다는 말은 차마 할 수가 없다. 그렇다고 묵비권을 행사할 처지도 아니다.

"조금…… 그냥."

고개를 끄덕이는 인호를 보며 정숙은 IT강국인 대한민국 여자들은 인터넷과 친숙하고 빠르다는 말을 해주고 싶었지만 참았다.

필승은 한 곡만을 거듭 거듭 부르고 나니 씻김굿이라도 하고 난 듯 진이 빠신다.

손가락 끝자락 모세혈관까지 모든 기운이 다 빠지고 더 이상 부르고 싶은 노래도 없어 한참을 노래방에 우두커니 앉아 있다가 일어났다. 이런 상태로 집에 들어가기는 싫다. 집에 들어가 인호를 만나고 오는 아내 정숙을 맞기가 두렵다. 최후의 보루 같은 사무실이 있어서 좋다. 군중 속의 절대고독을 느끼게 하는 서울이라는 도시에서 갈 곳이 있다는 사실은 축복이다. 오늘처럼 숨고 싶은 날은 더욱.

비밀번호를 눌렀다. 아내 정숙의 생일 숫자인 것을 친구 녀석들은 모를 것이다. 늦은 저녁의 동창회 사무실 안은 썰렁하다. 낡은 소파 앞의 탁자 위에는 뜯지 않은 우편봉투들이 쌓여 있다. 정숙이 입원한 몇 개월 동안 정신없이 살았다. 펼쳐보지 않은 신문들이 널려 있다. 예전에는 여직원 한 명을 고용했었지만 동창회 운영도 만만치 않아 여직원을 내보낸 지 꽤 되었다.

필승은 냉장고에서 먹다 남은 소주병을 꺼내었다. 이 사무실에서 철학을 전공한 친구녀석이 '맑은 물 붓기' 실험을 해보인 적이 있다. 잉크를 떨어트린 물에 계속해서 맑은 물을 부어가니 한참 후 정말로 잉크의 잔재는 전혀 없이 투명한 맑은 물이 되는 것이었다. 그때 그녀석이 제법 의미심장하게 설명하였다. 인생도 이렇게 맑은 물 붓기로 새롭게 시작할 수 있다고.

필승은 자신이 맑은 물 붓기 해서 새롭게 시작한다면 어떤 삶이 될까 생각하며 소주잔을 혼자 기울인다. 그러면서도 정숙 생각에 착잡하다. 의사가 그랬다. 복합염색체 이상이 발견되었다고. 일시적으로 호전된 듯했는데 예후가 나쁘다 하였다.

"미친 놈의 의사새끼! 어떻게 너 곧 죽는댄다 그러냐구. 어떻게……."

술잔을 털어 넣는 필승의 눈이 짓물린다. 자신이 인호에게서 정숙을 뺏지 않았으면 정숙이 병에 안 걸렸을지도 모른다는 자책감이 몰려온다. 그랬으면 현정이 태어나지도 않았을까? 아니면 다른 현정이가 건강하게 태어났을까?

정숙과 인호는 결국 먹지 못한 메인 디쉬를 웨이터에게 물리고 후식을 받는다. 커피와 스위트한 애플케이크가 오히려 그들 입에 들어간다.

"그랬구나. 난 정숙 씨가 내 편지 받고도 답장 안할 줄 알았는데…… 선배님이 정숙 씨 집 이사했다고 해서 전해 달라고 선배편에 보내기도 했는데……."

"인호 씨 편지를 우리 애아빠한테 부탁했었다구?"

"내가 선배님에게 정숙 씨하고 잘 안되다고 하소연 많이 했었지. 정숙 씨 하고 선배 둘이 결혼했다는 소식 캐나다 이민 가기 얼마 전에 알았어…… 둘 다 잠수 탔었잖아."

정숙은 이제야 상황들이 짐작간다. 그랬었구나. 그랬던 것이었구나.

"선배한테 정숙 씨 몸이 안좋다고 들었어. 지금 안나오면 후회한다고 그러셔서…… 보고 싶기도 하고…… 정숙 씨가 내 첫사랑인 거 알지?"

정숙이 대답을 하지 않는다. 정숙의 첫사랑도 다름 아닌 인호라는 말을 하지 않았다. 입 밖으로 뱉어서 희석시키고 싶지 않은 이 마음을 뭐라 표현할 수 있겠는가 말이다. 인호는 지금 자신의 감정에 빠져 정숙의 감정을 파동으로 느낄 틈이 없어 보인다.

"한 번도 잊은 적 없어. 그렇게 순전하게 누굴 좋아해 본 적은 그때 딱 한 번이었던 것 같아……."

여전히 인호는 자신의 감정과 추억에 젖어 있다.

"거기 우리 둘 하루 여행했던 곳, 왜목마을 언제 다시 가 보았어?"

인호의 질문에 정숙은 대답 대신 고개만 흔든다.

"캐나다에 있으면서도 그 왜목마을 일출 일몰 사진을 내

홈피에 펌해서 올려놓고 그랬는데…… 그곳에 다시 가보고 싶네. 정숙 씬 안가고 싶어?"

"응 안가고 싶어. 그냥 추억은 추억으로만 간직하는 편이……."

인호는 두 입술에 힘을 주고 고개를 끄덕이며 생각에 잠긴다.

"얼굴 보여줘서 고마워. 한 번은 보고 싶었어."

정숙은 애써 담담하게 말하였다.

"선배한테 고마워하자. 선배 전화 아니었으면 나 한국 나와도 만날 용기 못 냈을 거야……."

정숙은 이 먹먹한 가슴의 향방을 모르겠다. 자신이 정말 사랑하는 남자가 필승인지 인호인지 갈등이 느껴지다니. 아이러니다. 이기적인 모순이다. 이런 때는 우유니 사막의 사진을 보거나 그 사막 위에서 데칼코마니를 이루는 하늘의 구름 사진을 보아야 하는데 그런 생각이 스쳤다. 이 먹먹함 그대로 있으면 가슴이 터지거나 굳어져 화석이 되어버릴 것만 같다. 만나면 할 말이 많을 줄 알았는데 머리가 하얗다. 아무것도 떠오르지 않는다.

필승이 혹시 정숙이 일찍 귀가했을지도 모른다는 생각으로 현관문을 열고 들어오니 아직 귀가 전이다. 현정이 혼자 열심히 학을 접고 있다. 맥이 풀린다. 기분이 유쾌하지는 않다. 현정을 바라보며 정숙을 생각하고 있다. 이 여자, 자신의 첫사랑을 만나 신나게 이야기 중이란 말인가. 그런데 이야기하다가 컨디션이 좋지 않으면 어떻게 대처해야 할 텐데 걱정이 된다. 옛연인 앞에서 나이든 모습 보이는 것도 여자로서 싫을 텐데 아픈 모습까지 보이면 정숙이 너무 비참한 생각이 들 것 같아서다. 괜찮겠지. 아침에 단단히 예방약을 먹였으니 큰일은 나지 않을 것이다.

정숙은 인호와 헤어지며 악수를 하였다. 20여 년의 그리움 끝에 한 정표가 겨우 악수라는 행위라니 허무해진다. 그리고 그 악수의 여운이 뜨겁지도 차갑지도 않고 담담하다는 사실이 더 허무하다. 집 앞까지 택시로 동승해서 바래다주겠다는 인호의 제안을 거절하고 혼자 택시를 타고 귀가했다. 현정을 재우고 필승은 침대 위에 누워 신문을 보고 있다.

"왜 깜짝쇼하고 그래. 나한테 물어보지도 않고……."

"깜짝쇼를 물어보고 하는 사람도 있냐? 내 맘이다 왜?"

"당신 혹시 현정이가 당신 애 아니라는 생각한 적 있어요?"

"아프더니 별 미친, 말 같지 않은 소릴 다 하네 이제."

"근데 왜 그렇게 현정이 한 번 따듯하게 안아주지 않았어요?"

"당신 현정이 발달장애 있다는 거 알고부터 내 손 가져다가 당신 뺨에 대는 거 안했어. 당신이 그래야 내가 당신 남편 같고 그랬는데……."

"여보……."

"귀 안 먹었어!"

"고마워요…… 그리고 미안해요."

"낫는다, 이겨낸다 그런 생각만 해!"

"나 살고 싶어요. 우리 현정이 시집가는 것도 보고 싶고 당신 홀애비 되는 것도 싫어. 헌데…… 암세포가 내가 필요해서 내 몸에 들어왔나 보다…… 잘 만나주고 잘 상대해주다가 잘 보내주고 싶은 그런…… 여보 나 살고 싶어 살려주라!"

필승은 가슴이 찢어지게 아프다. 아무 말 하지 못하고 정숙을 자신의 팔로 끌어당겨 안아준다. 정숙, 눈물이 고였으나 평안하다. 필승의 가슴팍에 그대로 머물며 눈을 감는다. 현정이 접어놓은 종이학들이 창공을 향하여 날아간다. 하늘을 향하여 비상하는 종이학들이 밤하늘의 별처럼 빛난다.

*

필승, 잘 자고 일어나 개운하다. 다시 한번 침대의 위력을 실감한다. 침대에서 내려와 안방 커튼을 젖히니 햇살이 눈부시다. 절로 감사가 올라온다. 오늘 아침을 허락한 신에게 감사하다.

혼자가 아님이 감사한 아침이다. 정숙을 향하여 고개를 돌리니 아주 평화롭게 잠자듯이 그렇게 굳어 있다. 정숙의 시간이 정지되어 있다. 지구별을 종이학이 날갯짓 하듯 그렇게 혼자서 조용히 이별하고 가버리다니……. 필승은 호흡을 가쁘게 한 번 몰아쉰다.

필승은 영신과 의논하여 정숙이 다녔던 교회에 연락해 장례식을 기독교장으로 치르기로 하였다. 다만 교회묘지에 묻히는 것은 필승이 찬성하지 않았다. 가끔이라도 혼자서 정숙이 보고 싶으면 아무 때나 찾아가고 싶은데 소주병 들고 교회묘지에 가기가 망설여질까 봐서 분당에 있는 추모공원으로 정하였다. 정숙의 마지막 집은 넓고 화려한 곳으로 해주고 싶어서 특실로 하였다. 특실이라고 해도 한 평도 안되는 공간이지만 정숙이 환하게 웃고 있는 사진과 현정과 찍은 사진, 그리고 집 컴퓨터 바탕화면에 깔린 왜목마을 풍광을 출력하여 함께 넣어주었다. 십자가와 함께. 그런데 가족사진은 넣지 않았다. 필승의 사진이 없는 셈이다. 천국에 가서라도 자신에게 얽매이지 말고 자유로운 영혼으로 살라는 의미다. 왜 가족사진을 넣지 않느냐고 묻는 영신에게도 말하지 않았다. 그가 그녀에게 해줄 수 있는 정말 마지막 배려라고 생각하면서.

*

필승과 인호는 왜목마을 바닷가에 서 있다. 파고가 완만한 바다를 한참 응시하고 있다.

"선배님, 정숙 씨는 절 사랑한 게 아니고 자신의 첫사랑을 잊지 않은 겁니다. 정숙 씨 선배님 여자입니다. 이 바닷가에서 26년 7개월 전에 자신은 정말 사랑한다는 확신이 드는 순간 그 사람하고 평생을 같이 하겠다고 그랬습니다. 그날 밤 저희는 바다 앞에서 그냥 이야기하고 노래하고 하얗게 세웠습니다. 일출을 볼 때까지요. 두고두고 후회한 밤입니다."

"이인호 너 캐나단지 개나단지 떠나기 전에 내 부탁 하나 더 들어줘야겠다."

"말씀하세요 선배님!"

인호의 말이 채 끝나기도 전에 그의 가슴팍을 향해 날아드는 필승의 주먹이다.

인호도 그냥 당하지 않고 필승에게 주먹을 같이 날린다.

"이건 내 사랑을 빼앗아간 대가입니다 선배님!"

왜목마을 포구 근처 술집으로 자리를 옮긴 필승과 인호, 나란히 소주잔을 기울이고 있다. 이미 둘은 적당히 취해 있다.

"정숙이가 사랑한다는 말 한 번 해달라고 했는데 그 말을 못해줬어. 바보 멍충이라 그 말을 못해주었어."

"선배님 바보 맞습니다. 서양 사람들 저녁에 찢어질망정 하루 종일 아일 러브유, 아일 르부유 그냥 러브유…… 지금 사랑한다고 안하면 평생 후회할 것처럼 짖어대드라구요. 나우 앤 히어. 저스트 두 잇. 누가? 내가 한다 언제? 지금 당장! 선배님은 미루기대학 핑계학과 학생이니 낙제입니다 낙제요……."

이 남자, 말이 많다. 필승은 소주잔을 단숨에 들이키고는 술집을 뛰쳐나온다. 바다를 바라보고 두 팔을 벌린다. 만세 삼창하듯 소리를 친다.

"박정숙, 사랑한다! 사랑해분다!"

그 자리에 고꾸라지며 다시 낮은 소리로 바닷가 모래알들에게 쏟아낸다.

"사랑했다!"

필승이 그 자리에 벌렁 누워 눈을 감는다.

'깔로딕시디'

혼잣말로 중얼거려본다. 그리스 사람들이 장례식에 나누는 인사말로 '새로운 여행 잘하세요!'라는 뜻이다.

'여행 잘하고 있어라 정숙아'

정숙이 대답한다. 필승의 가슴에 속삭인다.

'당신 기억해요? 사랑한다고 말하고 싶은데 못하고 눈 내리는 날, 내가 쪽지 전해 주었던 거…… 눈이 내립니다. 함박눈이 내립니다. 폭설이 내립니다. 눈사태가 났습니다…….'

노을과 종이학이 함께 장관을 이루는 왜목마을 바닷가다. 정숙의 속삭임에 필승은 갑자기 커피가 마시고 싶어진다. 누군가 그랬다. 커피는 우리에게 인생을 생각하게 하는 그런 향기를 준다고.

저만치 인호가 종이컵을 양손에 들고 걸어오고 있다. 커피향기가 다가온다.

_작가의 말

보통 '죽음은 개연성이 없다'고 하지만 '삶에는 개연성이 있다'고 한다.

'삶도 죽음처럼 개연성이 없을 수 있다'는 아이러니에서 출발하기로 하고 소설 속의 인물들을 그리기 시작하였다.

네 편의 중단편을 묶어 책으로 엮게 되었다.

필승이, 필승, 필승 씨.

각 소설의 주인공들은 이름만 같은 필승이다.

어린 필승, 20대의 필승, 30대의 필승, 그리고 60대의 필승…….

그 필승들의 이야기에는 개연성이 없다

그냥 지구별에 각자 와서 삶을 상대해주고 만나주고 있을 뿐이다.

피조물인 우리는 신이 허락한 삶의 역설을 순응하기만 하면 되는 일이다.

삶에의 개연성을 애써 찾아가며 의미부여를 하지 않고 각자의 방식과 처지대로 살면 되지 않을까 그런 생각을 해 보았다.

가족들의 죽음을 겪으며 생의 한가운데 있다가 사라지는 일이 죽음과 삶 사이에서의 순간이동으로 받아들여졌다.

가장 깊은 주제인 죽음은 삶을 이야기하면 되는 일로 믿어졌다. 삶의 개연성으로 인하여 발생하는 죽음이 아니라 죽음과 삶은 인간에게 부여된 두 가지 미션 수행일 뿐이라 여기게 되었다.

그 미션을 수행하고 지구별을 마감하는 때는 판단하지 않고 순명하면 되는 일이리라.

시인 천상병님이 읊으신 귀천(歸天)의 '소풍 끝내는 날'이면 되는 일인 것을.

천상병 님이 다니셨던 예배당 의자에 내가 앉아 있음이 삶과 죽음 사이에서 선물처럼 주어진 아름다운 개연성인지도 모르겠다. 개연성 없음이 지독한 개연성이다.

"세상은 그저 웃음이래야 하는데
나에겐 내일도 없고 걱정도 없습니다
예수님은 걱정하지 말라고 했는데
어찌 어기겠어요?"
(천상병 '나는 행복합니다' 중에서)

응답하라 필승

초판 1쇄 인쇄 2017년 9월 20일
초판 1쇄 발행 2017년 9월 26일

지은이 김애옥
펴낸이 박성복
펴낸곳 도서출판 월인
주소 01047 서울특별시 강북구 노해로25길 61
등록 1998년 5월 4일 제6-0364호
전화 (02) 912-5000
팩스 (02) 900-5036
홈페이지 www.worin.net
전자우편 worinnet@hanmail.net

ISBN 978-89-8477-640-1 03810

값은 뒤표지에 있습니다.